［日］池田龟鉴 著

玖羽 译

平安朝的生活与文学

四川人民出版社 | 后浪出版公司

目 录

性之美的综合性 / 室礼 / 美术工艺的发达 / 女性之美的
高贵性 / 灯火之美 / 灯台·灯笼·脂烛·篝火 / 女性乘用的
牛车 / 乘车的规矩 / 出车 / 女性之美的日本式特色 / 服装
与季节 / 更衣

的渊源 / 和的精神

译者序

玖 羽

一、池田龟鉴的生平及主要成就

本书作者池田龟鉴（1896—1956）是著名日本文学研究家，东京大学教授，毕生专攻平安文学，特别是平安时代的女性文学。虽然已经逝世六十余年，但直到今天，研究平安文学的人依然会接触到他的学术成果，直接或间接地受到他的影响。

池田龟鉴出生于鸟取县日野郡福成村，其父是当地的小学校长。20岁时，他从鸟取师范学校毕业，成为小学教师；这看起来是一条复制父亲人生经历的道路，但仅仅任教两年，他就从地方去了东京，在东京高等师范学校进修之后，考取了东京帝国大学（今东京大学），从此正式走上了研究平安文学的道路。

30岁时，池田龟鉴以长达23卷的著作《宫廷女流日记考》为毕业论文，顺利地从东京大学毕业，这部论文也成了他后半生研究的原点。当时，欧洲的文献学已经由芳贺矢一（1867—1927）从德国引入日本，池田龟鉴就站在这条延长线上，成了从文献学角度研究日本传统文学的先行者。在芳贺从东京大学退休之后，"芳贺矢一功绩纪念会"一直计划出版一本《源氏物语》注释书以纪念他的成就；就在池田龟鉴毕业的1926年，纪念会把撰写这部著作的任务交给了这位被认为前途无量的青年学者。

当时，日本并没有现代意义上的《源氏物语》权威版本。和几乎所有的日本中世古籍一样，《源氏物语》的内容也分散在各种抄本中，文字不乏遗漏、龃龉、矛盾之处。更何况，这些抄本自身大多也是名门望族或资产家的收藏品，和今天不同，一介学者很难看到这些珍贵的资料。① 为了将《源氏物语》的内容整理得尽善尽美，这部著作很快就超出了纪念会一开始的计划，变成了池田龟鉴自身的事业——为了这部著作，他耗尽了自己的整个后半生。

直到1942年，池田龟鉴才出版了阶段性成果《校异源氏物语》，这是日本出版的第一部经过学术考证的《源氏物语》校本；最终在1953年，这项事业以《源氏物语大成》之名"大成"；迄今为止，这一直是研究《源氏物语》不可或缺的一部著作。这部巨著的最后一本出版于1956年12

---

① 在那个时代，要看到某些抄本的内容，除购买外别无他法。尽管有纪念会的资金、政府的研究资金、私人的捐赠金等资金投入，这些古董抄本还是过于昂贵。据池田龟鉴回忆，为了支持他购买抄本，他的双亲甚至卖掉了在农村的田地。这一情况直到1932年"大岛本"出现之后才得到改善，这是由资产家大岛雅太郎私人购入的一个抄本，也是存世最完善的一个《源氏物语》抄本。池田龟鉴非常幸运地看到了这个抄本（当时由东京大学暂时保管），决定将这个抄本作为底本，为此甚至不惜将当时几乎已经完成的校本推翻重做。

月，仅仅几天之后，池田龟鉴就病逝了。①

虽然只活了 60 岁，但池田龟鉴的一生相当忙碌而高产。除《源氏物语》外，《枕草子》《土佐日记》《伊势物语》《紫式部日记》《蜻蛉日记》等著作都有经他之手的校注本，他的专著多达 80 部，而在这之外，把随笔、小说②等全部计算在内，一生著书据说足足有 800 部。

二、关于本书

除以上这些主要成就之外，池田龟鉴还积极地投身于向普通民众普及古典知识的活动。从 1930 年开始，他经常出席古典文学的普及性讲座，其中，1942 年夏季的讲座"日记文学与宫廷生活"极受欢迎，讲座结束后，听讲者纷纷要求他把讲义结集出版，是为翌年出版的《宫廷与古典文学》。1952 年，该书经修订后重新出版，就是这本《平安朝的生活与文学》。

本书可说是一本"大学者的烹小鲜"之作。虽然基础是面向普通爱好者的讲义，但作者的学识和文笔使它丝毫不显枯燥，而是犹如娓娓道来一般，深入浅出地介绍了平安文学

---

① 池田龟鉴的晚年似乎被东京大学内部的人事斗争所困。无论是从学术成就来说，还是从资历来说，他升任教授的资格都非常充分，但由于某些教授的阻拦，他一直停留在副教授的位置，直到去世之前一年才升为教授。
② 创作小说是池田龟鉴的业余爱好。在研究之外，他还以"池田芙蓉"等笔名在《日本少年》《少女之友》等知名少年、少女杂志上发表少年、少女小说。在他去世之后，这些小说也被结集出版。

中的各种事物。尤其重要的是，作为一本普及读物，书中坚持引用古典文学中的原文作为资料来源，靠着对平安文学的丰富积累，作者对原典信手拈来，这使读者得以与千年之前的平安时代建立直接的联系，从而避免了转述（甚至层层转述）导致的失真。

例如，在平安文学中，寥寥数词的描写可能会被用于表达某种非常复杂的情况或意义，因为当时穿一衣、用一物、行一事无不有严格的规定，某事物在某场合出现有什么含义，对平安时代的作者和读者来说都是常识。如果今天的读者没有意识到这种描写代表某种特殊的含义，甚至没有意识到这里提到了某种特别的事物，领会情节的真意自然也无从谈起。——这正是本书的可贵之处所在：它最大的价值，不是像事典一样单纯地介绍"这个词的意思是这样"，而是通过丰富的旁征博引，将平安文学中的世界展现在读者的眼前。

在阅读时，读者会发现，本书的一大特征是聚焦于女性生活，而对男性生活尽可能地省略。当然，这主要是由本书的初衷决定的——它最开始就是介绍宫廷女性的文学与生活的讲座；但与此同时，还存在着另一个事实：平安文学的视角，毋宁说就是女性的视角。事实上，假名本身就被当时的人视为一种"女性文字"（参见本书第十八章），除去共通的和歌，相对于用假名创作文学作品的女性，男性一般只是用汉字写日记而已。即便男性用假名写作，大多也会假托成女性的身份、采用女性的视角，纪贯之就是最好的例子。

　　因此，虽然本书的书名可能改成《平安朝宫廷女性的生活与文学》更加合适一些，但换一个角度看，恰恰是这些后宫女性创作的文学作品，决定了今天大多数人心目中平安时代的景象。在想象平安时代的同时，我们必须认识到，这幅景象所代表的，主要是当时的后宫女性对（经过理想美化的）世间的认识，而不一定是当时的贵族男性——遑论平民百姓——对世间的认识。池田龟鉴并没有撰写一部风俗史著作的意图，这本书的目的，归根结底还是为了让读者更好地理解、欣赏平安文学。

　　平安文学的作者们生活在怎样的世界之中？她们是怎样看待那个世界的？我认为，这才是本书真正想向读者提出的问题；读完全书之后，这两个问题的答案大概就呼之欲出了。

三、关于注释和引文

　　书中所有注释均为译者所加，引文及和歌亦全部为译者所译。

　　在翻译历史著作引文时，译者着眼于忠实原文细节，除少数例外，皆以文言文尽量逐字直译。对名词的翻译也遵循直译原则，除非在汉语中完全对应，否则尽可能保留原文写法。若原文词义过于晦涩，则加以注释。虽然作者在平安文学领域可谓博学强记，但毕竟去世过早，书中的一些观点已被后来的研究订正。遇到这种情况时，译者保留原文，同样以注释的形式进行说明。

　　原书所用词汇训法为"旧假名遣"，与现在通行的"现代假名遣"略有不同。在遇到这种情况时，译者全部照原样保留。此外，书中所有"现代""今天"均指 20 世纪 50 年代，在阅读时敬请留意。

第一章　平安京

一

规模与设计

众所周知，平安京是桓武天皇仿照唐朝的长安城设计的都城，从延历十三年起，到明治维新为止，作为日本的首都长达 1075 年[①]之久。据《延喜式》[②]记载，这座都城呈长方形，南北长 1753 丈[③]，东西宽 1508 丈。在都城北部中央，建有坐北朝南的皇居，内里[④]及各种官衙均位于皇居之中。皇居周围围以长方形城垣，城垣每面三门，共有十二门。设于南侧城垣中央的正门叫朱雀门，以这里为起点，宽达 28 丈的朱雀大路一直通到平安京南端的罗城门，将市区分为东西两区，东区被称为"左京"，西区被称为"右京"。左京的东端止于贺茂川的河岸，右京的西端止于双冈和西山，因此，和平安时代相比，今天的京都市向东扩张得很远。

---

① 延历十三年（794 年）自长冈京迁来，明治二年（1869 年）迁往江户，共 1075 年。
② 《延喜式》，律令集，修于平安中期，延长五年（927 年）完成。
③ 日本 1 丈约合 3.0303 米。
④ 内里（だいり），宫城以内区域，又名"御所""禁里""大内"。

朱雀大路及纵横交错的大小道路

　　以朱雀大路为中心，左右两京各自向外延伸，在纵向被相互对称的壬生、大宫、堀川、西洞院、东洞院、京极等六条大路，以及从坊城到富小路的十条小路贯穿。在横向，则是被从北往南的一条到九条等九条大路，以及正亲町、土御门等大路、小路贯穿，由此形成了仿若围棋棋盘一般的整齐区划。

市区的实际情况·京城的东部与西部

　　平安京的规划基本如上所述，但实际上，设计图上的道路并未通盘建成，市区里也绝非全是家舍相连、繁荣昌盛的景象。在八条、九条一带，特别是自古以来就被称为"西京"的右京，都是荒凉的田野，极少人家。在《本朝文萃》中收有庆滋保胤的名篇《池亭记》，其中写道，西京的人烟稀少，几乎就是废墟；在《源氏物语》的《夕颜》卷中，因为玉鬘是在西京这种萧条的地方长大的，侍女为她感到悲痛；在《伊势物语》（二）中，提到住于西京的女人时，写的是"其时奈良之京已远，此京人家尚稀"。此外，《大镜》还记载着纪贯之①之女将一首和歌"敕旨如山重，惶恐莫可

―――――――――

①　纪贯之（约872—945），平安前期歌人。三十六歌仙之一、《古今和歌集》编者之一。

加……"① 书于短册，系在红梅枝头的轶事，这位女子也住在以萧索著称的西京，住所默默无名。从这些记载中，我们大抵能够想象出西京的景况。

然而，在左京的一条、二条、三条……直至五条、六条一带，却是朝中百官的宏伟宅邸，离宫与别墅散落其间。大路两旁种有柳树、樱树等行道树，将都城装点得十分美观。有一首催马乐②唱的是"浅绿浓缥有，放眼染遍，光耀低摇，新京朱雀垂柳……"③，这应该就是当时朱雀门外都城大路美景的写照。

因此，在当时的平安京，这条从朱雀门前一直延伸到都城南端的罗城门的朱雀大路，就相当于现在东京的马场先门外④，公卿、殿上人、⑤女官们会乘着光彩夺目的丝毛车或槟榔毛车在这里缓缓前行——虽说如此，朱雀大路却并不是如今人们想象中的繁华通衢，根据记载，这条路上甚至放养着牛马，到处长满杂草，显得相当荒凉。

---

① 全歌为："敕旨如山重，惶恐莫可加。但愁莺鸟问，何处是吾家。（勅なればいともかしこし鶯の宿はと問はばいかが答へむ）"（纪内侍）
② 催马乐，平安时代的一种流行歌谣。
③ 见《乐家录》："浅绿浓缥有，放眼染遍，光耀低摇，新京朱雀垂柳，如今皆化田薮。前栽、秋萩、抚子、蜀葵、垂柳。（あさみどりや、濃いはなだ、染めかけたりとも見るまでに、玉ひかる、下ひかる、新京すざかのしだり柳、まだい田井となる。せんざい、秋萩、なでしこ、からほひ、しだり柳。）"
④ 今东京丸之内。犹言"都内一等繁盛所在"。
⑤ 公卿，三位以上官员（含四位参议）；殿上人，五位以上官员（含六位藏人，不含五位国司）。

平安京条坊图

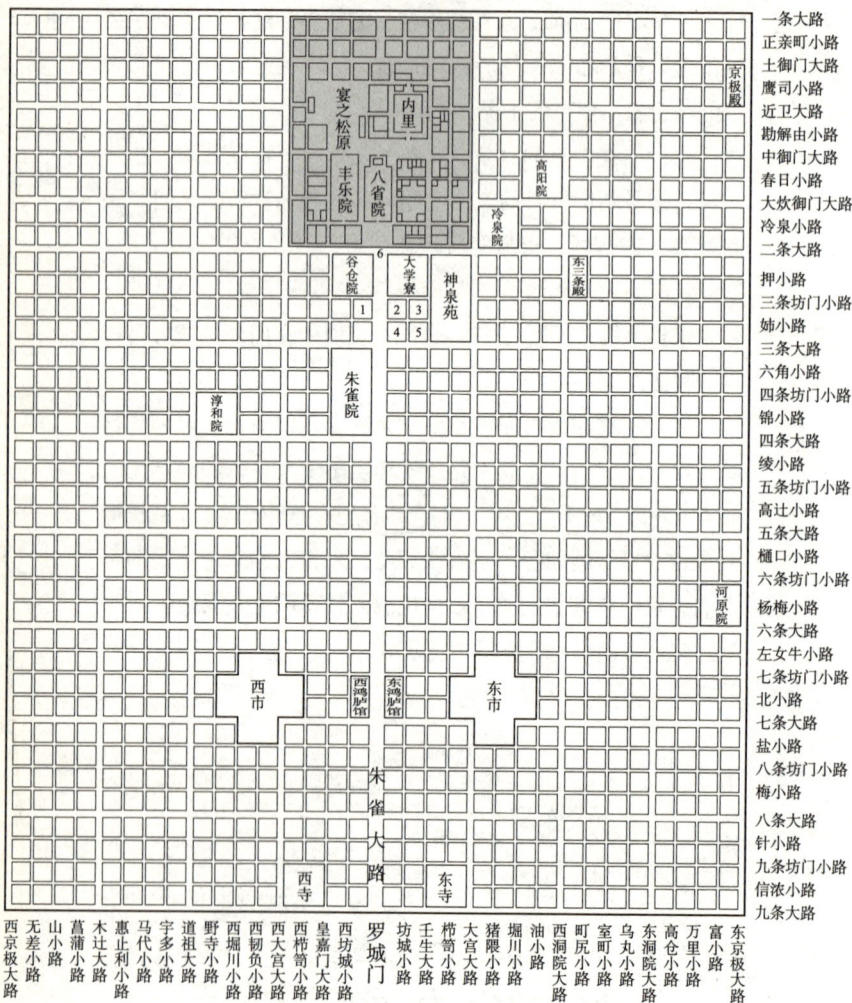

京极殿

一条大路
正亲町小路
土御门大路
鹰司小路
近卫大路
勘解由小路
中御门大路
春日小路
大炊御门大路
冷泉小路
二条大路
押小路
三条坊门小路
姊小路
三条大路
六角小路
四条坊门小路
锦小路
四条大路
绫小路
五条坊门小路
高辻小路
五条大路
樋口小路
六条坊门小路
杨梅小路
六条大路
左女牛小路
七条坊门小路
北小路
七条大路
盐小路
八条坊门小路
梅小路
八条大路
针小路
九条坊门小路
信浓小路
九条大路

宴之松原　内里　丰乐院　八省院　高阳院　冷泉院　谷仓院　大学寮　神泉苑　东三条殿　朱雀院　淳和院　河原院　西市　西鸿胪馆　东鸿胪馆　东市　西寺　东寺　朱雀大路　罗城门

西京极大路
无差小路
山代小路
菖蒲小路
木辻大路
惠止利小路
马代小路
宇多小路
道祖大路
野寺小路
西堀川小路
西靭负小路
西大宫大路
西栉笥小路
皇嘉门大路
西坊城小路
坊城小路
壬生大路
猪隈小路
大宫大路
町尻小路
室町小路
乌丸小路
东洞院大路
高仓小路
万里小路
富小路
东京极大路

1.右京职 2.左京职 3.弘文院 4.奖学院 5.劝学院 6.朱雀门

■ 大内里

大内里图

漆室　兵库寮　13　大藏　大藏　1　大藏　大藏　2　主殿寮　茶园

采女司 正亲司　大藏省　大藏　大藏　长殿　率分藏　大宿直　内教坊
番所

12　图书寮　大歌所　扫部寮　内藏寮　缝殿寮　梨本　3　左近卫府
右近卫府　南院　职御曹司

丝所　兰林　14　桂芳华芳

11　武德殿　宜秋门　内膳司　采女町　内里
右近卫府　宴之松原　真言院　中和院　承明门　建春门　4

右兵卫府　木工内候　外记厅　釜所　左兵卫府
南所　内竖所　东雅院
一本御书　西雅院

内匠寮　造酒司　宫城门　建礼门

10　不老门　昭庆门　侍从局 内舍人 监物 主铃 主锁　5
左马寮　典药寮　丰乐殿　大极殿　中务省　阴阳寮　西院　酱院 主水司　大膳职
御井　丰乐院　八省院　勘解由　朝所　园韩神社　宫内省　供御院　大炊寮
中务厨　文殿　太政官

9　会昌门　民部省　廪院　西院 东院
右马寮　治部省　玄蕃　主税　主计　神祇官
诸陵　丰乐门　应天门

判事 刑部省　弹正台 兵部省　朱雀门　式部省　主税厨 民部厨 主计厨　大舍人寮　雅乐寮
式部厨　侍从厨　东院

8　7

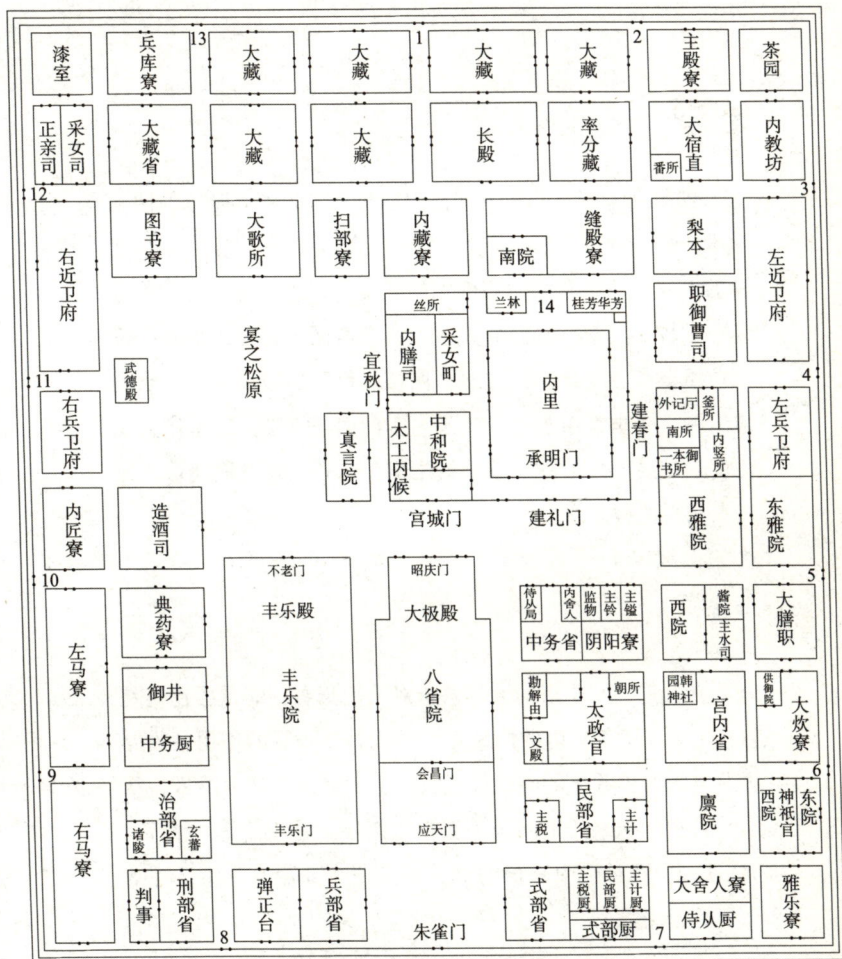

1.伟鉴门　2.达智门　3.上东门　4.阳明门　5.待贤门　6.郁芳门　7.美福门　8.皇嘉门　9.谈天门　10.藻壁门　11.殷富门
12.上西门　13.安嘉门　14.朔平门

二

学校街

如果在朱雀大路上从北往南前进，最先映入眼帘的便是学术中枢"学校街"。所谓"学校"，就是位于朱雀大路最北端的大学寮，以及大学寮南侧的弘文院、劝学院、奖学院等私立学校。大学寮是官立大学，有东西两个校区，东校区位于坊城以东、三条坊门之北，西校区位于坊城以西、二条大道南侧，今京都市上京区二条离宫西南角一带。这座作为文化中心的高等学府就位于皇居之侧、朱雀大路的最北端，这一点相当值得注意。

谷仓院

接下来，与左京的大学寮正对，位于右京的重要建筑是谷仓院。和位于宫内的内藏寮 ① 不同，谷仓院的作用是收储从畿内 ② 各地收来的临时性税收、从大宰府 ③ 运来的米、从各处的庄园纳来的贡品等。弘仁十四年三月（公元 823 年 4 至 5 月），面对京中米价腾贵、市民濒临饥荒的局面，嵯峨

---

① 　内藏寮为宫库（在律令制极盛期，实为国库）。
② 　畿内，即京畿区域之内，共分五国。
③ 　大宰府，亦称太宰府，平安时期日本朝廷管理九州的行政机构，位于今福冈县太宰府市附近。

天皇曾打开谷仓院，试图调节米价。这也是经济史上的一个事实。

右京职与左京职

然后，在谷仓院的南侧是右京职，而在相互对称的地方，与它隔着朱雀大路遥遥相望的是左京职。这左右二京职就是负责市政及警察事务的部门，相当于今天的东京都厅与警视厅。如上所述，在朱雀大路北端，离宫城最近的地方，聚集着京城的学术、政治、经济中心，在各种意义上，这都令人颇感兴趣。

三

东市与西市

从朱雀大路继续往南，在七条一带，市区变得十分繁华，商店街开满左右两京，就如今日东京的银座一般。这里就是"市"。在左京的叫"东市"，位于今天的本派本愿寺院内至其西南一带，在右京的叫"西市"，位于现在的葛野郡七条村①。在奈良也有这样的二市，《万叶集》中的和歌对此

————————

① 今京都市西七条市部町、御领町一带。

讲得很清楚。①

　　在东市，设有专卖绢、丝、锦、药品、太刀、盐、干鱼、生鱼、牛、马等五十一种商品的商店，每店限卖一种，共五十一家。在西市，也有专卖三十三种商品的商店，共三十三家。这些商品全都和日常的衣、食、住有关，略微值得留意的是，其中还有专卖牛、马，以及干鱼、生鱼的店。

　　在这里，每一家店都各有招牌，根据规定，只能经营专卖的那种商品，严禁出售其他商品。在一个月内，一至十五日开东市，十六日之后开西市，换句话说，东西二市每个月各有半个月的休息日。开市时间非常严格，相当于如今中午十二点整的时候，市的大门打开，经营到夕阳西下为止，然后关闭大门。市中设有规模庞大的仓库，《今昔物语》中的一个故事讲盗贼潜入仓库，但被检非违使发现、逮捕。应当注意，市的组织结构和现在的百货大楼差不多。

　　除了这两座公营市场上的店铺之外，市民不得私自开店，但"市女"（すなわ），也就是女商人，会把商品顶在头上，到处行商。在《宇津保物语》的《藤原之君》卷、《源氏物语》的《玉鬘》和《东屋》卷、《今昔物语》、《中右记》、《本朝无题诗》等许多著作中都有记述这种情况的诗文。

　　去市上购物的不仅是庶民阶级，也包括达官显贵。例如

---

① 　例如《万叶集》："独行西市至，求购整帛绫。因未挑拣故，失钱意不平。（西の市にただ独り出でて眼並べず買ひにし絹の商じこりかも）"（佚名）

在《宇治大纳言物语》中，小松之宫就有不去市上购物便会心神不定的怪癖。贵人家中还有一种习俗，当婴儿诞生之后的第五十天（称为"五十日"），要去市场上买饼庆祝，这在《康平记》《山槐记》《三长记》等当时公卿的日记中都有记载。

《江谈抄》还记载道，大纳言藤原道明曾与妻子同乘一车去市上购物，《大和物语》也记载过平贞明年轻时去市上拈花惹草的风流韵事。在《源氏物语》的《玉鬘》卷中，还有委托市女招募人手的内容。由此可见，不分贵贱、老幼、男女，市中聚集了来自各个阶级的人群，同时，散乐、杂艺等大众娱乐也十分齐备。

市　堂

由于二市是这样一个群众麇集、熙熙攘攘的欢乐所在，就像后世的游廓那样，它也被人用来进行教化社会、防止犯罪等宣导。市堂就是这样的设施之一。

市堂也称"市屋道场"，是一座寺院，由空也上人于承平七年（公元 937 年）创建。上人为了教化聚集在市场里的民众，在市场的大门上书歌一首："但将南无颂，一声阿弥陀。定当莲上坐，极乐免蹉跎。"[1] 在此劝化众人，因此也被称为"市上人"或"地药师"。

---

[1]　见《拾遗和歌集》："一たびも南無阿弥陀仏という人の蓮のうえにのぼらぬはなし。"（空也上人）

　　此外，据《延喜式》和《续日本纪》记载，市场还是在群众面前公开处罚罪人的地方。不消说，这是通过将罪人示众，起到教化社会、防止犯罪的作用。

　　在市场上，不论贵贱贫富、老幼男女，云集了大量群众，犯罪行为当然也会很多，超出了隶属于京职的市司的管理能力，因此最终改由检非违使这一更加强力的警察部门维持秩序。

　　市场是欢乐的衢巷、流行的源泉。例如"市女笠"原本是地位低下的市女常用的一种斗笠，却在当时的贵妇人中流行起来。

鸿胪馆

　　接下来，与二市相关而不得不提的，是位于朱雀大路东西两侧的鸿胪馆。鸿胪馆位于今天的丹波口站附近，是前来日本执行外交使命的外国人的住所，换句话说，就是官立的国际酒店。日本和其他国家的诗人、学者们在这里建立友谊，互相以诗唱和，例如后江相公①那首被收入《和汉朗咏集》的名诗"前途程远，驰思于雁山之暮云；后会期遥，沾缨于鸿胪之晓泪"，等等。此外，虽然是写在故事里的内容，光源氏在小时候也曾被偷偷带到鸿胪馆，让馆中的高丽人看相。②

_____

① 大江朝纲（886—958），平安中期公卿、学者、书法家。他被称为"后江相公"，是因为其祖父大江音人被称为"江相公"。
② 出自《源氏物语》的《桐壶》卷。

鸿胪馆是极具国际意义的场所，同时也是新文物的殿堂，外国人会在这里买卖他们带来的珍奇宝石、名贵器物。从这一点上来说，设于京都和九州的鸿胪馆足以称为奢侈品的宫殿；因此，七条大路与朱雀大路交叉的这个地方，既是平安京的经济中心，同时也是当时国际文化的发祥地。在这里，我们接触到了与平安文学之根基相连的社会性的一面，也就是它的国际性、经济性、文化性的一面，真是令人兴致盎然。

四

朱雀门

从二市这里，沿着朱雀大路再往南去，会看到在平安京城墙的位置上矗立着一座高耸入云的巨大城门，这就是罗城门[①]。罗城门位于朱雀大路最南端，与大路最北端的宫城正门——朱雀门遥相呼应，一座守护着整个平安京，另一座则守护着皇居。

先来讲一讲朱雀门。唐朝长安城的南门就叫"朱雀门"，这座门用了长安城门的名字。而据《伴大纳言绘词》记载，它还名副其实地被涂成了朱红色。

------

① 除罗城门两侧外，平安京未建城墙。

但凡规模宏大的建筑，单是其本身就足以使人产生神秘感与敬畏之情。城门静寂无声，在星夜中化作一团高高耸立的黑影，这自然会让人感到一种超自然的气氛，更何况，这座城门是宫城的神圣象征，这种气氛因而更形浓厚；这一点可以在藤原行成[1]的日记中看到。朱雀门上的匾额由弘法大师书写，据说小野道风[2]曾将匾上的"朱"字看成"米"字，讥讽道："此莫非'米雀门'乎？"因此遭鬼神作祟而暴毙。此外，入道通宪（信西）、一条能保、后京极摄政良经等负责建门的官员或书写门上匾额的书法家也多遭诡异横死，因此这座门从很久以前开始，就被视为一个问题。古人可能认为，在朱雀门里潜伏着某种超自然存在。

有许多关于朱雀门的传说。记载在《今昔物语》里的故事说，一个名叫登照的和尚在朱雀门倒塌的片刻之前预言了门的倒塌。记载在《大镜》中的故事是，九条师辅做了一个自己抱住朱雀门的梦。[3]除此之外，传说简直数不胜数，其中，《江谈抄》《东斋随笔》等著作里记载的一些故事甚至显得有点恐怖——过去，内里曾藏有一把名为"玄上"的宝琵琶，但它在某一天丢失了。为了找到它，宫内进行了为期

---

[1]　藤原行成（972—1028），平安中期公卿，书法名家，与清少纳言交往甚密。
[2]　弘法大师，即空海（774—835）。小野道风（894—967），平安中期贵族，书法名家，据传经常批评各匾额书法，有"美福门之田过宽，朱雀门如米雀门，大极殿如火极殿"之语，晚年备受病痛折磨。
[3]　九条师辅，即藤原师辅（909—960），藤原摄关家远祖。此梦解为：师辅自身终生难登高位，然其子孙可享尽荣华。后果应验，藤原道长即为师辅之孙。

二十七天的修法；当期限修满时，一根绳子系着琵琶，从朱雀门的城楼上缒了下来。人们纷纷传说，这是由鬼所为。另一个故事称，一位被称为博雅三位[1]的吹笛名家曾在月明之夜走到朱雀门下吹笛，这时，一位身穿直衣[2]的神秘人在此现身，与他一同吹奏。此人笛艺高超，在分别时，他与三位交换了手中的笛子，随即踪迹全无。三位去世后，又有人在月明之夜带着这根笛子到朱雀门下吹奏，只听高高的门楼上有人大声赞道："好笛！"世人传说，这也是鬼。

就如我们在《宇津保物语》《狭衣物语》《滨松中纳言物语》等作品中看到的那样，这些关于鬼的传说都与音乐或乐器的超自然且神秘的性质有关。但是，与此同时，这些传说里也会出现楼、塔等高层建筑，特别是朱雀门这座建筑，这一点应当留意。

五

罗城门

前面我们已经多次提到罗城门，它是位于平安京南端中央的总大门。关于"罗城"的含义，自古以来便有多种说

---

[1]　源博雅（918—980），平安中期公卿，擅管弦，官至从三位皇后宫权大夫，故又名"博雅三位"。
[2]　直衣（のうし），平安时代贵族男性日常正装。

法，这里暂且取"城墙的总大门"这个意思，也就是"整座
都城的大门"。后世将"罗城"的"城"讹为"生"，因此就
变成了"罗生门"。

罗城门位于现在的八条四塚町 ① 一带，从古代起，这里
就经常出土刻有"罗城门"字样的基石。据《宇治大纳言物
语》所述，在城门尚未建成时，桓武天皇曾一度来此巡视，
看到城门过高，担心被风吹倒，遂命将柱子截去一尺，以绝
后患。然而木匠认为，若截去一尺，城门便会太低，便冒险
违反敕命，仅截去了五寸。城门建好之后，天皇再来巡视，
叹道："甚是可惜，为何不多截五寸？"看到天皇眼光如此敏
锐，木匠惊惧不已，当场昏倒。结果，果然如天皇所料，罗
城门后来被暴风吹倒过三次 ②。与之相似的故事也见于宇多天
皇撰写的《宽平御遗诫》，因此可能包含着很大程度的事实。
总而言之，根据这则传说，我们可以明白，罗城门是一座极
其雄伟高大的城门，其他城门都无法与之相比。

这座神秘而庞大的城门在荒野中巍然独立、耸入云端，
看在眼里，甚至会显得十分不可思议。因此，种种有关它的
可怕谣言流传起来，也就不足为奇了。在《十训抄》中记载
着一则轶事：都良香 ③ 在经过罗城门前时，吟道"气霁风梳
晋柳发"，此时城上传来人声接道"冰消浪洗旧苔须" ④；菅原

---

① 实位于京都九条，1940 年废"八条"冠称，单名四塚町。
② 实为两次（816 年、980 年）。第二次垮塌后并未重建，门遂废圮。
③ 都良香（834—879），平安前期贵族、学者。
④ 见《和汉朗咏集》："气霁风梳晋柳发，冰消浪洗旧苔须。"（都良香）

道真听闻此事后称，接话的定然是鬼。不过，在《江谈抄》中还记载着另一则传说：在一个明月之夜，有人骑马通过罗城门时，口吟"气霁风梳……"一诗，此时从门楼上传来鬼神的称赞声："甚佳甚佳。"《十训抄》中的记载应是由此改编而来。

到这时为止，罗城门的鬼还和朱雀门的鬼没有区别，都是富有文化、充满风雅之情的可爱的鬼，但再往后发展，罗城门的鬼就变成了十分可怕的存在。毕竟，罗城门位于人迹罕至的荒野，就像怪物一样在那里矗立，后来又逐渐荒废，变成了抛弃尸体的场所、盗贼的巢穴。在《今昔物语》中记载着一个可怖的传说：某个盗贼登上罗城门的城楼，发现城楼上摆着许多尸首。而在城楼的另一端，昏暗的火光旁，是一位年轻女性的尸体，一位瘦弱的白发老太婆正在这具尸体的头边拔着黑发——她的眼睛像鬼一样闪着亮光。正如大家所知道的，芥川龙之介正是以这个传说为蓝本，创作了那篇脍炙人口的小说[①]。

---

① 即《罗生门》，发表于 1915 年。

第二章　后宫的制度

一

后宫的组织结构

后宫指禁中的内宫，皇后、中宫、女御居住在此，更衣、御息所、御匣殿等嫔妃，乃至内侍司以下的诸多女官在此侍奉。

所谓"宫廷的女性生活"，就是指上述女官及宫中的女房们的生活。相对于这些在宫中供职的女性，还有"院之女房"和"斋院之女房"，前者侍奉上皇[①]、女院等，后者则侍奉斋院[②]。

后宫的女性与文化

当时，"在宫中供职"（宫仕え）的范畴并非只限于皇

---

① 天皇退位后称上皇，出家后称院。
② 斋院（さいいん），即贺茂斋院，为天皇依例送至京都贺茂神社侍神的未婚皇女，又称斋王，与送往伊势神宫的斋宫（さいくう）相仿，通常任至天皇更迭。

宫，也包括在其他地方工作。就如《枕草子》所言："宫中
供职处，内里、皇后宫中、皇后所出（公主，）即一品宫
（宫中）。斋院虽罪障深重，亦甚具趣味，如今斋院尤胜。
春宫①之母后。"

这些在后宫或斋院供职的女性，正是培育平安文化的
核心力量。例如，在一条天皇的后宫中聚集着许多才女，
她们支配了当时文化的方向。又如村上天皇的皇女选子内
亲王（大斋院之宫）在从圆融天皇到后一条天皇的五代天
皇、五十七年间一直任贺茂斋王，在当时的女性中隐然形
成一股势力（见于《枕草子》《紫式部日记》《大镜》《同
里书》《斋院记》《大斋院御集》《发心和歌集》）。后朱雀
天皇的皇女禖子内亲王（六条斋院）在当上贺茂斋王之
后，也一直鼓励文学和艺术创作，《狭衣物语》和《堤中
纳言物语》的一部分，以及其他许多著作（《荣花物语》
《二十卷本歌合》《十训抄》）都是在她的指导和庇护下诞
生的。

如上所述，作为平安时代文学的大背景，在后宫之外，
当然不能忽略院和斋院，但本书的叙述还是以后宫为主，其
他地方视为与后宫等同。不过，平安时代的文化完全是在后
宫、斋院等高门贵妇的庇护下成长起来的，这一点请不要
忘记。

---

① 春宫（とうぐう），太子。又名东宫。

皇　后

谈到后宫中的高贵者，那就是皇后、中宫、女御。自《大宝令》[①]以来，尽管名称多少有所变化，但这些头衔所代表的地位都有着正式的规定。当然，这是古代的制度，现代的日本宫廷不是这样。

中　宫

中宫原本是三宫（太皇太后、皇太后、皇后）的泛称，后来专指皇后。训作"きさき"或"きさいのみや"[②]，只能用在皇后身上，不能用于女御及其他嫔妃（但在更古老的时代，也称皇后为"おほきさき"[③]，其他嫔妃为"きさき"）。当藤原氏在政治上得势，也就是摄关制度[④]确立之后，改为并立二后，将其中一方特别称为中宫。

不过，有些时候，太皇太后和皇太后也会被称为中宫。这种场合的"中宫"就只是一种别称，不代表地位和身份的差别。此外，在并立三后时，会将其中一人称为皇太后[⑤]，请不要将其与身为天皇生母的皇太后混淆。

---

① 《大宝令》，律令集，修于飞鸟时代，于大宝元年（701年）完成。
② 汉字各为"后""后之宫"。
③ 汉字为"大后"。
④ 藤原氏（藤原摄关家）以外戚之身出任摄政、关白，由此干政的制度。
⑤ 例如，后冷泉天皇立藤原欢子为皇后时，原皇后（宽子）改称中宫、原中宫（章子内亲王）改称皇太后、原皇太后（祯子内亲王）改称太皇太后。

中宫职

　　处理与皇后有关的所有事务的部门称为"中宫职"，训作"なかのみやのつかさ"（《和名抄》）、"みやつかさ"（《枕草子》）或"しき"（《枕草子》）①。中宫职的长官称为"大夫"（たいふ），有些著作将其训为"だいぶ"，这是为了与官职"大辅"（たいふ）②加以区分。

二

女　御

　　除此之外，按照规定，后宫嫔妃还包括女御、更衣、御息所、御匣殿等。根据《大宝令》，皇后之下为妃（皇族二人）、夫人（三位以上女性三人）、嫔（五位以上女性四人），但这一制度在平安时代初期到中期起始的这段时间里发生了改变，新创了女御、更衣等名称。

　　女御通常训作"にょうご"，桓武天皇时首创，原本地位与嫔相同，但后来出现了摄关家的女性补任为女御、然后再升为皇后的前例，③从而使女御的地位大为提高。由于女

----

① 汉字各为"中宫之司""宫司""职"。

② 律令制下八省及神祇官之次官。

③ 醍醐天皇女御稳子（关白基经女，朱雀天皇及村上天皇生母），于延长元年（公元 923 年）被立为中宫。

御纯粹依靠宣旨补任，人数没有限制。当同时存在许多女御时，以其所住的殿舍名为称号，呼为"某某女御"。例如女御藤原述子（太政大臣实赖女）被称为"弘徽殿女御"、女御徽子女王（式部卿重明亲王女）被称为"承香殿女御"、女御庄子女王（中务卿代明亲王女）被称为"丽景殿女御"、女御藤原芳子（左大臣师尹女）被称为"宣耀殿女御"，这些都在《枕草子》《荣花物语》《大镜》《日本纪略》等著作中有所记载。此外，还有藤壶女御（橘俊纲女）、梅壶女御（源基平女基子）等称呼。根据惯例，当女御身为女王①的时候，可以称为王女御（熙子女王），身为斋宫的时候，可以称为斋宫女御（徽子）。与此同时，还有以其父宅邸的所在地命名的，如堀川女御（藤原朝光女姚子）、高仓女御（藤原赖宗女延子）等。

如果女御是东宫的生母，也会称为"东宫女御"，见于《荣花物语》《源氏物语》等。这一称号与皇太子妃有别，必须多加留意。例如《大和物语》的"二条后"一条："其后，当后之宫称春宫女御时，往大原野参拜。"这里指的是身为"东宫之母"的女御。然而《大镜》中的《道长传》却记道："次女公子亦为内侍之长官，当其十五岁、现东宫十三岁时，于治安元年二月一日入宫，为东宫女御。"同书《师尹传》也记道："三条院尚为东宫时，其女公子嫁为女御，号宣耀殿，深受宠爱。"这两个例子中的

---

① 在平安时代，天皇的子孙（直至五世）均称"王"或"女王"，但只有得到敕旨册封，才能称"亲王"或"内亲王"。

"女御"都是皇太子妃。

正如前文所言，女御通过宣旨补任，但有时也有未经正式册封却被称为女御的情况，例如尚侍嬉子被称为东宫女御，或者《今镜》在记载白川殿（姓氏不详，住于祇园）时称"那白川殿真乃宿世积缘之人，虽无宣旨，世人皆称祇园女御"等。最后，如果天皇年幼，尚未册立女御，逢大尝会御禊①，须有女御在场时，会补任一名临时性的代理女御。《蜻蛉日记》曰："来月大尝会御禊，须从吾家选代理女御一名。"《荣花物语》《增镜》亦有类似记载。

更衣·御息所

更衣（こうい）首创于桓武天皇时代，叙位可高至四、五位。御息所训作"みやせんどころ"或"みやすどころ"，原本只是用来称呼地位低于女御、更衣的妃子，后来主要指皇太子妃或亲王妃。例如，虽然是虚构的故事，但《源氏物语》中的六条御息所的这个称号就指"前皇太子妃"。

---

① 大尝会，又称大尝祭。每年十一月举行的收获祭称为"新尝祭"（天皇将当年新谷祭于神前，自身亦食），天皇践祚后初次举行的新尝祭称为"大尝祭"，一代天皇仅行一次，故极隆重。御禊（ごけい）为大尝祭前（十月下旬）在贺茂川边举行的典礼。

御匣殿

御匣殿（みくしげとの）原本是贞观殿的别名，负责裁缝工作，其总管称为"御匣殿别当"。御匣殿这个称呼，是把"别当"（べっとう）二字省略之后的结果。从平安时代中期开始，御匣殿也被视为后宫成员。

女　院

以皇后的身份出家的人称为"女院"（にょいん）[1]，与"上皇"相对。最初的女院是一条天皇时期的皇太后诠子（圆融天皇皇后、藤原兼家女、一条天皇生母），于正历二年（公元991年）出家，号"东三条女院"，年官、年爵、封户一概如旧，经上皇准许，皇太后宫中的官员直接转为"院司"（いんし，或いんのつかさ）。自此之后，又出现了上东门院（彰子）等许多女院，皆载于《女院小传》。不过，最先使用"门院"（もんいん）称号的是上东门院，这一点有《今镜》和《女院小传》可以证明。

门　院

就像《今镜》的《望月》卷记载的那样，女院一般以其

---

[1]　实为出家的三宫或与其地位相当之人（准后、内亲王等）。

父宅邸的所在地为称号。例如东三条女院的称号来自其父藤原兼家^①的府第（东三条殿），上东门院的称号来自其父道长的上东门邸（土御门殿）。当然，后世也不是一定会遵守这个规则。

---

① 藤原兼家（929—990），平安中期公卿，官至从一位摄政，作为外戚执掌大权，使摄关政治达到前所未有的高度。藤原道隆（953—995）和藤原道长（966—1028）之父。《蜻蛉日记》作者藤原道纲母（约 936—995）为其妻子之一。

第三章　后宫的女性

一

后宫十二司

谈到在后宫侍奉以及侍奉女院的女房，最先提起的必然是后宫十二司的女官们。所谓"后宫十二司"，就是内侍司、藏司、书司、药司、兵司、闱司、殿司、扫司、水司、膳司、酒司、缝司这十二个部门。

内侍司

内侍司的职责是奏请、传宣[①]等事。因此司位于温明殿内供奉神镜之处，且女房时常侍奉天皇，故内侍所又名贤所（かしこどころ）[②]，成员为尚侍二人、典侍四人、掌侍四人（外加权掌侍二人）。

---

① 因内里最初禁止男官出入，上奏、降旨皆由内侍司女官传达。9 世纪初设藏人所以司此职（藏人为男官），但内侍司仍常行奏宣之事。
② "かしこどころ"（汉字又作"威所""尊所""恐所""畏所"）实为神镜本身，贤所建筑训作"けんしょ"。

尚　侍

　　尚侍负责奏请、传宣，训作"ないしのかみ""内侍のかう（コウ）の殿""かんのきみ""かんのとの"① 等。原为从五位，平城天皇时升为从三位，最终被视为后宫成员，如尚侍藤原褒子（左大臣藤原时平女、京极御息所）、尚侍藤原登子（右大臣师辅女）、尚侍藤原绥子（关白兼家女）等。藤原道长之女嬉子也是先任尚侍，然后被娶为东宫妃的。《禁秘抄》曰"大略准于更衣"，可见其身份之高。

典　侍

　　典侍训作"てんじ""ないしのすけ"②，或略为"すけ"。原相当于从六位，后亦有升为二位、三位者。据《禁秘抄》记载，皆由公卿、殿上人等高官之女补任。典侍被呼以本姓，如"藤典侍"（繁子）、"橘典侍"（德子）等，见于《荣花物语》及其他著作。此外，《荣花物语》和《源氏物语》中还有"源内侍之辅"这样的称呼。亦可被呼以其父官名，如"大纳言典侍"（龟山天皇后宫、大纳言藤原实平女）、"宰相典侍"（后一条天皇乳母）、"帅典侍"（大宰帅藤

---

① 　汉字各为"内侍之长官""内侍之督之殿""长官之君""长官之殿"。"かん"为"长官"（かみ）的敬称。
② 　汉字为"内侍之次官""内侍之辅"或"内侍之介"。

原为经女）等，见于《增镜》《今镜》等著作。典侍有时也会位列后宫，如典侍藤原经子、典侍藤原殖子、典侍源通子等。时代越靠后，这样的例子越多。此外，作为惯例，天皇的乳母不论出身门第，也可补任为典侍，例如《赞岐典侍日记》的作者就是这样。①

掌　侍

　　掌侍训作"ないしのじょう"②，如《枕草子》所言："女为内侍之辅、内侍……"单提"内侍"时，多指掌侍。当天皇移驾时，掌侍负责捧持神玺和御剑，例如《紫式部日记》的"土御门殿行幸"一条中的"在南侧柱处，帘幕微卷，步出内侍二人……左卫门内侍捧御剑……弁内侍捧御玺盒……"，这两名内侍就是掌侍。掌侍原相当于从七位，后升为五位。位列第一的掌侍称"勾当内侍"（こうとうのないし），住于长桥③，亦称"长桥局"。在勾当内侍中也出现过位列后宫之人，如侍从内侍（美浓守经国女）、少将内侍（平义范女）等。奏请、传宣之事原本应由尚侍执掌，但由于尚侍的身份后来变成了如女御、更衣一般的后宫成员，这一职责就落到了勾当内侍身上。掌侍被呼以其

---

① 　如今一般认为《赞岐典侍日记》作者藤原长子（约1079—？）并非堀河天皇乳母，担任天皇乳母的是其姐藤原兼子。
② 　汉字为"内侍之判官"或"内侍之丞"。
③ 　长桥（ながはし），宫中从清凉殿通往紫宸殿的廊。

父或其兄官名，如"纪内侍""弁内侍""中务内侍""周防内侍"等。

此外，内侍司还有名为"东竖子"（或写作"东嬬"）的女官，训作"あずまわらわ"，亦称"姬松"，在天皇行幸时，骑马随侍左右[1]。《枕草子》的"贱物得意之时"一条中的"行幸时之姬大夫"便是指这种女官。

藏司·书司·药司·兵司·闱司·殿司·扫司

藏司负责收藏神玺、关契、天皇装束等。书司负责保管书籍、文房用品、乐器等，《源氏物语》的《绘合》卷就有"自书司将琴取来……"的描述。药司负责医药，兵司负责兵器，文学作品基本不会提及这两个部门。闱司负责保管御门的钥匙，《紫式部日记》记道："似为闱司之人，衣服化妆，俱显粗疏……"殿司也写作"主殿司"，负责灯火与炭薪，就如《枕草子》所写："主殿司之人，亦甚具趣味。举凡婢女之中，其最可羡，予竟愿贵家女任此职也。"扫司见于《紫式部日记》等："扫司女官……"负责扫除、敷设等事，吊放格子也是扫司的工作。所有的司都有自己的尚、典等女官，其下的婢女称为女嬬（にょうじゅ）。

---

[1] 骑马随侍时身着男装。另外，"姬松"（ひめまつ）为"姬大夫"（ひめもうちぎみ）之讹。

水司・膳司・酒司・缝司・女嬬・采女

水司也见于《紫式部日记》等："采女、水司、梳发人……"负责提供饮品、杂粥等。膳司相当于御膳房。这两个部门的婢女特别称为采女（うねめ），但地位仅与女嬬相同。除此之外，酒司负责御酒，缝司负责裁缝工作。以上便是"后宫十二司"，禁中的男官也各自隶属于十二司之一。等同于女嬬的"采女"原本是各地郡司、豪族献给天皇的容姿端丽之女，地位甚高，[①]后来却变成了卑官小职的名称，与十二司属下的女嬬无异。

命 妇

除上述女官外，还有被称为命妇（みょうぶ）的女官。根据《大宝令》，五位以上的女官称为"内命妇"、五位以下的称为"外命妇"。后来，中臈的女房也被称为命妇。根据惯例，命妇被呼以其父或其夫官名，如"侍从命妇""左近命妇""大辅命妇""弁命妇""兵部命妇""少贰命妇""少将命妇""筑前命妇""肥后命妇"（以上均出自《荣花物语》）等。

---

① 例如《万叶集》："安见儿！安见儿！皆言君难获，如今已归我！（われはもや安見児得たり皆人の得難にすとふ安見児得たり）"（藤原镰足）此为藤原镰足得天智天皇下赐采女安见儿后表欣喜、炫权势之歌。

女藏人

女藏人属低级女官，训作"にょくろうど"。正如《紫式部日记》中记载的那样："'将格子下了吧。''女官们已去歇息了。''叫藏人来做。'"有时会将"女"字略去，单称"藏人"①，因此很容易与男官的"藏人"①混淆，必须多加留意。

女　房

从御匣殿到女藏人的女官全部称为女房（にょうぼう），意为"受赐一局，在局中居住的妇人"。所谓"局"（つぼね），指的是一间属于女官自己的单间，但有时也会与他人合住。不过，虽说是"单间"，其实仅仅是被屏风、几帐等物临时隔开的空间而已。《枕草子》就提到过："内里之局，以细殿②最具趣味。……因狭窄故，若有小童入内，逢不便时，使其隐于屏风之后，便可不似他局有童声大笑，如此甚佳。"这里指的是弘徽殿的细殿里的局，它们显然是由屏风分隔的。

女房也会被叙以官阶，称为"女叙位"，属于中务省的管辖范畴，隔一年进行一次。天武天皇时首创，至嵯峨天皇

---

① 藏人所官吏，为天皇近侍。
② 细殿，位于御殿侧后方的细长厢房。

时，在正月初八举行已是惯例。《枕草子》曰："（正月）初八，欢喜之人乘车来往庆贺，轮声历碌，听来不若往常，甚是有趣。"这就是女叙位时的情景。

二

上 臈

就如《荣花物语》的《日阴蔓》卷所述："众女房于宫中服侍有年，现各自装扮，难辨上中下之别……"女房分为上臈[①]、中臈、下臈三等。《女房官品》亦持此说。此说尚有疑问，但在此姑且听之。

上臈指御匣殿、尚侍、典侍等有权着用禁色（青色及赤色织物）的女房，多为大臣[②]之女或孙女，常以一位局、二位局、三位局、大纳言局、中纳言局、左卫门督、帅、按察等名名之。

小上臈为大、中纳言之女，以京城路名名之。其中，一条、二条、三条、近卫、春日等名为上，大宫、京极等名为中，高仓、四条等名为下。

---

① 臈（là，通"腊"，日文训作ろう），日本朝廷表示官员、女房序列的词语，犹言等级。
② 大臣为日本朝廷最高官职，特指太政大臣、左大臣、右大臣、内大臣四职。

中　臈

　　中臈指内侍以外的女官和命妇，多为殿上人之女。小
宰相、小督、左卫门督等名可用于中臈和小上臈，中将、少
将、左京大夫、宫内卿、新介、左卫门佐、少纳言、少弁等
名只可用于中臈。

下　臈

　　下臈是摄政、关白家的家司之女，或女藏人等下级女
官，常以国名名之。其中，伊予、播磨、丹后、周防、越
前、伊势等名略高。

对女房的称呼

　　有些女房的称呼前面会加上"小"字，例如《紫式部
日记》中就提到过小左卫门、小兵卫、小马、小兵部、小木
工等名。《女房官品》曰："凡名前添'小'字者，以其为上
也。"虽说如此，也有另外一种情况，就是在两位女房重名
时，用"小"字称呼较年少者，如"大式部""小式部"等。
　　上臈的女房也会被呼以方名，如"东之御方""北之
御方""北政所"等；或向名，如"西向""南向"等。据
《女房官品》记载，方向以东、北为上，西、南略为下之。
此外还有"对之御方""一之对""二之对"等，以其所住

的殿舍名称呼。①

　　除此以外，还有用传达宣旨的经历来称呼的。当中宫、女御等下达宣旨时，负责传达的女房会被称为"宣旨"。春宫、斋院、关白家等也会下达宣旨。此后，即使不再传达宣旨，这个称号也会一直保留。《枕草子》中就有"御生之宣旨"一名，意为，这名女房曾为御生（贺茂斋院）②传达过宣旨。《紫式部日记》中也提到过"大式部之御许，此为殿（道长）之宣旨"。正历六年五月十一日的宣旨（太政大臣文书须经权大纳言道长阅览后方可施行）就是由这名女房负责传达的。

　　称呼女房时，应在其名下加敬称"君"（きみ）或"御许"（おもと）。如《紫式部日记》中的"大纳言之君、小少将之君""大式部之御许"。"御许"用来称呼略微年长之人，"君"用来称呼同辈或地位略高之人。对于命妇，还有"御殿"（おとど，出自《枕草子》）、"伊势之御"（《大和物语》）、"常陆殿"（《源氏物语》）等称呼。

乳　母

　　以上为后宫女房；地位相当于女房的还有乳母。据《紫式部日记》记载，中宫出产之前，侍候在左右的人里包括"随侍内侍之督者，中务之乳母；随侍女公子者，少纳言之乳母；随侍小女公子者，小式部之乳母"，指的就是妍子、

<hr>

① 参见本书第七章。
② 御生（みあれ）为贺茂神社别名。

威子、嬉子（道长之次女、四女、六女）的乳母，她们的地位和随侍中宫的女房几乎相等。在《赞岐典侍日记》中，身为堀河天皇乳母的作者记载了天皇驾崩时的情景；《千载和歌集》中收有枇杷殿皇太后（妍子）逝世后，她的乳母（弁乳母）追忆哀思的和歌。虽然不是宫里的事，不过《源氏物语》中的玉鬘也被乳母真心看护长大。在这之外，《源氏物语》《枕草子》等书中还有许多关于乳母的记载，其中应当特别注意这些乳母对主君的深厚感情。从文学的角度来看，乳母的存在绝对不可忽视。

上述内容基本包括了在后宫侍奉的所有女性，但除此以外，也有"刀自"这样的群体存在，如《紫式部日记》中的"呼御膳宿刀自入内……"《枕草子》中的"实乃台盘所之刀自也……"。这些人都是年老的女性，在御厨子所、台盘所等处打杂。类似的还有"杂仕""下仕""半物""长女""樋洗""御厨人"等，都是地位低下的婢女，《枕草子》《源氏物语》《紫式部日记》《荣花物语》等作品亦有记载。但就连这些下人也有自己的下人，《枕草子》就提到过："女房之仆妇、自故里所来者、长女及御厨人之仆妇，石子瓦片……"这也可以说是"没有最低，只有更低"吧。

在提到低级女官时，要特别把发音拉长为"にょうかん"，高级女官的发音才是"にょかん"，以此区分二者。例如前面引用过的《紫式部日记》中的记载就是"女官（にょうかん）们已去歇息了"；而在《枕草子》中，则有"主殿司、女官（にようくわん）们来来往往，甚是有趣"的字样。这些都反映了当时称呼上的惯例。

第四章　后宫的殿舍

一

弘徽殿上御局·藤壶上御局

前面我们讲过了构成后宫的"人"，现在来讲一下构成后宫的"场所"。首先不能不提的，就是清凉殿[1]；但这里没有必要对清凉殿本身进行特别说明，只介绍一下殿内的房间，特别是与后宫关系密切的房间。首先，在夜御殿以北，是弘徽殿上御局和藤壶上御局，女御、更衣们会在这里侍候。《枕草子》中的"御帘之内，女官诸人将樱色唐衣宽松披垂，现出藤色、山吹色之衣[2]，绚丽夺目……"，就是在描写上御局的情景。

御汤殿上之间·御手水之间·朝饷之间·台盘所

在藤壶上御局西侧，从北开始，是御汤殿上之间和御手

---

① 平安中后期天皇起居、办公的宫殿。
② 指穿在唐衣下面的表着等衣，参见本书第十三章。藤色近于浅紫色，山吹即棣棠花，山吹色近于金黄色。

水之间。在其南侧，夜御殿以西，是朝饷之间。再往南，日御座西侧，是台盘所。此外，在御汤殿上之间西侧，隔着一条切马道，就是御汤殿。御汤殿上之间是侍奉天皇入浴的女官们的休息室，御手水之间是天皇每天早上洗手的房间。朝饷之间是天皇吃早饭的房间，其南侧的台盘所是准备御膳的房间，亦称"女房侍"，作为殿上女房的休息室使用。这里同时也有台盘、唐柜、厨子等下人，贴着"日给简"，也就是记有女官名字及值勤日的纸。

温明殿（贤所）

接下来，在温明殿母屋中央马道的南侧，就是贤所。贤所又称"内侍所"，神镜的仿制品安置在此。据《江次第》记载，有一次，当神镜想要飞到天上去的时候，女官用唐衣把它包住、拽了下来，因此这里就定为用女官侍奉。

后凉殿

后凉殿位于清凉殿以西，由渡殿连接。其母屋作为纳殿①使用，西厢为御厨子所，负责供应早晚的餐肴。南厢为御膳宿，在御厨子所做好的饭菜会送到这里存放。前章所述的刀自主要就在后凉殿供职。这座宫殿是离清凉殿最近、与

① 纳殿（おさめどの），宫内收藏贵重物品的宫殿。

后宫女性关系最深的宫殿。在《源氏物语》的《桐壶》卷中，就有天皇命令后凉殿里的一个更衣迁走，将腾出的局赐给桐壶更衣的描写。此外，在女房侍，也就是台盘所，会举行绘合，这时中宫会在朝饷之间观览，殿上人也会在后凉殿的簧子上一边侍候，一边观看。

承香殿·常宁殿·贞观殿

承香殿位于仁寿殿以北，常宁殿位于承香殿以北。五节舞姬会在常宁殿进行"帐台试"[①]，也就是试演出，因而常宁殿十分有名。在大尝会或新尝祭时的丑日，天皇会驾临常宁殿，观看舞姬的表演。贞观殿又位于常宁殿以北，是皇后的正殿，亦称御匣殿，中宫厅曾设置在此。

丽景殿·宣耀殿·弘徽殿·登华殿

上述三殿，再加上丽景殿、宣耀殿、弘徽殿、登华殿、昭阳舍、淑景舍、飞香舍、凝花舍、袭芳舍，这十二座殿舍合称"后宫"。不消说，"后宫"的意思是指这些殿舍位于天皇起居的清凉殿、仁寿殿后方，为皇家"家事"所用。所有这些殿舍内都设有给女御、更衣及在后宫供职的女房们居住

---

① 参见本书第六章。

平安京内里图

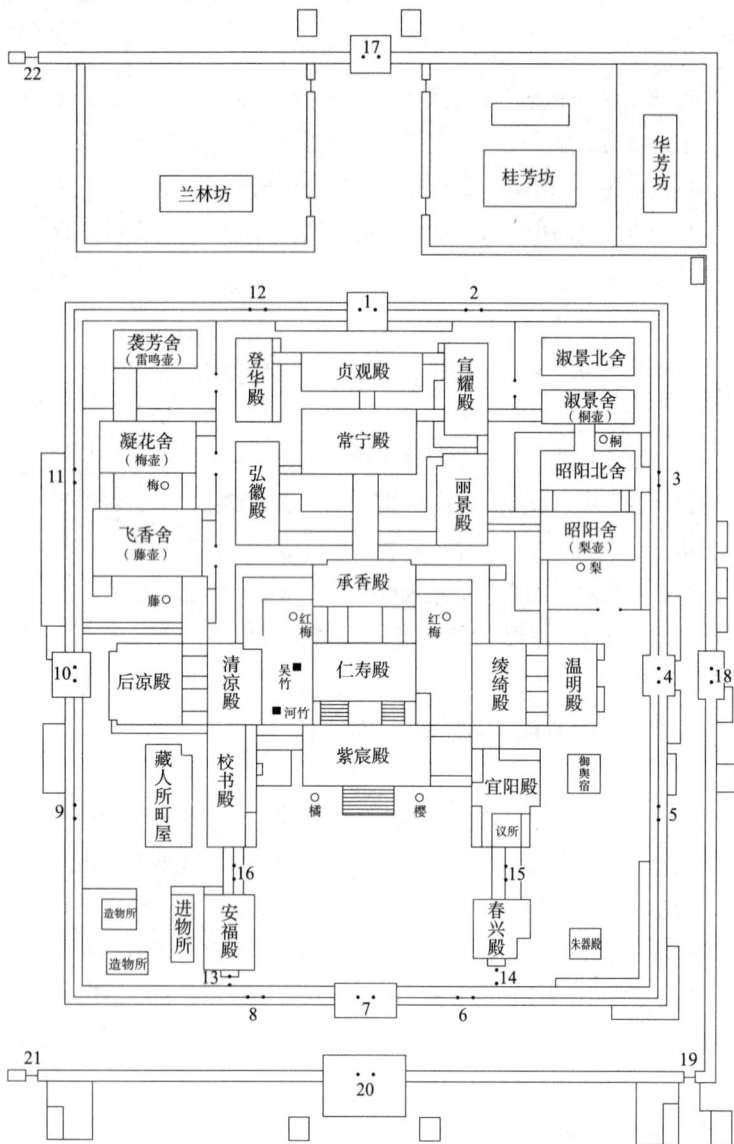

兰林坊　桂芳坊　华芳坊

22　17

袭芳舍（雷鸣壶）　登华殿　贞观殿　宣耀殿　淑景北舍

凝花舍（梅壶）　梅○　常宁殿　淑景舍（桐壶）○桐

弘徽殿

飞香舍（藤壶）　丽景殿　昭阳北舍

藤○

承香殿　昭阳舍（梨壶）○梨

○红梅　红梅

后凉殿　清凉殿　吴竹■　仁寿殿　绫绮殿　温明殿

■河竹

藏人所町屋　校书殿　紫宸殿　宜阳殿　御舆宿

○橘　○樱　议所

造物所　进物所　安福殿　春兴殿　朱器殿

造物所

12　1　2

11　3

10　4　18

9　5

16　15

13　14

8　7　6

21　19

20

1.玄辉门　2.安喜门　3.嘉阳门　4.宜阳门　5.延政门　6.长乐门　7.承明门　8.永安门　9.武德门　10.阴明门
11.游义门　12.徽安门　13.右腋门　14.左腋门　15.日华门　16.月华门　17.朔平门　18.建春门　19.春华门
20.建礼门　21.修明门　22.式乾门

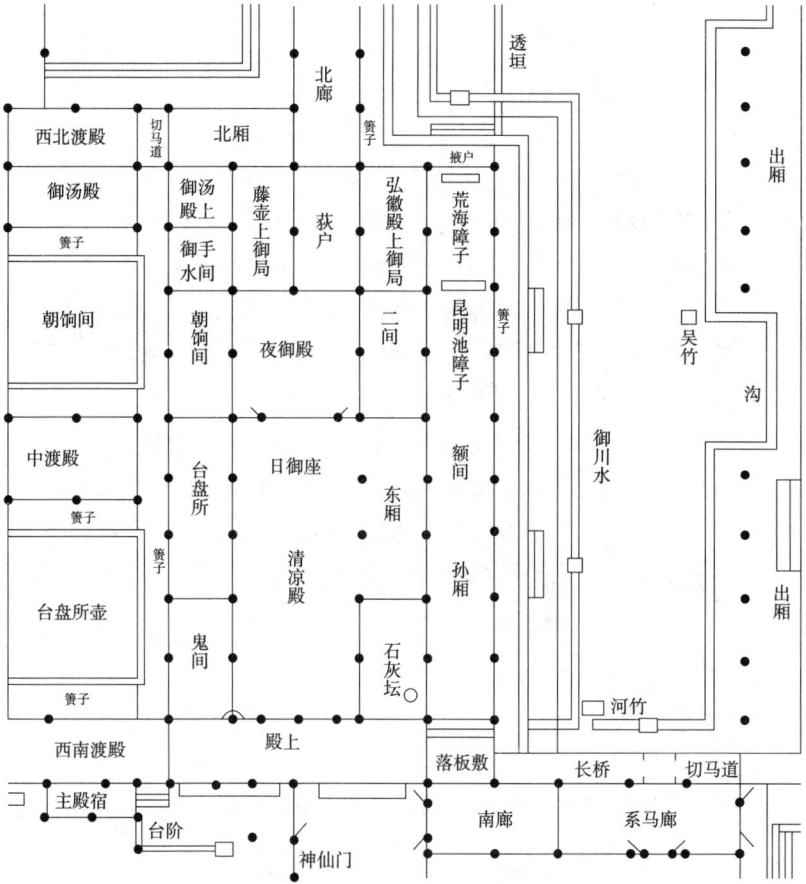

清凉殿

西北渡殿　切马道　北厢　北廊　透垣

御汤殿　御汤殿上　藤壶上御局　荻户　弘徽殿上御局　荒海障子　出厢

簧子　御手水间　被户

朝饷间　朝饷间　夜御殿　二间　昆明池障子　簧子　吴竹　沟

中渡殿　台盘所　日御座　额间　御川水　出厢

簧子　簧子　东厢

簧子　台盘所壶　清凉殿　孙厢

鬼间　河竹

簧子　石灰坛　○

西南渡殿　殿上　落板敷　长桥　切马道

主殿宿　南廊　系马廊

台阶

神仙门

的曹司①，平安时代的女流文学全部是在后宫这一舞台上上演的。

昭阳舍·淑景舍

在昭阳舍的庭院中栽有梨树，因此昭阳舍又称"梨壶"。《后撰和歌集》就是由所谓的"梨壶五人"编撰的。②淑景舍的庭院中栽有桐树，因此又称"桐壶"。《源氏物语》的《桐壶》卷中有"其局名唤桐壶。往御前去时，须自众多嫔妃局前行过……"一段描写，意指此处离清凉殿甚远。《荣花物语》的《无尽梦》卷中则有"次女公子芳龄已十四五，入宫为东宫妃，其时情景绚丽之至，真乃可喜可贺……赐居于淑景舍"，写的是三条天皇的女御、关白道隆的次女原子的事情；对于此事，《枕草子》中也有"淑景舍为东宫妃……"一条记载，可见淑景舍女御可被略称为"淑景舍"。这一称呼散见于《荣花物语》。

飞香舍

飞香舍又称"藤壶"，庭院中栽种着藤、菊、枫树、女

---

① 曹司（ぞうし），或称御曹司（みぞうし），宫中或官署内为女房或官吏所设的房间。

② 在村上天皇的敕命下，从天历五年（公元951年）开始，源顺、大中臣能宣、清原元辅、坂上望城、纪时文五人在昭阳舍编撰《后撰和歌集》，这五人因此被称为"梨壶五人"。

郎花 ① 等花草树木。被称为"藤壶女御"的妃子全部居住在此。彰子 ② 被称为"辉藤壶"，也是由于在飞香舍居住的缘故。在《荣花物语》的《歌合》卷中，描写了在藤壶举行"藤花之宴"时的情景，殿上人用琵琶、和琴等在宴会上合奏乐曲。由此可见，这里经常举行"藤花之宴"。

凝花舍

凝花舍又称"梅壶"，庭院中除梅树外，还栽有萩 ③、棣棠等花草。《枕草子》中关于藤原齐信的一条写道："将将梅壶东侧格子拉起道：'请入来。'便翩翩走来……庭前之梅，西为白梅，东为红梅，皆已至将谢之时，然仍甚具趣味。日光澈澈，悠然悬照，真欲他人亦见此景也。"写的就是梅壶的景色。被称为"梅壶女御"的有诠子、生子、基子等，她们都曾在这里居住。

袭芳舍

袭芳舍又称"雷鸣壶"，曾有落雷将庭院中的树木劈死，其后并未移走再植，而是照原样保留下来，故而得名。

---

① 女郎花（おみなえし），黄花龙芽草。
② 藤原彰子（988—1074），藤原道长长女、一条天皇中宫、后一条天皇及后朱雀天皇生母。紫式部、和泉式部、赤染卫门、伊势大辅等著名女性文人均为其女房。
③ 萩（はぎ），胡枝子属植物。

　　据诸书记载，住在丽景殿的妃子号为"丽景殿"或"丽景殿女御"，有绥子、延子、庄子等；住在宣耀殿的妃子号为"宣耀殿女御"，有芳子、娀子等；住在弘徽殿的妃子号为"弘徽殿女御"，有祗子、义子等。登子住在登华殿，号为"登华殿之君"。

职内的御曹司

　　一条天皇的皇后定子①常常住到职内的御曹司去。《枕草子》中有"住于职之御曹司时……"一条，写的都是发生在这里的事情。所谓"职内的御曹司"，指的是"中宫职内的御曹司"，《枕草子》用了长达十七条的篇幅记载在这里发生的事情，需要特别留意。

二

今内里

　　以上所述的都是内里，下面来讲一下"今内里"（いまだいり）。今内里是在内里烧毁时作为临时皇宫使用的场

---

① 藤原定子（977—1001），藤原道隆长女、一条天皇皇后。清少纳言为其女房。

所。在桓武天皇迁都的一百余年之后，内里于村上天皇在位时的天德四年（公元 960 年）发生火灾，这是迁都后在内里发生的第一起火灾。其后，内里又被烧毁多次。圆融天皇在位时的贞元元年（公元 976 年），当内里烧毁之后，天皇暂时移驾到堀川院居住，这一临时皇宫便被称为"里内里"（さとだいり）或"今内里"。根据惯例，对今内里各处的称呼都要换成皇宫里的称呼，例如天皇的起居之处叫"清凉殿"，对其余的各门和房间的称呼也都照搬皇宫。举例而言，《枕草子》曰："小一条院唤作今内里。主上所居之殿为清凉殿……""今内里之东，名唤北阵之处……"《枕草子》中关于内里饲养的猫的记载，可能就是在一条院的今内里发生的事情，可以看到，在今内里同样有朝餉之间、台盘所等名称。此外，《增镜》（十三）的《秋之深山》一章记述在闲院的今内里进行歌合一事时，同样将寝殿称为紫宸殿，将西之对称为清凉殿，将钓殿称为安福殿。

里第行启

此外还有一种情况，就是内里本身并不搬迁，皇后行启到自己的里第①，在其处长期居住。这一做法在临产或患病时十分常见。《紫式部日记》的主要部分就是中宫彰子为待产而移驾到自己的里邸土御门殿时，作者所写的日记。《枕

---

① 行启（ぎょうけい），皇后、皇太后、皇太子、皇太子妃等皇族出宫，犹如称天皇出宫为行幸。里第，即里邸（さとやしき），犹言自家。

草子》中也有皇后行启到三条宫、二条宫、小二条宫等处的记载。在皇后行启时，里邸要称为"中宫"或"宫"，就如《权记》所写的"参中宫"。在这种时候，所有随侍女房，只要身份相宜，都必须随同。例如《紫式部日记》的十一月十七日一条写道："陪乘御舆者为宫之宣旨。殿之上、乳母少辅、小皇子乘丝毛车。大纳言之君、宰相之君乘金作车。后车，小少将与宫之内侍共乘，更后车，予与马中将共乘……殿守侍从之君、弁内侍，其后为左卫门之内侍、殿之宣旨式部。次序既决，各自依例登车。"《枕草子》也写道，皇后定子行启至大进平生昌①的邸宅，即三条宫时，"将东门改四足门，以迎御舆。诸女房座车由北门入。因该处并无阵屋，心思可径直行入，故头发散乱者亦未整理……"这些记载都反映了在里第行启时，女房会各自乘坐牛车陪伴的事实。

① 大进（だいじん），律令制下官职。平生昌（生卒年不详），平安中期公家，时于中宫职任中宫大进。

第五章　入宫供职的动机

一

摄关家的女性

在平安时代，宫廷中的女性都是"女官"，也就是女性官吏，其中的地位低下者与仆妇无异，但也有身居高位之人。还有一种叫"侍讲"的女官，实质上相当于皇家技术人员。那么，这些女性是怀着怎样的目的入宫供职的呢？首先，就是为了出人头地，进而为了家族的繁荣。摄政、关白、大臣等官员会把自己才色兼备的女儿送入后宫，如果她们有幸被选为女御、被立为中宫的话，不仅自身能够功成名遂，也会为家族的繁盛打下坚实的基础。倘若生下皇子，而皇子又登上皇位，那就更是能以外戚的身份得享一世尊荣与权势，以犹如国家支柱一般的身份临朝辅政。

一般女官

以上就是摄关家的女性进入后宫的主要原因；普通的公卿和殿上人将女儿送入后宫的理由也基本如此，虽然程度有所差别，但都怀着同样的期望。虽然是虚构的故事，不过桐壶更衣就是这样："小女自出生以来，老身夫妇即寄予厚望，亡夫大纳言临终时犹言：'使此女入宫之夙愿，务得实现。虽吾身死，而不可挫此志也。'屡屡嘱托，故明知入宫嫔妃若无家门倚仗，必将屡遭不幸，仍不负遗言，使小女入宫……"像桐壶更衣这样的女性并不是特例。

地位更低的中﨟、下﨟等女官当然不会抱有不切实际的非分之想。虽然可能会在心中模糊地怀有鸿运当头、意外得宠的希望，但是对她们来说，入宫侍奉实际上只是一种生计而已。

清少纳言的宫中供职观

上面讲述了那些为了实际利益入宫的女官，但绝非所有女官入宫侍奉的目的都是出人头地。必须承认，女官们入宫的另一个重要目的是在宫中获得更加高等的教育，清少纳言就在《枕草子》中阐述了这种宫中供职观[①]：

（大意）前途没有什么希望，把自己的一切都寄托在不可靠的丈夫身上，愚直地守着结婚之后那点虚假的幸福，这样的人是我所看不起的。身份相应之人的女儿，还是应该去宫中供职，见识世间的种种事物。就

---

① 本节两段《枕草子》引文据原著所附现代日语译文直译。

算任职的时间不太长，也至少应该担任典侍这样的职位。……将曾在宫中侍奉的女房称为"夫人"，珍重地娶来后，可能会觉得她不够温婉娴静，这种想法也在情理之中，不过，倘若妻子担任禁中的典侍，时常可以进宫，或者在贺茂祭的时候担任使者，对丈夫来说，这不也是很光彩的事吗？而且，像这般有地位的女性，若是愿意在家中安守妻子的本分，则更好了。

清少纳言在这里分析了入宫供职的意义。对她而言，入宫供职并不是一份单纯的工作，用现代的语言来说，这是女性获得高等教育的机会。通过在宫中供职，女性可以开拓眼界、加深教养、锻炼人格。即使是在现代，妇女从事职业工作的意义也不仅仅在于物质收入的多少，更加重要的是职业工作对精神生活的意义。这是理所当然的。如果能在工作中获得乐趣和喜悦，生活就会变得更加丰富，人格也会被培育得更为健全。这一点从古至今都没有任何改变。在同一条中，清少纳言还写道：

（大意）有的男人觉得在宫中侍奉的妇人轻佻浮薄、品行恶劣，那样的男人最是可憎。但他们会这么想，也不是不能理解。毕竟，身为女房，自至高无上的陛下以降，上达部①、殿上人、四位及五位的官员自不必提，就

———————
① 上达部（かんだちめ），即公卿。

连地位比他们还低的人也会见得很多。更不消说女房的仆妇、从故里来的人、长女及御厕人的仆妇，就连这些像石子、瓦片一样的卑贱之辈，女房也不能藏而不见。由于见的人太多，世间自然会产生这种误解。

这就是清少纳言对女性高等教育及职业妇女的见解，这些见解相当值得注意。入宫供职的缺点，就是会与世间脱节，容易失去纯情与感动；但它的优点则是能够拓展见闻、加深体验、使精神生活更加充实。对未婚妇女而言，进宫侍奉是一次无可比拟的接受高等教育的机会。这不仅是清少纳言个人的观点，也是当时有教养的女性的普遍观点。

二

和泉式部、清少纳言、紫式部等才女在宫廷中追求的，是更高、更美的事物。这三人进宫侍奉时，年龄都在三十岁上下，都曾如常结婚，但进宫时已与丈夫死别或因故离婚，而且已经分别有了名叫小式部、小马、大贰三位的女儿。当时，女性在经济上没有任何权利，像她们这样的女性若不再嫁，要想获得足以独立的收入乃至抚养子女，是非常困难的，几乎没有任何可能。对当时的女性来说，即使只是为了物质收入，入宫供职这条生存之道也极为必要，而在精神的意义上，它的必要性还要更高一层。

自伊势①以降，直到和泉式部、清少纳言、紫式部，这些著名的女性文人正是当时女性的代表。对这些女性来说，现实生活并不一定会让她们感到幸福。"世事无常，世界并不完美"是她们对生活的体验；这种体验与"厌离秽土"②这种佛教思想结合，形成了一种厌世的世界观，但另一方面，正是因为有了这种体验，她们才会去更加热烈地追求理想的生活。就像这样，她们一方面希望舍弃俗世、遁入佛门，一方面又想在现世追求更高的世界。正如前文所述，在整个现世之中，最为理想、高度最高的世界，无过于宫廷。

才女们对后宫的憧憬

在一条天皇的时代，后宫中皇后与中宫并立，双方都在身边收罗了一群才女。今天我们并不清楚这些才女是怎样选拔出来或召集而来的，不过在大多数情况下，很可能是身居高位者去主动寻找合适的人。像男性官吏那样自我举荐，甚至为了获得官职，在台面下进行一些活动，下臈的女官也许会这么做，但我们很难想象这些被称为才女的女性会去干这种事。

---

① 伊势（约 873—约 938），平安初期歌人，三十六歌仙之一、女房三十六歌仙之一。
② 日本佛教净土宗术语，意为弃离苦世、早登极乐。《往生要集》："第一厌离秽土，第二欣求净土。"

紫式部的宫中供职

　　以紫式部为例，不管是她身为一条天皇乳母的身份（中世有此传说）① 也好，像《紫式部日记》中写的那样，"与中务宫家结儿女亲之事，殿（道长）甚是热心……"，她与中务卿具平亲王之间的姻亲关系 ② 也好，还是作为《源氏物语》作者的名声也好，她受到天皇召见，都在情理之中。当然，被天皇召见是极大的荣誉，也一定会使本人大喜过望。紫式部在日记中如实地记载了在宫中供职为她带来的喜悦："……（中宫）仪态举止，高贵无以言表。置身此苦世之中，能稍得慰藉之处，唯中宫御前也。虽不至忧愁全忘，平日胸中滞闷得以一解，亦不可思议也。"

---

① 不实。紫式部之女大贰三位（贤子）为后冷泉天皇乳母。

② 不实。紫式部之父藤原为时、亡夫藤原宣孝皆与具平亲王过从甚密，唯二家并无姻亲关系。

第六章　宫廷的重要活动

一

后宫十二司的执掌·每日的活动

那么，在宫中供职的女性们做的都是什么工作呢？只要看看后宫十二司的执掌就能大体了解了。主要就是做饭、打扫、缝纫、卫生、日常用品、图书、乐器、钥匙、灯火、薪炭这些，与普通平民的家庭活动没有太大区别。通过顺德天皇所著的《禁秘抄》和后醍醐天皇所著的《日中行事》，我们能够得知这些活动安排的顺序。在禁中，主殿司从卯时（上午6时）开始进行"朝净"（あさぎよめ），也就是早晨的打扫，藏人们将御殿的格子上起，整理日常用品、收起被褥、拉起竹帘。当"朝净"结束之后，藏人们就去殿上侍候。辰时（上午8时），主殿司将天皇的洗澡水准备好，称为"清身"（すまし）的女官负责烧水，内侍（掌侍中的勾当内侍）负责测试洗澡水的温度、侍候天皇沐浴。沐浴完毕后，典侍或上臈的女房侍候天皇换下汤帷子，此时要进行鸣弦①的仪式。然后，天皇在御手洗之间换上

_____

① 空鸣弓弦以驱邪。

直衣。主水司奉上洗手水，两名命妇和藏人在簀子上侍候。洗手之后，天皇来到石灰坛①，向位于辰巳②方向的伊势神宫遥拜。

接下来奉朝饷御膳。首先由称为"得选"（とくせん）的女官从台盘所端出托盘，将御膳摆在御膳架上。陪膳女房（三、四位的上臈女房）在一旁侍候。然后，殿上人（四、五、六位的官员）在殿上进行"台盘"（だいばん），也就是食用天皇的赐馔。"台盘"结束后，天皇前往藏人所的町屋（位于校书殿以西、后凉殿以南），在那里进行"日给"（にっきゅう），就是把殿上人的排班表写在纸上，这张纸叫"日给简"。这件事结束之后，所有人换上宿直装束，然后以宿直装束上殿。

陪膳之人暂时还要在殿上侍候，等待藏人的信号。两名藏人端着台盘，奉在日御座③上。当供奉御膳的人进入鬼之间④的障子时，要喊"警跸"（けいひつ）之声，其词为"おし"。《枕草子》中的"其时，日御座之前，搬御膳之足音、'おし、おし'警跸之声，皆可听闻……"，写的就是这时的情景。其后，藏人站在台盘所的簀子上，用手扶着高栏，奏道："进御膳。"天皇就在大床子⑤上坐下用膳⑥。朝御膳在午

---

① 设于清凉殿东厢南端的祭坛，涂以石灰，故而得名。
② 辰巳，即巽方（东南方）。
③ 位于清凉殿中央，为天皇昼间正式所居之处。
④ 位于台盘所南端，壁上有白泽王斩鬼之绘。
⑤ 床子（しゃうじ），四足矮凳。
⑥ 这是"大床子御膳"，实为仪式，非实际用餐。天皇实际所食，为"朝饷御膳"。

时（中午 12 时），夕御膳在申时（下午 4 时），流程都完全相同。

入夜之后，负责人手持掌灯（能够持行的脂烛之类），将各处的灯笼点起，首先是仁寿殿的两个灯笼，然后是清凉殿的五个灯笼。除额间[①]的灯笼外，从额间往南，每隔四个柱间挂一个灯笼。灯笼全部吊在用苏芳[②]制成的绳索上。小板敷[③]前的小庭和渡殿也挂灯笼。藏人放下格子，在御手洗之间和台盘所各点起一座高脚灯台，然后点起其他房间的灯台。内侍从御手洗之间拿来夜御殿的搔灯（かいともし，手持蜡烛之类），点亮挂在夜御殿四角的灯笼。然后，封起殿上的日给简，也就是将其装入袋中。同时还要把御椅罩上。

亥时（夜间 10 时），藏人把格子闩上，放下竹帘，将第二柱间以下的灯笼取回殿内，闩上门窗，盖上御砚箱，把御剑放在箱上，将箱置于大床子的大床子旁的御柜上。一切结束之后，从鬼之间离开，关上鸟居障子[④]，回到殿上之间。

这之后，还要在殿上进行"名谒"（なだいめん）[⑤]。藏人头在清凉殿孙厢南端，殿上人在上户[⑥]的门口，六位藏人[⑦]在

---

① 额间（がくのま），悬挂殿舍匾额的柱间。
② 苏芳（すおう），苏木。
③ 连接殿上之间与清凉殿南端小庭之处，地铺木板。
④ 台盘所至鬼之间的障子。此处柱子上部形如鸟居，故而得名。
⑤ 汉字又作"名对面"。
⑥ 殿上之间东侧板门。
⑦ 虽为六位，仍为殿上人。

墙边，各自侍候，泷口①从北门进来，站在前庭中。六位藏人这时要问"谁"或"何人在此"，殿上人要报出自己的名字，泷口也要鸣弦，自报其名。《枕草子》中的"殿上名谒，亦甚具趣味。……足音纷杂而出时，于上御局东侧侧耳聆听，若听得所知之人报名，不觉怦然心动"，描写的就是这时的情景。

天皇在夜御殿入睡后，殿上人进入鬼之间，枕着和琴等物入睡。"上卧"（うえぶし），也就是负责守夜的藏人，负责给夜御殿的灯注油，使灯火终夜不灭，因为御剑、御玺都安置在御殿内，需要整夜灯火长明。

以上是清凉殿的每日活动，而不是后宫的活动，但后宫的每日活动应与此所差不多，只是侍奉的男官全部换成女官。

二

临时或常例活动

除每日的活动外，宫中还有许多临时或常例的活动。从最重要的践祚、让位、即位等大礼开始算起，大尝祭、立后式、立太子式等重要典礼自不必说，还有皇子或皇女的诞

---

① 泷口（たきぐち），平安、镰仓时代在宫中担任警卫的武士。

生、产养、五十日、发置、深批、着袴或着裳、元服、成婚、算贺、大葬、谅暗等典礼。这些典礼举行的时间不定，但女官都要参与侍奉。众所周知，《紫式部日记》记载了一条天皇的中宫出产前后的情景、《赞岐典侍日记》记载了堀河天皇去世前后的情景、《中务内侍日记》记载了伏见天皇即位及举办大尝会等典礼时的情景。这些典礼也是后宫女性生活的世界的一部分，是后宫文学的舞台之一。

朝觐行幸·二宫大飨

每年的常例活动与后宫的女性关系较少，但正月二日的朝觐行幸是天皇行幸到上皇及母后处贺年的典礼，同一天的二宫大飨是后宫（太皇太后、皇太后、皇后、中宫）与东宫召见群臣赐宴的典礼，这两个典礼都与后宫有关。《荣花物语》中描写的枇杷殿大飨是其中最著名的例子。

若菜·白马节会·女叙位·望粥

正月七日的若菜和白马节会、八日的女叙位、十五日的望粥[①]等活动均见于《枕草子》，这些活动都是后宫女性十

---

① 若菜（わかな）是初春时采摘的绿叶菜，此风俗即正月七日于雪中摘若菜；白马节会（あおうまのせちえ），天皇于紫宸殿观览白马，赐宴群臣；女叙位参见本书第三章；望粥（もちがゆ），正月十五日食小豆粥。

分关心的。像春季除目 ① 这样的事情虽然看似与后宫毫无关系，但据《枕草子》中的"行除目时，宫中甚有趣味。正当降雪结冰，官吏人等手持申文，来来往往。四位、五位年轻气盛之人，看似仕途有望；年老龙钟、头发花白之人，来求女房关说，甚或站于女房局侧，自卖自夸，喋喋不休，年轻女房戏仿其姿以为乐，本人仍浑然不觉，打躬作揖道：'务请启奏圣上，启禀中宫！'若得官倒罢，不得官时，亦甚可怜也"，我们可以得知，实际上有很多除目得到了女房的斡旋。十四日和十六日的踏歌节会见于《源氏物语》的《末摘花》和《初音》卷等，十八日的赌弓见于《蜻蛉日记》天禄元年三月十日的记录，这些都是与女性文学密切相关的活动。②二十一日，还会在仁寿殿举办内宴。

子日·卯杖·卯槌

在正月的子日，要"拔小松③、摘若菜"，称为"子日之游"，这当然与后宫的女性关系十分密切。同样关系密切的还有在卯日使用的"卯杖"和"卯槌"④，《枕草子》的"雪

---

① 除目（じもく）为任官典礼，每年春秋各举行一次。

② 踏歌节会（とうかのせちえ），天皇于宫中观赏踏歌，十四或十五日为男踏歌，十六日为女踏歌；赌弓（のりゆみ），左右近卫府及兵卫府舍人竞赛射术，胜者有赏。

③ 拔小松，自野外将小松树移栽回庭院。

④ 卯杖（うづえ），桃木等"阳木"之杖，于正月杵地以辟邪；卯槌（うづち），形似卯杖，惟尺寸缩小以便悬挂。

山"一条就记述了大斋院宫选子内亲王派遣使者到中宫定子处的事情："拆信看处，乃卯槌二柄，长可五寸，似卯杖之槌头处包以纸张，饰以山橘、日阴蔓、山菅，[①] 甚美，然并无信件。（中宫曰：）'不该无信送来。'细细看处，包槌头小纸之上书有和歌一首：'山中鸣坎坎，疑是伐柯声。循声往看处，卯杖祝祷铿。'[②]"这一习俗在其他著作中也多有记载。

大原野祭·春日祭·石清水临时祭·贺茂祭

从二月开始举行的各神社祭典，即大原野祭、春日祭、石清水临时祭、贺茂祭，以及试乐、行列[③]，都是后宫女性十分关心的活动。其中，贺茂祭的行列尤为盛大，壮观夺目。上自上皇、女院，下至乡野村夫，京中人等，无分贵贱男女，悉皆争相观赏。在行列沿途两侧有栈敷（观赏席），道路上也挤满了观赏车，难以通行，因此争车[④]时常发生。对当时的情景，《源氏物语》《今昔物语》《十训抄》《枕草子》等书皆有记载。

---

①　山橘（やまたちばな），野生橘；日阴蔓（ひかげのかずら），东北石松；山菅（やますげ），野生薹草。
②　"山とよむ斧の響きを尋ぬれば祝ひの杖の音にぞありける。"
③　试乐（しがく），祭典时神社预演舞乐。行列，即祭典时的游行行列。
④　争车（車争い），贵族牛车为争适合观赏之处而互相争斗。其中最有名的，无过于《源氏物语》中六条御息所与葵之上的随从于贺茂祭时争车之事。

三

曲水宴·端午

　　三月三日的"曲水宴"①常见于《西宫记》等书，成为后世"雏祭"起源的"雏游"②也散见于《中务③集》《斋宫女御集》《蜻蛉日记》《枕草子》《源氏物语》等书。在五月五日的端午节时，主殿寮的官员会从南殿开始，在所有殿舍的屋檐上插上菖蒲，对后宫中的女性来说，这是令人怀念、充满古风的活动。《枕草子》写道："节以五月最上。菖蒲艾草之香缠结缭绕，极具其趣。上自九重之内，下至无名民家，皆争相插菖蒲于自家檐上，此情此景，虽每年目睹，亦常觉新鲜也。"《蜻蛉日记》《赞岐典侍日记》等书亦有对端午节的记载。关于在端午节悬挂的香球，《枕草子》中有"中宫所居之殿等处，有缝殿寮进来所谓香球之物悬挂，此物以诸色丝线编成，挂于御帐所在母屋之柱左右"，其他物语、日记、歌集等亦有描写。可以说，端午节是后宫女性最感亲切的一个节日。

---

① 仿中国"曲水流觞"的宴会。
② 雏祭（雛祭り）即女儿节，依俗例须摆人偶祈福。雏游（雛遊び），平安时代贵族子女以人偶为戏。雏即人偶。
③ 中务（约912—约991），平安中期歌人，歌人伊势之女。三十六歌仙之一、女房三十六歌仙之一。

七 夕

七月七日的"乞巧奠"（きこうでん）是祭祀七夕之星的仪式，系将织女星拟人为"织女"，最初只是向其祈求织布、缝纫技术的提升，后来范围扩大，连书法、乐器等技法的提升也可以祈求。此外，由于"牛郎织女"的故事，人们也向它祈求恋爱顺遂；就这样，乞巧奠渐渐地变成了与女性有密切关联的仪式，例如《增镜》（十三）的《秋之深山》一章关于元亨二年（公元1322年）七月七日的记事，就记录了女房在乞巧奠上祈求提高自身管弦水平的事情。同时，正如《源氏物语》的《幻》卷所写的，由于源氏怀念故去的紫之上，"七月七日常例，今年变更甚多。并无管弦之游，源氏唯枯坐沉思一日而已。亦无人观赏双星之会，将近黎明时，源氏自独卧处起身……"，当时在后宫和贵族豪绅的宅邸里会举行管弦之游。

盂兰盆

七月十五日的"盂兰盆"（うらぼん），亦略称为"盆"（ぼん，或ぼに），源自《盂兰盆经》里目连的故事，自古以来便是朝野上下共同的节日，散见于《蜻蛉日记》《枕草子》等各书。

赏　月

八月十五日夜晚的月亮是所谓的"名月"，宫廷会在这一晚举行"赏月之宴"。康保三年（公元 966 年）的御宴在清凉殿的东庭举行，以绘所描绘的大井川的景色为背景，装饰着造物所制作的松竹，据说其宏大华丽令人瞠目结舌；《荣花物语》详细描绘了这一景象。《源氏物语》的《须磨》卷中的"今夜正逢十五之夜，思及殿上管弦……"，指的也是赏月的御宴。不难想象，在后宫举办的宴会也与此相仿。

重阳·后明月

九月九日是二"九"重合，因此被称为"重阳"，即菊节句①。这一天，天皇会驾临紫宸殿，赐宴群臣。宴会上有音乐相伴，内教坊的舞妓也会起舞助兴。这一天还有擦"菊被绵"（きくのきせわた）的习俗，即在九月八日晚上把丝绵放在菊花上，翌日用其擦拭身体。这是一种巫术，据说可以驱除衰老②。《紫式部日记》中就有道长之妻伦子赠给作者菊被绵的记载，亦多见于《枕草子》等书。此外，九月十三日

---

① 节句（せっく），日本古代自中国传入的五个重要节日，其中"重阳"在日本又称"菊节句"。
② 古人以菊有延寿之效。将丝绵放在菊上一晚，是为了吸取菊露。

被称为"后明月"①，菅原道真的诗"去年今夜侍清凉"说的就是这一夜的事情②。

雪 山

十月，初雪降后，群臣必定要入朝朝觐天皇。从一条天皇的时代起设立了"雪山"，即令藏人所官吏、泷口等在庭院中用雪堆成一座小山，见于《枕草子》《源氏物语》《狭衣物语》等。当然，对此最有名的记载还是《枕草子》中的，简直可以说是脍炙人口。

御帐台测试·御前测试

在十一月的活动中，与后宫女性关系密切的是围绕新尝祭进行的诸多活动。在新尝祭时的丑日，要举行五节舞姬的"帐台试"，正如前文所述，这是在新尝祭后的"丰明节会"上表演"五节舞"的舞女进行的试演，天皇会亲自在常宁殿观看。四名舞姬从玄辉门进入，每翻五次袖子转身一周，转身五周后，舞蹈结束。在新尝祭时的寅日，舞

---

① 赏九月十三日夜之月，为日本独有习俗，宇多天皇首创。"后明月"即八月十五后的明月。

② 此处有误。菅原道真左迁后于九月作诗二首，纪念九月十日及九月十五日之事，而非九月十三日。此句出自《九月十日》："去年今夜侍清凉，秋思诗篇独断肠。恩赐御衣今在此，捧持每日拜余香。"指的是去年的"重阳后朝之宴"（于重阳节的后一日举办的宴会）。

姬还要在清凉殿再试演一次，这次试演称为"御前试"。在这一夜，清凉殿的东庭灯火通明，照得有如白昼。这一天还要举行一项称为"渊醉"（えんずい）的活动，公卿、殿上人们尽情宴乐，唱着朗咏、今样① 等，在后宫的长廊等处乱舞。《枕草子》《紫式部日记》《中务内侍日记》等记载了当时的情景。接下来，就迎来了卯日的新尝祭，辰日则是丰明节会，皆为宫中的重要典礼，女官的参与当然也是少不了的。

追　傩

在十二月的活动中，与后宫关系最为密切的是追傩（おやらひ，或おにやらひ）。大舍人寮的官员会戴着有四只眼睛的黄金面具，穿着朱色的衣服，一只手持盾牌，进入宫中，从北廊的门出去，大声驱赶无形的鬼怪，群臣也纷纷张弓，射出芦苇箭。《枕草子》和《源氏物语》曾多次提到这一活动。此外，在节分后，也就是立春的前夜，依风俗还要进行方违② ；见于《枕草子》和公卿的日记。不过，在室町时代，追傩被废弃，而改为撒豆驱鬼。

---

① 朗咏（ろうえい），将和汉诗文赋以旋律，应和管弦而唱；今样（いまよう），平安中期至镰仓时代的民间流行歌谣。
② 参见本书第二十二章。

四

灌佛·御佛名

与佛教有关的活动，要数四月八日的灌佛和十二月十九日的御佛名最为有名。灌佛是在佛诞日举行的法会，要举行在清凉殿向佛像倒五色水的仪式。御佛名则是在从十九日到二十一日的三天内，颂一万三千名三世佛的名号①，以除六根罪障。在这一法会上，要将仁寿殿的佛像移到紫宸殿，立起绘有地狱变的屏风，亲王、公卿、殿上人都去参加。御佛名常见于《枕草子》等书。

行启·读经·修法·庚申·讲解

以上介绍的，是与后宫女性有密切关联的那些宫廷常例活动。后宫女性除了参与这些常例活动之外，还会参拜神社与寺庙、为了出产请假回家。此外，还会跟随自己侍奉的嫔妃参加各种临时活动，如读经、修法、庚申②、歌合等。中臈的女房尤其要频繁地参加这种活动。而像清少纳言、紫式部这样富有才华的女房还要陪皇后或中宫说话，有时甚至要进行和汉文学的讲解。例如，《紫式部日记》就记载了紫式部

---

① 《佛说佛名经》所载一万三千佛。
② 参见本书第二十二章。

悄悄为中宫讲解乐府的事情。换句话说，她们在身为侍女的同时，也要负起辅佐之责，这是这些才女与普通宫女不同的地方。

女房的请假归家

女房有时可以请假归家。回家的原因基本是生病、旅行、结婚、生产、服丧等，但偶尔也有与同僚关系不睦而回家的情况。当有流言蜚语称清少纳言与道长一派暗中勾结[①]时，清少纳言赌气归家，闭门不出，就是一个例子。但是，待在家里的时候，她们又向往宫中的生活，亟欲再度回宫工作，这一点可以从《枕草子》《紫式部集》《紫式部日记》等著作中得知。她们觉得后宫是相当快乐的工作场所，但与同僚的人际交往使她们感到为难，有时还会招致流言中伤，受到嫉妒的情况也很多，这些都散见于物语文学或家集[②]。然而，尽管有这些苦恼，对她们来说，只有在后宫任职的生活才能带来生的喜悦，如果离开这种生活，就会失去精神上的寄托，因此她们对这种生活十分珍视。

---

① 长德二年（公元 996 年），定子之兄伊周因道长阴谋而遭流放（长德之变），随后便有此流言。
② 家集，私家文集。

第七章　公家的住宅

一

寝殿造

平安时代贵族住宅的建筑样式称为"寝殿造"（しんでんづく）。所谓寝殿造，就是以寝殿为中心，包括对屋、泉殿、钓殿、杂舍、车宿、总门、中门、筑山、池、遣水在内的全套宅邸。

寝　殿

寝殿造坐北朝南，中央为寝殿，其北有"北之对"，东有"东之对"，西有"西之对"，所有对屋皆以长廊与寝殿相连。寝殿之南为中庭，此外还有小庭，在庭中设有筑山和池，池中有中岛，与池岸以桥相连。为了向池中引水，还要挖出一条"遣水"（やりみず）。从东西两对各自向南延伸出一条廊，直达池畔，在此建有"钓殿"（つりどの）。这两条廊在中间分断，形成中门，在中门附近设有"车宿"（くるまやど）。东西两侧的门廊又呼为"东渡殿""西细殿"等名，

其侧有家司的诘所 ①，侍从人等在此侍候。宅邸北方设有"杂舍"（ぞうしゃ），整个宅邸周围还有一圈"筑土"（ついじ）。

可惜的是，由于平安时代的建筑物几乎没有一座原样保留到现代，我们无法准确得知寝殿造的实际构造。著于江户时代的《家屋杂考》② 是这方面的重要参考资料，对寝殿造的描述一般均以此书为准，但它只记载了一种样式，不能说平安时代的所有宅邸都是按照这种样式建成的。由于主人的门第、地形、可用面积的大小、财力、兴趣爱好及受教养程度等各自有别，建成的宅邸也必然大相径庭。本章只是为了便于读者了解平安时代女性的生活及文学，对寝殿造做一原则性的概述，权供参考。

二

寝殿意为"正殿"，而非"寝室"。这一名称是自中国学来的。它被用作主人的起居、待客之所，坐北朝南。

母　屋

寝殿的屋檐作亭子檐，葺以桧皮，规模多为七间四

---

① 家司（けいし），执掌皇族及公卿家中事务的职员。诘所（つめしょ），犹言值班处。
② 泽田名垂（1775—1845）著，1842 年出版。

面^①，如《源氏物语》的《红梅》卷所述："建有七间寝殿之广阔宅邸……"寝殿中央为母屋（もや），母屋外侧为厢（ひさし），厢外侧为簀子（すのこ）。殿内全部铺以地板，柱为圆柱。母屋与厢之间仅有一列柱子作为区隔，但有时也会在柱子之间安上格子。厢与簀子之间有格子，寝殿四角有称为"妻户"（つまど）的门，为平拉式的板门。簀子比厢低一截，在二者的分界处安有长押^②。簀子的宽度一般为五尺，像簀^③一样以木板造成，木板之间留有缝隙。在簀子的最外侧设有高栏^④。屋檐在台阶的部分向外突出，以便遮住台阶；这一部分称为"阶隐"（はしがくし）。在东西两侧的妻户之前也有台阶。

　　母屋是"おもや"的略称，此词应为"主屋"之意，而非"面屋"或"身屋"。其规模为五间四面。

厢

　　厢亦称"广厢""广缘""大床"（おおゆか）。将椽子延伸出去，在厢外再建的厢，称为"孙厢"（まごびさし）。厢一般不设天花板。

---

① 间为柱间。七间四面，即七柱间（八柱）、四墙。
② 长押（なげし），连结立柱、绕建筑一圈的构件，类似中国建筑中的阑额。
③ 簀（す），大型木制托盘，以木板钉成，板间有缝。
④ 高栏（こうらん），犹言栏杆。

寝殿造示意图

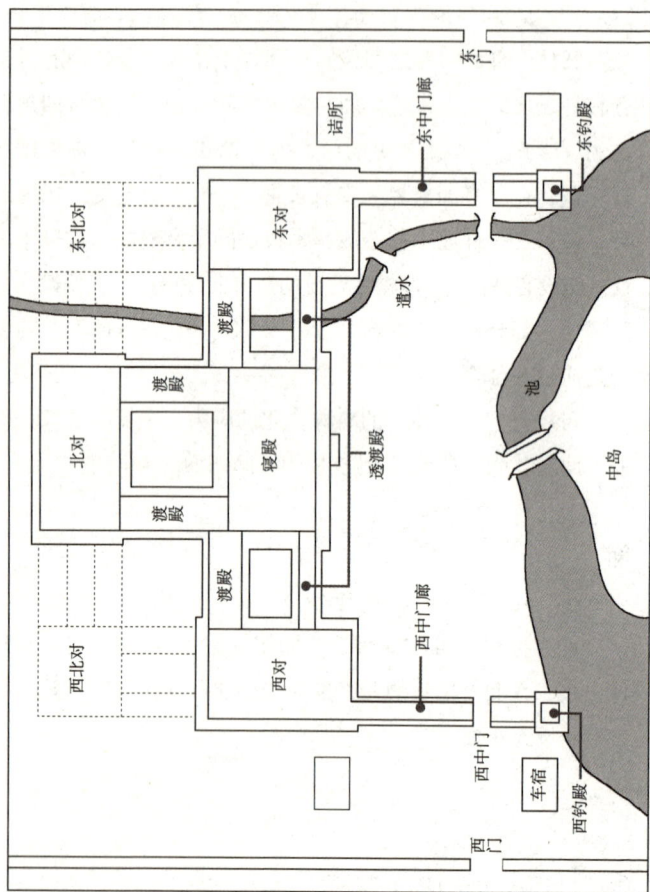

东门

诸所

东中门廊

东对

东钓殿

渡殿

遣水

东北对

北对

渡殿

渡殿

寝殿

透渡殿

池

中岛

渡殿

西中门廊

西对

西北对

西中门

车宿

西钓殿

西门

寝殿结构示意图

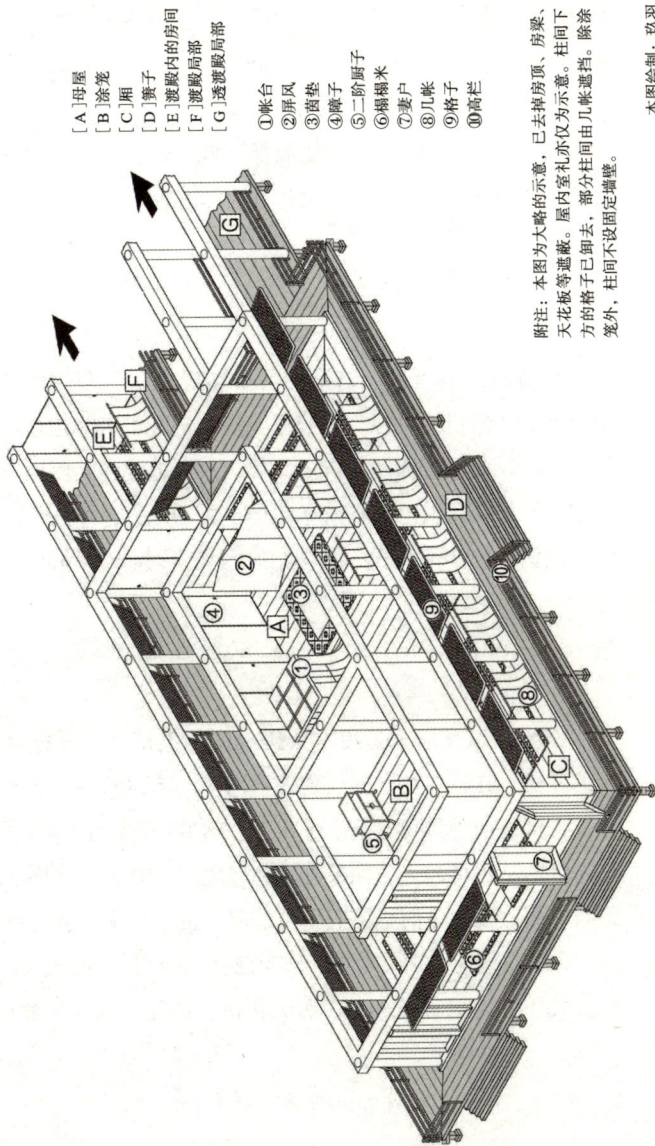

[A]母屋
[B]涂笼
[C]厢
[D]簀子
[E]遮殿内的房间
[F]遮殿局部
[G]遮殿殿局部

① 帐台
② 屏风
③ 茵垫
④ 障子
⑤ 二阶厨子
⑥ 褟褟米
⑦ 妻户
⑧ 几帐
⑨ 格子
⑩ 离栏

附注：本图为大略的示意，已去掉房顶、房梁、天花板等遮蔽。屋内室礼亦仅为示意。柱间下方的格子已卸去，部分柱间遮挡。除涂笼外，柱间不设固定墙壁。

本图绘制：玖羽

簀　子

簀子亦称"簀子缘"，比厢低一截，地上的木板之间留有缝隙，以防止积水。后世又称其为"濡缘"。

台阶·阶隐

台阶一般有五阶，宫殿的台阶超过十阶。东西两侧的妻户前的台阶没有高栏，也没有阶隐。平时出入时走东西两侧的台阶，而非正面的台阶。此外，只有地位在大臣以上的人才有资格使用阶隐。在阶隐延伸出去的地方，厢的外侧柱间，也就是台阶后簀子与厢的连接之处，称为"阶隐间"。

格　子

格子（こうし）是用木条拼成像围棋棋盘一样纵横交错的样子，在柱与柱之间安装上下两片。上面的格子上方有合页，可以向外侧拉起至水平状态，然后钩住。下面的格子是固定的，也可卸去。如果母屋和厢之间设有格子，格子就是向内侧，也就是向母屋的屋内拉起。由于格子不能遮风挡雨，在其内侧还会加装木板，作为蔀①来使用。

关于这些名称，可见《源氏物语》的《末摘花》卷中，

---

① 　蔀（しとみ），建筑、船舶中用于遮风挡光的木板。

命妇引源氏入宅邸时的一段:"(命妇使源氏)于其陋室中等候,唯恐失礼,诚惶诚惧,直往寝殿而去。但见格子未落,小姐正凭窗观赏庭中梅花……(中略)那命妇亦略有才气,知琴音不佳,不便使源氏久听,遂道:'今夜月色不甚清朗,想奴婢有客将来,若不相迎,恐多有不便。不如日后从容再听,奴婢先将格子下了罢……'"同一卷中,"初春风和日丽,云霞暖暧,直令人神驰于花绽之时。然枝头众花离花期尚远,唯梅花含苞待放,甚是醒目。但见那阶隐之畔,一树红梅已争先盛开……"。《源氏物语》的《花宴》卷:"此时左中弁、头中将前来,三人背倚高栏,各取乐器,合奏雅调,其音悠扬悦耳。"《枕草子》的"风"一条:"黎明时,将格子、妻户推开,陡然强风扑面,清凉阵阵,甚具趣味。"

室 礼

无论是在母屋还是在厢中,都可以用竹帘、壁代、屏风、几帐、障子等物[①]分隔出小房间。这种分隔房间的家具称为"室礼"(しつらひ);例如《源氏物语》的《夕颜》卷中的"灯火微微飘摇,立于母屋边缘之屏风顶端,室内各隅,皆映照昏昏……",《空蝉》卷中的"(由小君)引导,掀起母屋几帐上之帷子,潜入母屋之中。此时正夜深人静,唯有源氏衣物轻柔窸窣之音",以及《末摘花》卷中的"(小

---

① 壁代(かべしろ),自高处横杆上垂下绫罗以代墙壁;几帐(きちょう),类于壁代,唯较壁代为低,可持而移动;障子(しょうじ),纸门。

姐）生性不愿违拗人言，便道：'倘吾并不答话，但听其声，则可将格子下了，相隔而见。'命妇道：'使人站于簾子上，未免太过失礼。此人必不能行强迫、轻薄之举，还请安心。'命妇摇嘴掉舌，铺排一番，便亲自将二间边缘之障子①牢牢紧闭，复将茵垫铺设妥当"。《枕草子》中亦有"某所邸宅之中，庭院松树高耸，东、南二侧格子上起，母屋凉爽透亮，其内立有四尺几帐，几帐前放一圆坐垫……"这些说的都是屋中的室礼。

涂 笼

有些寝殿内还会设置"涂笼"（ぬりごめ），即以板壁围起的房间，通过妻户出入。这个房间用来放日常用品，有时也被作为寝室使用。例如《源氏物语》的《夕雾》卷中的："宫（落叶宫）心思：'何其轻薄之人，真乃可厌至极。'又恨小少将引路，'纵被讥幼稚，又有何妨。'遂于涂笼中铺一茵褥，自内锁闭，在此寝宿。"

放 出

寝殿中还有一种称为"放出"（はなちいで）的房间，所指为何，诸说不一，较为可信的说法是，这是临时将障子

---

① 位于厢的第二柱间，分隔母屋与厢的障子。

或遣户①撤去，以屏风、壁代、竹帘等室礼作区隔，将母屋的范围延伸到厢或簧子的做法。《落洼物语》中的"于寝殿内隔出放出一间，其处落洼②，宽可两柱间，令住于此……"，说的就是这种房间。《源氏物语》的《若菜》卷（上）也写道："在南御殿之西放出设座，屏风、壁代等，一概换作崭新之物……（中略）于进若菜时之西放出设帐台③，此侧④之第一对、第二对、渡殿，乃至女房各局，悉皆精心装饰，极尽华美。"同样的房间还见于《梅枝》卷："大臣（源氏）去至距寝殿甚远之处，潜心调和二方，此二方系承和年间天皇秘传之法，受天皇诚命，向来不传男子，不知由何处得来。上（紫之上）于东之对中之放出内，避人耳目，调和八条式部卿秘传之方，各人互不相让……"

三

对 屋

对屋（たいのや）是位于寝殿东部、西部、北部的独

---

① 遣户（やりど），亦称"舞良户"，系横钉成排木条的板门。
② 因簧子较厢低一段落，若放出位于簧子之上，便属"落洼"（较母屋及厢为低）。
③ 帐台（ちょうだい），平安时代贵族寝台，顶部及四周围以幔帐，形如立方体帐篷。
④ 六条院南御殿西侧。

栋建筑，大小及构造基本与寝殿相同，只是更为简单，也没有阶隐。东之对又称"一之对"，西之对又称"二之对"，子女和家司住在东西的对，正室住在北之对，因此正室也被称为"北之方"。对屋的数量没有一定之规，例如《荣花物语》的《根合》卷中有"北侧一之对"，《宇津保物语》的《藏开》卷中有"东侧一、二之对"，《源氏物语》的《若菜》卷（上）中有"此侧之第一对、第二对"，会根据需要建设多栋建筑。另外，某一座对屋也可能会建得很大，里面分出房间，给不同的人居住。例如《源氏物语》的《松风》卷中的："东院既已建毕，源氏便令花散里移居于此，以西之对至渡殿为其住处，设政所①、家司诘所。源氏欲使明石姬住于东之对。北之对格外宽广，源氏心思，凡一时倾心而许诺赡养终生之女，皆安置于此，故而隔作诸多房间，最为独特。寝殿无人居住，源氏时而来此歇宿，是以设施俱皆齐备。"

泉殿·钓殿

据《家屋杂考》，泉殿与钓殿位于东对和西对向南延伸出去的长廊南端，各自临池，东侧称"泉殿"（いずみどの），西侧称钓殿。这是旧来的一般说法。二殿均为方形，不设厢，母屋外直接就是簀子。钓殿可供钓鱼取乐，故而得名，泉殿没有四面的墙壁。这两座房屋都是在夏季纳凉时使

---

① 政所（まんどころ），司掌家政的机构，平安时代亲王及公卿家中设之。

用的。钓殿见于《源氏物语》的《常夏》卷："一日正值酷暑，源氏入东侧钓殿中纳凉……"

泉殿也是纳凉用的建筑，就如《扇面古写经》[1]的插图所示，从它的地板下会喷出泉水。旧说在钓殿这里有误；钓殿并非只能修在西侧，东侧也可以有钓殿，这一点，上文所引的《源氏物语》已经讲得很清楚了。

四

廊

廊是连接各建筑的一种长廊，亦称"渡殿"（わたどの）。正如此名所示，它和今天的走廊、游廊等不同，其中一侧是房间，房间外侧有簧子，人们可以在渡殿里小坐，有时甚至还可以住宿。例如《紫式部日记》中的"睡于渡殿之夜"，《源氏物语》的《寻木》卷中的"坐于门旁之廊之簧子上……"。

渡殿·马道·打桥

在渡殿中，两侧有墙的称为"壁渡殿"（かべわたど

---

① 《扇面法华经册子》，又名《扇面古写经》，为一套书于扇形纸张上的经书，附有插图，制作时间约在 12 世纪中叶。各卷均为日本政府指定国宝或重要文化遗产。

の），两侧无墙，仅设高栏的称为"透渡殿"（すきわたどの）或"透廊"（すいろう）。有的渡殿连高栏也没有，只有一层地板，这样的称为"马道"（めどう）。廊的中间如果有地面，就通过桥从上面过去，这样的桥称为"打桥"（うちはし）。例如《源氏物语》的《桐壶》卷："往御前去时，屡屡以污物置其所经打桥、渡殿上，使送迎女房之下裾染难言之秽。有时更将必经之马道两端锁闭，使（桐壶更衣）进退困窘。"关于马道，《真木柱》卷中还有："承香殿东侧为尚侍之局，西侧为式部卿亲王家女御住所，二处虽只隔一马道……"

中　门

中门是为便利车辆出入而设的门，正如前述，是将廊在中间分断而成的。例如《枕草子》："又见有好宅邸中门开启，内有白色槟榔毛车，车形优美，挂苏芳色下帘，颜色配搭绝妙，架于榻上……"

杂　舍

杂舍又称"下屋"（しもや），位于寝殿北方，类似今天的厨房，同时也是用人宿舍，还放有柜子，作为仓库使用。《源氏物语》的《帚木》卷中有"往下屋沐浴去了"，可见仆从的浴室也在杂舍里。《蓬生》卷对常陆宫的荒废描写道："一年八月，秋风凶猛，将渡殿吹倒，几间下屋原只葺有破板，现更仅剩房架，仆役无处栖身，遂星散而去。炊烟既绝，仍居于此，实可悲也。"《宇津保物语》的《藏开》卷中也有"便召集宫之家司，使有妻子者住于下屋之曹司内"，这些都说明了杂舍的情状和用途。

车　宿

车宿位于中门之外，供主人及来客存放车辆使用。《枕草子》中有"遣车去迎今日有约必来之人，正等待时，听得车归，众人曰：'来矣。'皆出门观看，但见车直入车宿，车辕訇然落地……"，《和泉式部日记》中亦有"使车驶入掩人耳目之车宿，自入宅邸"。

五

四足门·栋门·平门·土门

在亲王或大臣的宅邸中，总大门的形制为"四足门"，即在两侧门柱前后各立一根袖柱，实际上有六根柱子。一般的宅邸只能建栋门、平门或土门，栋门是屋脊很高的门，平门是屋顶略平的门，土门亦称"上土门"，是在屋顶涂上灰泥的平门。关于四足门，《枕草子》写道："因中宫行启，大

进生昌宅邸将东门改四足门，以迎御舆。"平生昌只是中宫
大进，家中没有资格建四足门，但是为了迎接中宫行启，特
意临时将门改成了四足门。

关于庭院，请参见本书第十二章。最后来谈一谈环绕宅
邸的筑土。筑土也写作"筑墙"，是一道土墙，墙顶有时会
覆以瓦片，有时没有瓦片。

筑　土

筑土只是一道土墙，因此很容易崩塌或长上杂草。《枕
草子》中就有"为人蔑视之物，筑土崩塌处"。由于可以非
常鲜明地表现出宅邸的荒废，毁坏的筑土经常成为文学作品
的题材。在《源氏物语》的《须磨》卷中，源氏思念花散里
时，"想其庭院满生杂草，无人可为监护。又见信中写道：
'因连日长雨霪霪，筑土多处崩塌。'便令京中家司自近旁领
地庄园召集民夫，前往修缮"。《蓬生》卷则这样描述常陆宫
的荒废："柳条低垂，既无筑土遮挡，竟可见其乱伏于地。"
而《和泉式部日记》中的自然风格描写更是令人印象深刻：
"世事难料，更甚梦境。（为已故为尊亲王）悲叹之时，时光
消磨，不觉已至四月十余日矣。树影荫荫，筑土之上嫩草萌
生，绿意渐浓。虽有此景，却无人观看，委实可悲可叹。"

以上，就是寝殿造的非常概略的介绍。对于本章中的每
一节，都还有着非常巨大的研究余地。

第八章　就餐与食物

一

就餐的时间与次数

在平安时代，食物被称为"くひもの""たべもの""を
しもの""け"[1]等。当时将就餐的次数定为一日两次。在更
加古老的《日本书纪》的"雄略天皇"一条中也有"朝夕御
膳"的记载。天皇正式的就餐，亦即由内膳司供应的"大床
子御膳"，也被定为每日两次。

至于就餐的时间，就如《禁秘抄》从《宽平御遗诫》中
引用的那样，早饭在巳时（上午10时），而晚饭在申时（下
午4时）。不过，这和《日中行事》记载的"早膳用于午时……
晚膳用于申时"有所出入。而在《九条殿遗诫》中也记载着"朝
暮膳，如常勿多食饮，又不待时刻，不可食之"，由此可见，
当时的人会严守就餐时间。另外，在《饿鬼草纸》[2]和《前

---

① 汉字皆为"食物"或"食"。
② 《饿鬼草纸》，作者不详，创作时间约在平安末期至镰仓初期，内容为六
道中饿鬼道的情景，描绘了种种饿鬼（参见本书第二十二章）。日本政府指
定国宝。

九年合战绘卷》中还绘有就餐时的情景。

对兽肉的食用

平安时代的食物主要有谷类、蔬菜、鸟肉、兽肉、鱼肉等，其名载于《和名抄》《北山抄》等著作。

在飞鸟、奈良时代之前，食牛马肉并不被视为污秽之事，但天武天皇在四年（公元 675 年）四月颁布诏令，禁止食用牛、马、狗、猴、鸟肉，[1] 圣武天皇也于天平十三年（公元 741 年）二月禁止屠宰牛马。在《今昔物语》（十五）中，有着北山的饵取[2] 法师食牛马肉，以及行游诸国的旅僧见到西国的女人食牛马肉的故事，这两件事被作者当成奇谈记载，由此可见，到了平安时代，人们在正常情况下已经不会食用牛肉和马肉了。《续古事谈》（四）和《江谈抄》（二）还记载道，当时虽然还可以吃野猪肉和鹿肉，但已经没有人公然食用，野鸡肉和鸭肉变成了它们的常用替代品。[3]

庖 丁

烹饪之事，古已有之，可见《类聚国史》《高桥氏文》

---

[1] 实为禁于农耕时节（四月至九月）食用此等肉类。

[2] 饵取（えとり），即屠夫。

[3] 例如《江谈抄》（二）中"吃鹿肉人当日不可参内里事"一条："而元三之间，供御药御齿固，鹿猪可盛之也，近代以雉盛之也……但愚案思者，昔人食鹿殊不忌惮欤。上古明王常膳用鹿肉……"

等著作。《和名抄》曰："料理鱼鸟者谓之庖丁。"这一名称来自《庄子》中关于擅长庖厨之事的丁子的故事。由此，擅长烹饪的人就被称为"庖丁人"，其所用的刀被称为"庖丁"。《徒然草》将"初为庖丁者"归在山阴中纳言[①]名下。

　　庖丁人会在贵人面前当场料理鱼类等食材。就如我们在《源氏物语》的《常夏》卷中看到的："一日正值酷暑，源氏入东侧钓殿中纳凉，中将之君侍奉在侧。亦有多名心腹殿上人陪同，呈上西川贡来之鲇鱼、近旁河中捕来之石卧鱼，于源氏之前调理。"类似的记载还可见《古事谈》（一）：在于鸟羽院御前举办的酒会上，刑部卿家长负责行庖丁之事；《古今著闻集》（十八《饮食第二》）：当白河院行幸之时，右兵卫督家成于御前负责行庖丁之事，受院称赞。亦可见《台记》（康治二年十月二十七日）："源行方为庖丁，调理鲤鱼，刀功精妙，所见者无不称羡。"此外，自古以来，庖丁似乎都要遵循一定的仪规，例如在《今昔物语》（二十八）中，纪茂经为过去的上司带去鲷鱼的苞苴[②]，亲自担任庖丁调理时，"削得鱼箸，将庖丁出鞘……将苞苴置于俎上，便如调理大鲤一般，将左右二袖挽起，单膝跪地……"。

---

① 藤原山阴（824—888），平安前期公卿。9世纪后期，自中国传来的烹饪之术已在日本得到本土化改造，据传藤原山阴曾受光孝天皇之命，将这些改造结果整理成新的料理手法、庖丁礼仪，因此被奉为日本厨师之祖。
② 苞苴（あらまき），又称"荒卷"，将鱼或肉类以盐腌渍，再以秸秆或竹皮包裹。

　　《七十一番职人歌合》①的创作时间虽离平安时代甚远，但我们依然能在它的第五十七番"庖丁师"中看到表现庖丁的插图。最后，《古今著闻集》（十八《饮食第二》）和《徒然草》等书还记载了擅长厨艺的人士。

二

主食·饭

　　首先介绍一下今天人们称为"主食"的食品。

　　我们并不清楚将饭称为"いひ"的原因，但"めし"这个读法无疑源自"みをし"②的省略。"みをし"也被略称为"めし物"。《和名抄》中并无"饭"类食物。贵人所用之饭，称为"もの""おもの""供御""御台"；"おもの"训作"御膳"。举例而言，《宇津保物语》的《让位》卷（下）中有"于其前取出白银之鋺，炊御膳"一句，而《源氏物语》的《夕雾》卷中也有"急忙将灯点起，呈上御台"的描写。

---

① 这是一本作于室町时代后期的歌合绘卷，卷中绘制了142种（71番）职业从业者的形象。
② 汉字为"御食"。

强饭·糒糒

做饭被称为"炊"（かしぐ），饭分强饭（こわいい）和糒糒（ひめいい）两种。强饭是用甑蒸米而成的饭，糒糒是软饭。

强饭通常指由白米做成的强饭，今天的赤饭在白米强饭里混入小豆，称为"おこは"，语源就来自这里。[①] 亦称"こはいひ"，常见于《源氏物语》等著作。用于蒸强饭的甑是陶器，横截面呈圆形，底部有细小的孔。由于强饭较硬且不粘，除了木碗之外，还用笥或陶器，有时也用椎叶来盛。[②]

"大床子御膳"一般都用强饭，但实际吃的则是糒糒，用的也不是木碗，而是瓷碗，见于《松屋笔记》。《和名抄》将糒糒称为"比米"（ひめ），注曰："非米非粥之义也。"它比强饭更软，是用更多的水煮成的饭。如今的米饭就是这种"姬饭"[③]。《枕草子》曰："全无是处之物，打湿之御衣糒糒。"这里的"御衣糒糒"（みぞひめ）就是今天的"姬糊"[④]。

---

① 见《贞上杂记》："强饭即白强饭，赤饭即混赤小豆之强饭。"
② 笥（け），食器通称。椎（しい），尖叶栲。例如《万叶集》："家中饭，笥所盛；今羁旅，椎叶盛。（家にあれば笥に盛る飯を草枕旅にしあれば椎の葉に盛る）"（有间皇子）。
③ "姬"（ひめ）为"比米"之讹。
④ 将姬饭加水，捣作糊状，即米糊。

水　饭

　　将姬饭或干燥之姬饭用冷水浸泡，使其变软，就是水饭（すいはん），见于《枕草子》《源氏物语》《荣花物语》等。例如，在前引《源氏物语》的《常夏》卷中"一日正值酷暑，源氏入东侧钓殿中纳凉……"一段之后，便有"……令呈以冰水、水饭，众人喧嚷而进"。在《今昔物语》（二十八）中，一位号为三条中纳言[①]的人物由于身体过于肥胖，医生建议他，冬季只吃汤渍，而夏季只吃水饭。当时正是六月的一个酷暑之日，他便用白干瓜和做成鲊的鲇鱼当配菜，吃下了大量的水饭。[②]根据上述描写，我们可以得知，水饭是在盛夏暑热之际食用的食品，同时也被用来减肥。

汤　渍

　　汤渍（ゆづけ）一词，常见于《源氏物语》《枕草子》《荣花物语》《大镜》《今昔物语》等诸多著作。这是一种在干饭上浇上热水的简单吃法，《枕草子》中记有"纵便夜色已深，在此住宿，便汤渍亦不可与之"，《荣花物语》的《若枝》卷也写道："因连日喧闹，不进饮食，仅于今晨进少许汤渍。"

---

① 藤原朝成（917—974），平安中期公卿，官至从三位中纳言。
② 干瓜，淡腌的瓜（越瓜等适于酱渍的甜瓜）。鲊，见后文"鲊"一条。此故事意为：三条中纳言虽只吃水饭，但食量过大，终究无法减肥。

屯　食

将强饭用手捏紧，便是屯食（どじき，或どんじき）。在《源氏物语》的《桐壶》卷中，对光源氏元服时的情景有如下描写："其日御前宴上，盒装之菜肴、笼装之点心等……屯食、盛赐绢之唐柜等，堆积如山，几无立足之地，其盛况更在春宫元服时之上。"而在《宿木》卷中，当宇治中君生产、进行产养时，薰大将在第五天夜里赠送了"屯食五十具"等物。每逢典礼，无论吉事凶事，均要向侍从赐以屯食，作为餐肴。这大概类似于今天的饭团。屯食被摆在白木架上，排成一列。《紫式部日记》（宽弘五年九月十五日）就皇子的五日夜产养典礼记载道："十五日之月，皎洁无暇。池畔树下燃起篝火，摆以屯食，低贱男役诸人杂谈不休，往返走动，更显御产养之光彩堂堂也。"赐屯食时的光景，大抵如是。

生　饭

生饭读作"さば"，亦可写作"散饭""三把""早饭"等。这是一种佛教的供品，将饭捏成小球，盛以器皿。《左经记》载有"斋宫神供生饭"，可见它也用于神道教的供奉。《枕草子》的"吵闹之物"一条曰："板屋上乌鸦争抢生饭。"

三

粥

接下来谈一谈粥。粥也常见于平安时代的物语著作，共分两种，据《和名抄》，一者为饘（かたがゆ），一者为粥（しるかゆ）①。饘（坚粥）类似现在的米饭，可以盛在器皿里。另一方面，粥（汁粥）有较稀的汤水，应该和今天的粥没有什么区别。《今昔物语》（十二）写道，源赖清在道命阿阇梨的僧房里喝粥时，"其粥几为汤水。赖清问：'贵僧房之粥竟为汤水哉？'阿阇梨答曰：'道命房中之粥，汤水也。贵家之饭，坚实也。'②在座众人皆畅怀大笑"。《源氏物语》的《末摘花》卷写道："源氏曰：'如此，吾便与君同去。'遂令呈上粥、强饭，与客共食……"这里呈上的并不是粥与强饭两种食物，而是坚粥，在《雅言集览》中也可以看到类似的记载。

粥还分白粥与赤粥。在《宇津保物语》的《藏开》卷（上）中可以看到："左大臣之大君为东宫妃，送来容二斗之银桶二个，一桶为白粥，一桶为赤粥，皆插以长柄银勺……以大小金笥盛之，食器为小银箸，其数甚多。"白粥就是普通的米粥，赤粥是加入赤小豆的米粥。在《公事根源》的

---

① 汉字又作"坚粥"和"汁粥"。
② 原文为"飯固し"，"固し"与"難し"同音，内隐"想必贵家贫穷，吃饭甚难"之意。

《正月献》（二）章的"御粥（一）"一条中，就有"小豆粥"
一项。

除小豆外，粥中还可加入多种材料。正月食用的"望
粥"亦称"七种粥"，根据《延喜式》，其中须加入米、粟、
黍子、葟子、稗子、胡麻子、小豆①这七种材料，但除米和
小豆外，其余的材料没有一定之规，《拾芥抄》和《公事根
源》对另外几种材料的记述有大角豆、堇子②、薯蓣、大豆、
柿、豇豆等。

芋粥是用山芋熬的粥，见于《西宫记》《北山抄》《江次
第》《雅亮装束抄》等著作。在《今昔物语》《续古事谈》等
著作中，也有饮芋粥的描写。栗粥则见于《宇津保物语》的
《让位》卷（下）："燃大篝火如火山，立起大鼎，众人以手剥
栗，投入粥中熬煮。进各种酒肴，又将粥与随从人等食之。"

干　饭

干饭（かれいい）分糒（ほしいい）和饷（かれいい）
两种。糒是干燥后的强饭，在旅行或行军时食用。它也会被
装在饵袋（えぶころ）中用于赠送，见于《宇津保物语》的
《俊阴》卷、《宇治拾遗物语》（八）等。《散木奇歌集》中还
有"ほしひ"，应为"ほしいい"之略。

---

① 葟子（みのごめ），六折草（甜茅属水田杂草）之籽；稗子，稗草之籽；
胡麻子，芝麻。
② 堇子（せり），水芹。据《年中行事御障子文注解》，疑为"葟子"之误。

饷就是干饭，本来也是将饭干燥后供旅行时食用的食品，但后来词义发生变化，不一定特指干燥的饭，而是指旅行中食用的所有食物。亦称"かれいひ"。在《伊势物语》的《东下》章的"八桥"一条中有："于泽畔树荫之下，食用干饭……吟歌曰：'常爱旧唐衣，直如京中妻。远抛行逆旅，闷懑忍孤戚。'①众人听闻，皆泪洒干饭，竟使饭粒变软。"在《古今和歌集》（九《羁旅》）中，藤原兼辅②的一首和歌的标题中有"行至名唤二见浦之处，天晚，进干饭……"，由此可见，它已不再是字面意义上的"干饭"，而是变成了犹如今天的便当一样的食物。

四

饼

饼在《和名抄》中训作"もちひ"，是由糯米、面粉等材料混合而成的食物，与今天的饼③并不相同。饼会被用在供神、礼佛、祝贺等场合，一年中的很多节日都要用到，如正月初一的镜饼及杂煮饼、三月三日的草饼、五月五

---

① 见《古今和歌集》："唐衣着つつなれにしつましあればはるばる来ぬる旅をしぞ思ふ。"（在原业平）
② 藤原兼辅（877—933），平安前期歌人，三十六歌仙之一。
③ 现代日本之"饼"一般特指糯米团子（麻糬），而非中国之面饼。

日的粽、十月亥日的亥子饼，等等。镜饼训作"かがみも
ち""かがみもちひ""もちひかがみ"等，既圆且平，形
如铜镜，故而得名。在结婚后的第三个夜晚，还要吃"三日
饼"（みかのもちひ），或称"三日之夜饼"（みかのよのも
ちひ）。

　　饼的形状各不相同，以圆形为多，但也有《枕草子》中
的"广饼"（ひろきもちひ）这种相当于今天的延饼①的饼存
在。此外，饼还分为大豆饼、小豆饼、煎饼等，亦有掺入母
子草②的草饼、母子饼等。粽（ちまき）是把糯米用水浸泡
后，用竹叶或菰叶等长叶包裹，最后蒸熟之物，于五月五日
食用。《伊势物语》《拾遗和歌集》等书中有"饰粽"（かざ
りちまき），即以五色线捆起之粽。亥子饼为亥子日（十月
亥日）③所做之饼，据说食此饼可万病不侵、子孙繁盛。见于
《源氏物语》的《葵》卷："其夜依俗例当食亥子饼。"

五

烹饪法

　　本节略述肉类及蔬菜的烹饪方法。其中，既有脍、刺身

---

①　延饼（のし餅），制成大方板状的糯米团子。
②　母子草（ははこくさ），鼠麴草。
③　旧历十月，北斗在亥方之日。

等生吃的烹饪法，也有羹物、煮物、熬物、烧物、扬物、蒸物、茹物等做熟的烹饪法。

脍

脍（なます）原意为生醋，前引《源氏物语》的《常夏》卷中"呈上西川贡来之鲇鱼、近旁河中捕来之石卧鱼，于源氏之前调理"一句，做的大概就是脍或刺身。

羹　物

羹物（あつもの）又称汁物，系将鱼肉、鸟肉或蔬菜煮成热汤的烹饪法。熬物（いりもの）是将鱼肉、鸟肉等肉类煎到水分全无，烧物是用野鸡或文蛤做成的烧烤。扬物、蒸物、茹物①与今天相同。

干　物

干物（ひもの）是相对生物②而言的词汇，亦训作"からもの"，指干鸟肉、干兽肉、干鱼肉。干鸟肉还可称为"ほしどり"，系指用盐腌渍的野鸡等鸟类，见于《西宫记》

---

① 扬物，炸；茹物，单以清水将食物煮熟（有别于与汤共煮的煮物）。
② 此处"生物"（なまもの）系新鲜肉类，而非今天意义上的"生物"（いきもの）。

等书。干鱼肉则称为"ほしうを"。《二中历》中列举的干鱼有蒸蚫、烧鲔、楚割、干鲷等,《延喜式》等书在此基础上,更列举了干鲔、干螺、干鳎等食物。其中,楚割训作"そわり"或"すはやり",是切成细长条的干鱼。在《延喜式》中,有鲷楚割、鲛楚割、楚割鲑、楚割乌贼、楚割干鲔、杂鱼楚割等名,由此可大体了解。在《宇津保物语》的《藏开》卷中还提到了"削物"(けづりもの),它应该相当于如今的鲣节、煮干之类。更有一种"手刺"(てさし),是将干鱼穿成一串,类似今天的目刺。[①]

　　鱼肉也会被加以腌渍,《土佐日记》《西宫记》中有"押鲇",系以盐腌渍、并用腌菜石紧压的鲇鱼,被用于正月初一的典礼。类似的干物也见于《今昔物语》(二十八):"盐辛[②]干鲷"、"腌渍之鲑,犹如盐辛。"

醢

　　醢[③]在《和名抄》中训作"ししびしほ",分为鹿醢、鱼醢、兔醢、鲷酱等。醢也会被称为盐辛,例如《今昔物语》(二十八)中有"鲹盐辛、鲷酱等"。此外,海鼠

---

① 鲣节(かつおぶし),亦称柴鱼,系极干极硬的鲣鱼干,食用时须刨作薄片;煮干(にぼし),煮熟后干燥的小鱼。此二种食物多用于熬煮高汤。目刺(めざし),穿作一串的腌渍小鱼。
② 盐辛(しおから),系鱼类的肉、内脏、卵等,并不煮熟,盐渍后发酵。
③ 醢(かい),肉酱。

肠①亦见于《延喜式》。

鲊

鲊在《和名抄》中训作"すし"②，做法是将鱼全身涂盐，压紧，一晚之后，和晾干的冷饭一起放进桶中，再用重石紧压，经过数日，待自然产生酸味后食用。如今也有人直接用醋来做，称为"早鲊"或"一夜鲊"，相对地，用古法制作的称为"驯鲊"。根据鱼的种类不同，鲊分为"鲇鲊""鲋鲊""鲍鲊"，除此之外的称为"杂鱼鲊"。

腌渍物

腌渍物分为盐渍、酱渍、味噌渍、糟渍等。据《延喜式》记载，用于腌渍的蔬菜，春季有蕨、荠蒿、蓟、芹、蕗、苏罗自、虎杖、多多良比卖花（疑为红梅）、龙葵、蒜房、蒜英、韭、蔓菁黄菜等，秋季有瓜、冬瓜、菘、蔓根、菁根、茄子、水葱、大豆、山兰、蓼菹、荚、稚姜、桃子、柿子、梨子、蜀椒子等③。

---

① 海鼠肠（このわた），用海参内脏做成的盐辛，日本人自古视为珍味。
② 今人熟知之"寿司"（すし）实为"握寿司"（にぎりずし），晚至19世纪初方有。
③ 荠蒿（おはき），锐齿马兰；蕗（ふき），蜂斗菜；苏罗自（すらし），不明；多多良比壳花（たたらひめのはな），一说为细辛；蒜房（ひる），蒜之小鳞茎；蒜英（ひるのはな），蒜之鳞茎，即蒜头；蔓菁黄菜（见下页）

由于《延喜式》中记载了腌渍物，各种腌渍制法必定比其更早。然而，腌渍物的盛行，要等到室町时代之后，"香物""糟渍"等语并不见于平安时代的文献。腌渍果物的历史也十分古老，从前面的列表中可见一斑；梅渍或梅干可能也有同样久远的历史。

六

调味料·盐

本节介绍调味料。首先是盐，由于盐是自海水制出的，故借用"潮"的发音，训作"しほ"。制盐被称为"烧盐"，是将海藻层叠堆积在篑上，反复浇上海水再晾干，使之吸收尽可能多的盐分，然后烧成灰，将灰溶入水中，取其中的上澄液入釜再煮。这便是当时的制盐方式。烧盐时使用的海藻叫"藻盐草"（もしおぐさ），燃料叫"藻盐木"（もしおぎ），点起的火叫"藻盐火"（もしおび），汲取海水、浇在海藻上的工序叫"藻盐垂"（もしほたる），这些词汇在平安时代的文学作品、特别是和歌中非常常见。

此外，在《伊势物语》的"东下"一条中还出现过

（随上页）（かぶらさわやけ），芜菁芽；菘（すずな），芜菁，一说为高菜（たかな），芥菜；菁根（かぶら），芜菁；水葱（なぎ），雨久花；山兰（あららぎ），日本辛夷；蜀椒子（なるはじかみ），山椒籽。

"盐丘"（しおじり）。这是将海边的沙子堆积起来，挖沟渠导入海水，随着水分不断蒸发，盐分逐渐累积；等累积到一定程度，便将沙子培成小丘，让太阳晒干。这种小沙丘就是"盐丘"。然后，从"盐丘"上取得盐水，倒入釜中煮盐。平安时代已经出现了这种制盐法；煮盐的釜称为"盐釜"（しおがま）。

由于盐是生活必需品，因此也被包括在朝廷赐与百官的俸禄之中；这一规定见于《延喜式》。与此同时，《延喜式》还记载道，在东西二市都有向市民售盐的"盐廛"。

味　噌

味噌在《和名抄》中见于"未酱"一条，训作"みそ"。然而，"未酱"、"味酱"（见于《三代实录》）、"味噌"实为讹误，正确的写法为"末酱"（见于《正仓院文书》），后人将"末"误作"未"，其后又臆断为"味"。"末酱"是"酱"（ひしほ）的一种，据说"みそ"就是这种酱在中国方言中的读法。[①] 据《延喜式》，末酱的原料有大豆、米、小麦、酒、盐等。近江、飞騨、大和等国为著名产地。在平安京的西市，还有专卖末酱的商店。

---

① 味噌起源有二说，外来说（遣唐使自中国带回）与本土说。本书取前者。

醋

根据制法不同，醋分为用米制成的米醋、用米醋和醇酒制成的酒醋、用梅子腌制而成的梅醋等。和泉国是自古以来的著名产地。

甜味料

用作甜味料的是蜜和甘葛（あまづら）。正如《宇津保物语》的《藏开》卷（上）所写："中纳言之妹为春宫妃，送来容一斗之金瓶二个，一瓶为蜜，一瓶为甘葛，皆覆以黄色色纸……"蜜就是蜂蜜。甘葛是蔓草的一种，叶只有葡萄般大小，若在四月时掐断它的茎，会从茎中流出汁液。它在五月开花，七月结实，因此要在春夏之交时取它的汁液做甜味料。《枕草子》的"高雅之物"一条中有"将甘葛入刨冰中，盛以新金碗"，《古今著闻集》（十八《饮食第二》）中亦有"将甘葛淋于雪上"。

酒

酒在《和名抄》中训作"さけ"，在《万叶集》中训作"さけ"或"さか"。本居宣长认为，这个词是"荣水"

（さかえみず）中的"荣"（さかえ）的略称。①酒亦训
作"き"，黑酒、白酒分别训作"くろき""しろき"。在
"き"之前加上敬语，就是御酒（みき）或大御酒（おお
みき），指呈献给神灵或天皇的酒。不过，在《源氏物
语》等书中，即使是呈献给大臣的酒，也会称为"进大御
酒"（《常夏》卷）。

　　酿酒的历史非常久远，这是日本与中国、朝鲜开通交
通之后的一大进步。酿酒之法传入后，皇宫中开设了"造酒
司"，斋宫寮内也开设了"酒部司"。酒可以在温热后饮用。
《延喜式》中有"煖酒器""煖酒料"等语，《西宫记》《江次
第》中亦有"暖酒""温酒"等语。但在典礼及节会上，并
不会将酒温热。

　　即使是女流文学，也常常描写醉酒之人。此外，《本朝
文萃》中收有一篇《亭子院赐酒记》，讲的是盛夏之时以宇
多法皇为中心召开的斗酒会，甚是有趣。市场上也会卖酒，
奸商往酒中兑水的勾当，从古至今都没有变过；《日本灵异
记》中还有这种奸商受到惩罚的故事。

---

①　本居宣长（1730—1801），江户时代国学家、文献学家。据《古事记》，
雄略天皇曾设"佐加见豆久良斯"（さかみつくらし），宣长认为"佐加见
豆"（さかみつ）就是酒，意为"荣水"（さかえみず）。

七

果物及点心

最后来介绍一下与女性生活密切相关的果物及点心。

在平安文学中，"果物"被称为"くだもの"，原指在草木上结出的果实；《和名抄》曰"果蓏……木上曰果……地上曰蓏"，同时还注道，果亦写作菓，训作"くだもの"，蓏训作"くさくだもの"。在这些果实中，可供食用的种类统称为"くだもの"。

果　物

果物有栗、柿、梨、橘、柑子、熟柿、木练柿、桃、香橙、瓜、覆盆子、杨梅、莒、椎、莲根、甘葛、枣等[1]，见于《延喜式》（三十）。

八种唐果子

与果物相对的是"唐果子"[2]，《和名抄》中列举了八种：梅枝、桃枝、餲餬、桂心、黏脐、饆饠、鎚子、团喜。这些

---

[1]　木练柿（こねりがき），生于枝头而熟透之柿；莒（ふく），木通果；椎（しい），尖叶栲之果，即锥栗。

[2]　"果子"（かし）为面点，而非天然果物（くだもの）。唐即中国。

都是模仿中国的面点制作的。除此之外，还有饼餤、餲飷、糫饼、结果、捻头、索饼、粉熟、馄饨、餺饨等。

餲䬾（かつこ）是把面团炸成蝎虫（树干中的蛀虫）形的点心，在节会及大飨时食用。桂心（けいしん）是掺入肉桂细末的饼形点心。黏脐（てんせい）是油炸点心，底部扁平，中间凹陷，就像人的肚脐，故而得名，同样用于节会。铧锣（ひちら）以糯米粉制成，像煎饼一样既薄又平，表面烤焦。在节会等场合，它是御膳使用的三种唐果子之一。鎚子（ついし）是将米粉捏成像子弹一样的细长形，一端捏尖，然后蒸熟。欢喜团，又名团喜（だんぎ），是用粳米、绿豆、蒸饼、干莲花末、白芥子、酥蜜、石蜜①混合而成的点心，以油炸熟。

接下来，饼餤（べいだん）是在饼中装入煮熟的鹅、鸭或其他鸟类的蛋及其他杂菜，再切成方形。《枕草子》记载了一个有名的故事，藤原行成用白色色纸包着饼餤，将它和一枝开满梅花的枝条一起送给作者："予心思，莫非赠画乎？急忙接入，打开看处，乃名唤饼餤之物，二个并排而包，外附一信，以呈文式样写道：'进上饼餤一包，依例进上，如件。少纳言殿。'后书月日，署名'任那成行②'。"

餲飷（ふと）是用油煎的饼。糫饼（まがり）见于《土佐日记》（承平五年二月十六日）："上京。所见之处，山崎小柜之绘、糫饼法螺之形，皆丝毫未变。然亦有一语，'商

---

① 酥蜜，与酥油混合的蜂蜜；石蜜，固体蔗糖。
② 将"行成"颠倒的化名。

人心，不可知'是也。"也有一说认为这里的"まがり"是地名，不过这里采用一般的说法。正如其名，这是一种用糯米粉捏成细环，再用芝麻油炸熟的食品。

结果（かくのあわ）亦训作"かくなわ"，是打结之后再炸熟的点心，在和歌中，它被用来比喻"思绪混乱"或"心塞"，例如"心乱如结果"（《古今和歌集》十九《杂体》，长歌）、"结果纠缠紧，心中思绪萦。光阴长久过，仍感气结凝"[①]（《风雅和歌集》三《恋》）等。

捻头（むぎかた）是用小麦粉做的饼，将头捻起。索饼训作"さくべい"或"さくべう"，是一种将面粉或米粉捏得像绳索一样细长、扭结的点心，在东西二市有店铺销售。在七月七日，作为一种驱除疟疾的巫术，内膳司会向天皇呈献索饼。

粉熟训作"ふんずく"或"ふずく"，根据《原中最秘抄》，它的做法是将稻、麦、大豆、小豆、芝麻这五种颜色各自不同的谷物磨成粉末，制成饼，煮熟后淋以甘葛，然后再揉成一团，紧紧地塞进细竹筒里，暂时放置后取出，切而食用。这种点心也见于《宇津保物语》的《初秋》卷和《源氏物语》的《宿木》卷。

馄饨（こんとん）是在圆形面片中放进肉馅，捏起后煮熟食用的食品。馎饦（はくたく）也是用面粉制成的食品，亦训作"はうたう"。《枕草子》中有一条讲僧人为遭到邪

---

① "人心思ひ乱るるかくなわのとにもかくにも結ぼほれつつ。"（觉助法亲王）

祟的病人加持后准备离去，其中有一句"且请留步，待奉上'ほうちはうたう'"。《春曙抄》^①（十二）在这里注曰："未考云云。"对这句话的意思，学者们各执一词，其中当取岩崎美隆^②之说："ほうち"为"熟瓜"（ほそち）之误，"はうたう"则是馎饦^③。

其他唐果子

此外还有椿饼，训作"つばいもちひ"，见于《宇津保物语》的《让位》卷和《源氏物语》的《若菜》（上）卷。这是将制饼用的粉捏成球，再用淋上甘葛的椿叶包裹起来的食品。馒头见于《七十一番职人歌合》，但不见于平安时代的文学作品。煎饼是用油煎熟的面饼。

《枕草子》中有一种叫"初熟麦"（あおざし）的食品："居于三条宫时……取他人所赠、名唤初熟麦之物，以青色薄纸铺于砚箱盖上，盛而进之……"这是将尚未成熟的麦粒煎熟、去皮，在臼中细细地磨成粉，最后捏成条状、捻成麻花形的点心。最后，据《和名抄》等书记载，又有一种点心称为"饴"（あめ），类似今天的水饴^④。

---

① 《春曙抄》是《枕草子》的注释书，北村季吟（1625—1705）著，为近古《枕草子》研究之集大成。
② 岩崎美隆（1804—1847），江户后期国学家、歌人。
③ 另有一说为"法施报当"，即布施，小学馆《日本古典文学全集》等取此说。
④ 水饴（みずあめ），以麦芽制成的糖浆。

第九章 女性的一生

一

诞　生

平安时代的女性都是怎样度过自己的一生的呢？当然，这取决于她们出身的家庭，也取决于她们的容貌、才智、天性、教养等等，更取决于她们的父亲、兄长，乃至周围人们的意志，结果就使得她们的命运千差万别。不过，本章所讲的"一生"，是略述她们从出生到去世会经历怎样的风俗习惯、仪式典礼。

首先从出生开始，在当夜、三日夜、五日夜、七日夜、九日夜，都要举行祝贺诞生的典礼，这被称为"产养"（うぶやしない）。母方家族的亲戚、熟人会准备衣服、日常用品、食品等，一齐去家里祝贺，举行宴会。上自皇室、摄政、关白、大臣家，下至士大夫及一般平民家，都会进行产养。当然，根据身份不同，产养的活动内容与隆重程度也会有很大差异。

产　养

　　文学作品和公卿的日记时常提及产养。例如《荣花物语》的《种种欢喜》卷就描述了道长的长女彰子（日后的上东门院）诞生时的产养。来道贺的，三日夜是其父道长，五日夜是其祖父摄政兼家，七日夜是圆融天皇的皇后诠子（兼家次女，彰子的叔母），每一夜都举行了隆重的典礼。作者写道："七日间之光景，盛大无匹，真乃丹青难描、笔墨难书。"

物语文学中的产养

　　虽然是虚构的物语文学，不过《宇津保物语》的《让位》卷也详细描写了仲忠①之妹、东宫妃梨壶女御生下第二皇子时进行的产养。来道贺的，三日夜是一之宫，五日夜是大将殿，七日夜是后宫和太政大臣，九日夜是梨壶之兄仲忠，各自举办了盛大的宴会。同书的《贵宫》卷还写到了贵宫②生下第一皇子时进行的产养：来道贺的，三日夜是后之宫，五日夜是院后之宫，七日夜是东宫。在东宫举办的宴会上，内里及东宫的所有殿上人都来参加，二百余人彻夜起舞，场面极为宏大。在《源氏物语》中，当葵之上生下夕雾

---

① 《宇津保物语》主角之一藤原仲忠。
② 《宇津保物语》角色，芳名远播，求婚者甚多。仲忠亦为求婚者之一，虽竭力追求，贵宫最终却嫁与东宫。

时，也举办了盛大的产养，桐壶院、诸亲王、上达部等悉数参与（《葵》卷）。而当薰君诞生时，秋好中宫在五日夜赠送了豪华的礼品，自大夫以下，中宫职的官吏全部参与产养，七日夜更是在宫中举行了正式的庆典，许多皇族、上达部都来参加（《柏木》卷）。

然而，在以上这两部物语文学中，将产养放在最重要位置的篇章还数《宇津保物语》的《藏开》卷中犬宫①诞生时，以及《源氏物语》的《宿木》卷中匂宫的正室宇治中君生下长子时的部分。其中，犬宫诞生时的产养是《宇津保物语》的主题之一，占据了长达数十页的篇幅，作者巨细靡遗地描写了当夜、三日夜、五日夜、七日夜、九日夜等每一夜举办的典礼和礼品。

《紫式部日记》中的产养

最后，在日记文学中，《紫式部日记》对后一条天皇诞生时的产养进行了详细的描写。大体来说，三日夜来道贺的是中宫大夫藤原齐信等人，五日夜来道贺的是左大臣道长，但作者并没有单纯地记载庆典的形式，而是细腻地描述了那一夜的气氛，以及女房们的服装和言行。此外，七日夜是朝廷作为正式典礼举办的产养，九日夜来道贺的是东宫权大夫赖通。

---

① 《宇津保物语》角色，仲忠与其正室女一宫之女。

啜　粥

　　与产养相关，在三日夜会举行称为"啜粥"（すすりがゆ）的仪式。在这一仪式上，需要两人高声一问一答，背诵固定的词句。

　　如果生下的是男孩，一方先问："使此公子夜啼之姬君在否？"

　　另一方回答："使此公子夜啼之姬君不在。此地东方过七谷越七峰之处，夜啼之姬君在焉。此公子必长命百岁、步步高升，直至大臣、公卿也。"

　　接下来，问者道："既如此，可永啜甲斐国鹤郡所产永彦稻之粥也。"

　　然后，啜事先在桌上准备好的粥，如是三次。如果生下的是女孩，中间的词句会换成"此女公子必容姿端正、有相具足，直至女御、皇后也"。

　　啜粥就是这样一个质朴而充满古风的仪式。它在民俗学上的意义自不用说，[1] 在文学意义上，也充满了丰富的表现力，令人颇感兴趣。

命　名

　　在第七夜为新生儿取乳名的习俗一直延续到现在，但皇

---

[1]　这是一种止小儿夜啼、祝福前程的巫术。

子不一定要等到第七夜才取名。

五十日与百日

在婴儿诞生后的第五十天和第一百天，要举办特别的祝贺宴会，称为"五十日"（いか）和"百日"（ももか）。此时，会在婴儿面前摆上小饭菜、小碗碟、小筷架、小洲浜[①]等，还要喂婴儿吃饼。即使是非常高贵的家庭，此时也必须使用从市上买来的饼，一至十五日从东市买，十六日之后从西市买，大约需要买五十个，将饼和米粉、米汤拌了，喂给婴儿。[②]《紫式部日记》就记载了小皇子五十日典礼时的情景。此外，《源氏物语》《荣花物语》《大镜》以及各种家集中也都有对这一仪式的记录。

二

产剃·深批

婴儿诞生之后要进行"产剃"（うぶそり），就是剃发一

---

①　洲浜即洲浜台，模仿洲浜（河岸）形状制成的异形台座，其上一般放有盆景。
②　将饼切作小块，拌以米粉、米汤，由婴儿之父或祖父喂与婴儿。据《花园天皇宸记》，须喂三块。

次，然后让头发自然生长。镰仓时代之后，这种习俗被普遍称为"发置"①。

在头发长得很长之后，根据习俗，还要进行一次剃发，称为"深批"（ふかそぎ），亦称"发批"或"垂发"。在《荣花物语》的《晚待星》卷中，就有在后一条天皇的丧期结束后，藤原赖通为一品宫章子内亲王和斋院馨子内亲王剃发的记述。当时一品宫十二岁、斋院九岁，后世这一年龄被提前到男童五岁、女童四岁。

深批似乎要在固定的时间段进行，据文献记载，多在十一月和十二月。另外，女子在十六岁时剪掉鬓角的风习，所谓"鬓批"或"发批"，为平安时代所无，至室町时代末期方有。

着　袴

儿童成长到三四岁或六七岁时②，不分男女，都要进行着袴典礼。着袴训作"ちゃっこ"或"はかまぎ"，至于具体年龄，《贞丈杂记》（一）称是三岁，不过根据人们的喜好，也有在五岁或七岁进行的。在平安时代的文献中，《源氏物语》的《桐壶》卷是三岁："皇子三岁之年，行着袴之礼，其

---

① 具体地说，"发置"（かみおき）是幼儿长至二三岁，开始长头发时举行的仪式，内容为让幼儿站在棋盘上，以生丝、丝绵等做成假发，放在其头顶等，用意是祈祷头发生长。

② 虚岁。下同。

排场不亚一之宫当年……盛大非常。"《日本纪略》等著作
也记载道，天皇的着袴多在三岁时举行，但也有在五、六、
八、九、十二、十四岁时举行的例子。至于女童，大多数内
亲王着袴的年龄都是三岁，少数是五六岁。

敦康亲王的着袴典礼

关于着袴典礼的流程，《权记》《小右记》《御堂关白记》
《西宫记》等书均有记载。例如《权记》（长保三年十一月
十三日）所记敦康亲王[①]的着袴典礼：典礼在飞香舍的南厢
额间举行，地面铺锦端叠[②]二张、地垫二张、茵垫一张作为
座席，沿着西侧障子立一座四尺高的屏风，屏风前放一座二
阶棚，架上摆有火取、唾壶、砚台、续纸笥、泔坏等，在女
房座席东侧放有两个衣箱。东厢设上达部、殿上人座席，竹
帘放下。原书并未记载在这次典礼上为亲王系上腰绳的人是
谁，但这一程序一般由儿童的父亲执行，因此当时负责系上
腰绳的很可能是天皇本人。着袴典礼结束后，拉起竹帘，官
员们被召到南厢，受赐飨宴。酒过一巡，众人献上贺词，进
行管弦之游，接受赐禄[③]，然后离开。

内亲王的着袴典礼大体准于亲王。女童也同样由父亲负
责系上腰绳，例如在村上天皇的皇女承子内亲王着袴时，执

---

① 一条天皇第一皇子，母为藤原定子。
② 锦端叠（にしきべり），边缘包锦的榻榻米。
③ 禄即俸禄。典礼时的赐禄是额外的恩赏。

行这一程序的就是天皇本人。和宫中相比，臣下的子女的着
袴典礼在流程上没有不同，但有时会从亲属中选择地位尊
贵之人来系腰绳。《源氏物语》的《薄云》卷写道，明石姬
进行着袴时，"姬君之袴带相互交叉，于胸前结起，更形可
爱"，从这里，我们可以想象出儿童着袴时的样子，实在是
很有意思。

三

　　女性在成年时要举行首次穿上裳的典礼，称为"裳着"
（もぎ）。这相当于男性的元服，实行年龄不定，一般在十二
岁到十四岁之间。例如《宇津保物语》中的贵宫、《源氏物
语》中的明石姬，以及《荣花物语》（《辉藤壶》卷）中的彰
子都是在十二岁。

裳　着

　　据各种文献，裳着的习俗大约始于延喜年间之前，挑选
吉日举行。通过《西宫记》（临时九）中的记载，我们可以
一瞥宫中进行裳着时的情景：首先整理清凉殿的日御座，放
下母屋的竹帘，在北面的障子附近铺上锦端叠，再于其上铺
上地垫和茵垫，这就是内亲王的座席。在座席东面放有理发
用品，而在北面宽两柱间处，立着两座四尺高的屏风，同样

铺有锦端叠，这是结发及理发的座席。根据惯例，在穿上裳的同时，要进行结发。裳的腰绳由尊贵显赫的人物系上。典礼结束后，参加者接受赐酒、赐禄，然后离开。

虽然结发与裳着同时进行，但本书将这一部分放到第十七章，与涂黑齿、画眉一起叙述。

元　服

接下来略述一下元服（げんぷく）。元服是在头上戴冠的仪式，一说"元"为头，"服"为冠；又一说"元"为始，"服"为着物，指儿童成长以后第一次穿上成人的衣服。《伊势物语》等书中有"初冠"（うひかうぶり），或简称"冠"（かうぶり），指第一次戴冠，也就是元服。在《源氏物语》的《桐壶》卷中，光源氏戴冠时，桐壶帝作和歌曰："幼子今冠毕，初元始有结。不知君可愿，悠久契长携。"[①]可见"初元结"（はつもとゆい）虽然一直是小孩子第一次结发髻的意思，但同样也能表示元服。

天皇的元服

元服的年龄不定，大体而言，皇族在十一岁至十七岁

---

① "いときなき初元結ひに長き世を契る心は結びこめつや。"此为向左大臣提儿女亲之歌。

之间、臣子在五六岁至二十岁之间。元服也要挑选吉日，天皇的元服必在正月，而且，除了极少数例外，都在一日至五日中的某一天举行。无论是天皇、皇太子、亲王元服时，还是臣子或庶民元服时，仪式的内容都各自不同。这里略述一下天皇的元服。当日早晨，在紫宸殿的御帐内设御座，准备好梳子及其他用品，在南厢的西之间还设有酒馔。天皇在北厢理发后，戴"空顶黑帻"（无顶的黑色帻），穿阙腋袍①，坐于戴冠座席。负责戴冠的太政大臣和负责理发的左大臣出至庭院中，再拜一番，太政大臣洗手后自西阶上殿，左大臣同样自东阶上殿。负责理发的大臣首先走到御前，摘去空顶黑帻，负责戴冠的大臣从内侍的手里接过御冠，走到天皇右侧，口诵祝词，跪下为天皇戴冠，然后归座。戴冠的角色又称"引入"（ひきいれ），职责最重，一般由太政大臣担任。接下来，负责理发的大臣上前整理御冠，结束后同样归座。天皇暂时离座，然后再从南厢出席，进酒馔。

　　元服之礼是平安时代的男性典礼中最重要的一项，在平安时代，上自天皇，下至庶民，都会庄重地举行。遗憾的是，在中世的战乱时代，随着朝廷礼仪的废除，这一大礼也基本断绝了。

　　在元服或裳着之后，下一个问题当然就是结婚了。女性在结婚之后会迎来怀孕和生产，这些我们放到第十一章再讲。

---

①　阙腋袍（けってきのほう），平安时代武官之袍，在两腋留有开口。文官则穿腋下不留开口的缝腋袍（ほうえきのほう）。

四

算　贺

接下来讲一讲"算贺"（さんが）。算贺又称"年贺"（ねんが），从四十岁的生日开始，每隔十年举行一次。[①]平常所说的"四十大寿""五十大寿"，说的就是这种对年寿的祝贺。

天皇的算贺会由皇后、上皇、皇太子等举办，典礼当日，会在紫宸殿设御座及公卿之座，亲王以下着座，内膳司呈上御膳，对诸臣亦有赐馔。在典礼现场会奏乐，和通常的典礼一样进行赐禄。上皇和皇太后的算贺大体准于天皇，区别只是在典礼之前两三天会有试乐，在算贺结束后的翌日还有后宴。天皇会行幸到上皇和皇太后的御所，亲切地舞蹈而拜，敬上御酒。臣子的算贺大多由亲戚朋友举办，在典礼上会赠礼、设筵、奏乐、赋诗。

君之世

在算贺当天进贡或赠予的礼品数量，应与接受祝贺者的年龄相同。此外，在算贺的屏风上，还会书写当代一流歌人

---

① 在平安时代，四十岁之后就被视为进入老年。

为祝寿所作的和歌。在这种场合使用的常套词是"君之世"（君が世），例如《拾遗和歌集》（十八《杂贺》）中藤原公任为祝贺东三条院（诠子）四十大寿所作的和歌："欣逢君寿日，心喜贺瑶席。更愿迎千度，华筵同此齐。"①

正如《玉叶和歌集》（七《贺》）中藤原赖通为祝贺伦子（道长正室、赖通母）六十大寿所作的和歌那样："为君观前路，遥远永无边。遐寿长千载，绵緜久有年。"②这里的"世"是"龄"（よわひ）的意思，转义为"人生、一生"。

关于一生最后的事项，也就是与逝世相关的风俗及仪式，请参见本书第二十一章。

---

① "君が世に今いくたびかかくしつつうれしきことにあはむとすらむ。"
② "かぞふればまた行末ぞ遥かなる千代をかぎれる君がよわひは。"

第十章　结婚的制度与习俗

一

在平安时代，结婚的制度与习俗与现代大为不同。这一问题与文学作品的关系也十分密切，如果对此没有正确的认识，就很难理解平安时代的文学作品。

表示结婚的词语

表示结婚的词语，在平安时代有"婚"（よばふ，见于《源氏物语》《宇津保物语》等）、"妻合"（めあはす，见于《和名抄》二）、"合"（あはす，见于《大和物语》）、"会"（あふ，见于《源氏物语》）、"嫁"（とつぐ，见于《宇津保物语》）、"住"（すむ，见于《竹取物语》《大和物语》等）等许多。《拾遗和歌集》（七《物名》）中有和歌曰："经年君侧守，寝住总相伴。未想琴腹中，君竟将子诞。"① 这是把"鼠"（ねずみ）隐在表示结婚的"寝住"（ねすみ）一词中。

---

① "年を経て君をのみこそ寝住みつれことはらにやは子をば生むへき。"（藤原辅相）此歌题为"见鼠于琴腹中生子"，乃以"寝住"（ねずみ）通"鼠"、以"琴腹"（ことはら）通"异腹"。盖以鼠喻男性私通。

此外还有"得男"（男す）、"迎女"（女を迎ふ）、"取婿"（婿にとる）等多种词语，它们全都是结婚的意思。新郎称为"むこがね""むこのきみ"①，与之相对，新娘称为"よめ""よめのきみ""うへ"②"北の方"。

招　婿

平安时代的结婚制度分两种，一种叫"招婿"（むことり），另一种叫"迎嫁"（よめむかへ）。前者是丈夫先去妻子家居住，经过几个月或几年后，再把妻子接到自己家里。后世的"招婿"意指丈夫永远住在妻子家里当上门女婿，但当时与此并不相同。就如《枕草子》中的"一家劳师动众迎来之女婿，却不再来""自招婿后，四五年未生产"，平安时代的文学作品中的"招婿"全都是指男方暂时上门居住。

迎　嫁

"迎嫁"则是丈夫把妻子接到自己家里居住。结婚前，准新郎先去妻子家，举行典礼之后，再把妻子接到自己家里。这种形式的结婚直到平安时代末期才出现，后来成为武家专有的礼法。对于平安时代的文学作品，即使说里面所有

---

① 汉字为"婿候补""婿之君"。
② 汉字为"嫁""嫁之君""上"。

的结婚都是"招婿"也不为过。然而，在《枕草子》的"扫兴之事"一条中有"迎女之男"一句，这里指的有可能是"迎嫁"；《源氏物语》的《若菜》卷（上）中源氏把女三宫迎至六条院，可能也是"迎嫁"的一种形式。

求　婚

　　今天，我们可以在《蜻蛉日记》《源氏物语》《荣花物语》《江次第》等书中看到平安时代的结婚风俗。首先，男方要向已达婚龄、以才色著称的女性那里送去求婚的消息。女方不会自己回复，而是由其父亲和兄长对求婚者的性格、才能、家世等进行深思熟虑的考量之后，才代女方写回信，答应求婚。新郎会选择吉日，先送去消息，然后自己在入夜之后带着随从来到女方家里。他会在中门下车，将开道松明上的火移到脂烛上，走进门内，从寝殿的侧面台阶进入。根据习俗，新娘的父母，也就是新郎的岳父岳母，在这一夜要把新郎的鞋子抱在怀里睡觉，这是一种祈祷婚姻幸福的巫术。与新娘家关系密切的人会拿着脂烛，把火移到帐台的幔帐前的灯笼上，这个灯笼三天不许熄灭。新郎和新娘一起进入幔帐，脱下衣服。在第三个晚上，要用银盘盛着三个饼奉到帐前，这就是所谓"三日之夜饼"的仪式。新郎应穿戴好乌帽子和狩衣①，走出幔帐吃饼。

---

① 狩衣（かりぎぬ），平安时代贵族男性日常便服。

结婚典礼·露显·后朝

在结婚后的第三或第四日，要举行"露显"（ところあらわし），也就是结婚的发布仪式，新郎与岳父岳母等女方亲戚见面，招来朋友、知己，设筵庆贺。在露显的当天，还要举行"后朝"（きねぎぬ）的仪式，就是新郎在结婚之后第一次给新娘送去信件。① 婚后，新郎会择吉日离开新娘家中，去宫廷供职。《枕草子》中的"刚入新家之夫婿，往内里觐见……"说的就是这种情况。

二

结婚的年龄

男性大多在成人式，也就是元服之后立即结婚，《源氏物语》中的光源氏就是在元服当天和左大臣的女儿（葵姬）结婚的。这种结婚又被称为"添寝"（そひぶし）②，被选为妻

---

① 以上习俗均为走婚制遗风。在走婚制时代，男方会往女方家中走婚，夜合晨离。"三日之夜饼"与"露显"原为同一仪式，本质上是一种巫术，认为如果贪夜前来走婚的男方吃下用女方家的灶火做出的饼，就会变为女方的同族。"きねぎぬ"汉字又作"衣衣"，原为晨离时双方衣物相贴、难舍难分之意。根据惯例，男方离去后须致信女方，表达不舍之情。

② 这是上古时代成人式的遗风：男性在成人式上与女性共卧，事后便娶此女为正妻。

子的女性一般会比男性年长，大抵是男性十二岁、女性十六岁左右。当然，在男性的一生中，这只限于最初的正式婚姻，之后的婚姻又另当别论。

平安时代的婚姻看似是自由恋爱，但实际上，综合各种文献记载，新娘的背后有着其父亲、兄长、姐姐等人的深思熟虑、命令指示，从求婚到结婚的各种事项也全部由他们处理，其例不胜枚举。这种婚姻形式也不能称为伤风败俗，否则，现代的自由恋爱、自由结婚就更加伤风败俗了。若想理解平安时代的文学作品，就必须对这一点抱有清晰的认识。

媒　人

结婚时的媒人称为"仲立"（なかだち，见于《源氏物语》等）或"仲人"（なかうど，见于催马乐）。这个词并没有后世"中介"的意思，而只是指为男女双方牵线搭桥的人。媒人以能言善道著称，例如在《源氏物语》的《东屋》卷中，就有媒人欺骗浮舟之母的情节："媒人花言巧语，女人常受欺瞒……"，以及"（常陆守）为媒人所骗，道：'……欲招此人为婿之家甚多，若被他人捷足先登，实可惜也。'"在《帚木》卷中也有："那媒人每每瞒短夸长，听者纵使疑心，亦不好全凭揣测而断定其谬也。"从这些描写中，我们可以大体推断出当时的情况。

约　婚

约婚之事，古已有之。约定终身大事，有时为男女双方之意，有时为双方父兄之意。例如，《伊势物语》（二十三）中的"筒井筒"这个故事写道："长大成人后，无论男女，俱感羞赧。男子心思非此女不娶，女子心思非此男不嫁，故双亲所提亲事，一概置之不闻。"《源氏物语》中夕雾与云居雁的婚姻，以及（虽然形式略有不同）源氏和紫之上的婚姻，皆属此类。在平安时代的物语文学中，还有许多类似的例子。

近亲结婚

在日本古代，贵贱尊卑之分非常严重，结婚必须门当户对，因此对同族、近亲之间的结婚十分宽容。也就是说，异母兄妹之间，以及叔父和侄女之间都可以结婚。然而，不应把这种情况视为淫秽下流：首先，当时的风俗就是如此，其次，在大多数情况下，即便是异母兄妹，或者叔父和侄女，在结婚前也从来没有见过面。例如在《源氏物语》中，柏木之前从未见过自己的姐姐玉鬘，夕雾之前也从未见过自己的继母紫之上。因此对他们来说，对方虽说是亲属，但实际上完全是陌生人。

结婚的日期

结婚须择吉日。在《中右记》的永久六年（元永元年）十月二十六日一条中，有藤原忠通第一次去民部卿之女处的记载，记曰："今日阳将日也。"《拾芥抄》（下《末》）中也有对日期吉凶的规定，在《源氏物语》中的《夕颜》和《玉鬘》卷中同样有对结婚日期的描写。

至于结纳①，《日本书纪》的"履中天皇"②一条中有"纳采"一语，可见上古有之。但到了平安时代，已基本不见于文学作品。

幸福的婚姻与不幸的婚姻

不消说，婚姻是决定男性和女性的一生是否能够幸福的重大选择。例如，《紫式部日记》就记载了道长对自己的正室伦子的戏言："吾为宫（中宫）之父，相称也。吾女为宫，亦相称也。吾女之母（伦子），心感幸福，正微笑也。'嫁得好良人'，必正如此庆幸也。"③不过，在《荣花物语》的《初花》卷中，当中务宫具平亲王应承了自己的女儿与道长之子赖通的婚事之后，道长却十分感激地说："'不胜惶恐之至，'感激言罢，又道，'男子贵贱，以妻定也。是以结婚时当高

---

① 结纳（ゆいのう），即中国的"纳聘"。
② 履中天皇，古坟时代天皇，传说427—432年在位。
③ 伦子闻此言后不悦，拂袖而去。

攀贵门也。'"

　　如果能够娶到或嫁给一个好人，男性或女性的一生就会幸福，反之则会不幸，这样的例子在《荣花物语》中有许许多多。再以《源氏物语》为例，紫之上和明石之上的婚姻是幸福的，而空蝉和夕颜的婚姻是不幸的。朱雀院将女三宫托付给源氏，也是为了让这个优秀的丈夫带给女儿幸福，而浮舟之母、玉鬘的侍女等人费尽心血，同样是为了让自己的女儿或小主人能够与出色的男性结婚。除此之外，对于有资格入宫的贵族之女来说，如果能够有幸当上女御或中宫，不仅本人能够幸福，就连自己的全家也能得到幸福。

门第与财力

　　既然有了这样的打算，就自然应当从高门豪富之家选择结婚对象。例如在《伊势物语》(十) 中，某个来到武藏国的男人向当地的女性求婚时，"其父虽欲将女嫁与他人，其母却欲将女嫁与贵人。其父出身凡庸，其母却为藤原氏，故欲将女许配贵人"。从这样的记载中我们可以看出，即便是庶民阶级，也有靠结婚来高攀的想法，其中最著名的例子大概就是《源氏物语》中的明石入道了。而《大镜》的《兼通传》甚至还记载道，闲院大将藤原朝光与旧妻离婚，娶了以巨富著称的枇杷大纳言的寡妇。虽然这是特例，但也反映了世间的某种风潮。

三

离婚的条件

对于离婚制度与道德约束，平安时代比现代日本更加自由。根据《大宝令》规定，离婚的条件有七条："一无子，二淫泆，三不事舅姑，四口舌，五盗窃，六妒忌，七恶疾。"[①]凡有一条符合，就可以离婚。

离婚的动机

离婚原本必须取得父母或祖父母同意，但在平安时代，有的离婚仅仅是出于感情上的原因。例如《伊势物语》中的"因些微小事，心生不悦……"，《大和物语》中的"只因些微小事……"，这些故事都是因感情不和而离婚的例子。在《源氏物语》(《帚木》卷）中也有一个女子咬伤左马头的手指，与他离婚的故事；髭黑大将的夫人因丈夫移情别恋，对两人的未来感到绝望而离婚。和泉式则与之相反，她的丈夫为她的见异思迁而责难她，两人最终离婚。而像《源氏物语》中的夕颜那样，难以忍受正室的嫉妒而自行离婚的女性也为数不少。由于结婚就比较自由，离婚自然也会比较自由。

---

① 即中国的"七出"。

妇女的失踪

在平安时代，警察制度还很不完善。因此，如果女性被拐走、被受领①之子之类的人带到乡村，或者与心仪之人私奔而躲藏起来，就基本不可能被找到了。以物语文学为例，《源氏物语》中的夕颜和浮舟自不用说，就连紫之上这般身份高贵的女性也很难被查到行踪。在这种时候，警察部门几乎起不到什么作用，身份卑贱、经常出入市场的商人、市女反而能打听到更多的消息。

因为这样的缘故，即便曾经山盟海誓，女性出于某些原因而杳无音信的例子也不少。从《源氏物语》中内大臣公开向世间要求能够证明是自己女儿的人前来相认的情节中，我们不难理解这一点，而从《蜻蛉日记》的作者记述自己找到丈夫兼家的女儿并加以养育的事情中，也可以推测当时寻找女性有多么困难。

再　嫁

关于女性的再嫁，《大宝令》规定，只要丈夫在外地没落②五年（无子女时，三年）或逃亡三年（同上，二年）而不回家，妻子就可以再嫁。例如在《伊势物语》

---

① 受领（ずりょう），平安时代的地方官吏。
② 《令集解》："谓没者，被抄略也；落者，遭风波而流落也。"

（二十四）的一个故事中，由于丈夫在宫廷供职，三年没有回家，贞淑的妻子就决定嫁给另一个恳切的求婚者。虽然在《今昔物语》（三十）中也有在丈夫死后决定独守空闺、绝不再嫁的贞女的故事，但这样的女性为数极少。与此相反，在《今昔物语》（二十二）的另一个故事中，本院大臣藤原时平就娶了帅大纳言藤原国经的前妻，而这个妻子还曾与平贞文①私通，因此不可一概而论。不过，这样的故事也不能一律当成不贞、乱伦的例子。②《荣花物语》（《苔花》卷）还记载道，藤原显光发现自己的女儿承香殿女御（元子）与人私通后暴怒，亲自为其剃发，令其出家为尼。这显示出当时的人们对于结婚有着强烈的道德意识和责任感。同时，必须注意，在《源氏物语》的构想中，也有强调道德之尊严的部分。

一夫多妻制

日本上代③的风俗允许男性迎娶超过一人的妻妾，这一

---

① 平贞文（约872—923），平安中期贵族、歌人，中古三十六歌仙之一，以风流好色著称。
② 国经是时平的伯父，娶在原业平的孙女为妻，年龄比其妻大六十岁。时平骗国经将妻嫁与自己。此妻曾与平贞文私通，但嫁给时平后，便与贞文断绝了往来。
③ 上代（じょうだい），日本语言学、文学史用语，一般指日本最早有文献记录的时期，即飞鸟时代到奈良时代，有时也单指奈良时代之前的时期。

点在《古事记》所载须势理姬的和歌中就有所反映①，平安
时代同样也是这样。在《荣花物语》(《玉村菊》卷）中，道
长说"男子当娶一妻"，这在现在看来是理所当然的，但在
当时，毋宁说一个男人娶两三名妻子才是理所当然的。不用
说，这种习俗或称制度并不理想；妻妾之间会相互嫉妒、憎
恨，最终把这些厌恶发泄到对方的子女身上，从而引起了很
多悲剧。

对一夫一妻制的向往

关于一夫多妻制的实情，以及由此带来的心理纠葛，在
《蜻蛉日记》《落洼物语》《古住吉物语》《源氏物语》等书
中都有表现，实际上，上溯到《古事记》《日本书纪》，就已
经有了这种记载。很明显，这一点是古代社会令人不快的一
面。《源氏物语》中的女性们在被感情生活所苦的同时，全
心全意追求的，无疑就是一夫一妻这种制度。

①　见《古事记》："八千矛之神兮，吾之大国主兮。汝男身兮，于在在之岛
岬，春草之妻多兮。于处处之矶崎，春草之妻茂兮。吾女身兮，舍汝无男子
兮，舍汝无夫君兮……（下略）（八千矛の神の命や我が大国主汝こそは男
にいませうちみる島の崎々かきみる磯の崎落ちず若草の嬬持たせらめ我は
もよ女にしあれば汝を除て男は無し汝を除て夫は無し……）"（须势理姬）

第十一章　怀孕与生产

一

怀孕·恶阻

　　妇女的怀孕称为"孕"（はらむ），孕龄两三个月时身体出现的妊娠反应称为"恶阻"（つはり）。例如《荣花物语》（《花山》卷）记述花山天皇的女御忯子怀孕时写道"起初因身现恶阻，不进饮食……"，《落洼物语》（二）中也有"（四女公子）不知何时身生恶阻，中纳言叹曰：'本愿此女为少将产子。'"而在《源氏物语》的《若紫》卷中，藤壶女御回到自己的里第，同样是因为恶阻的缘故。

着　带

　　在后宫，根据惯例，一旦孕龄达到三四个月，嫔妃就要上奏天皇，返回里第。[①] 接下来，就要进行"着带"（ちゃく

---

① 因为当时视生产为某种污秽。参见本书第二十二章。

たい）[1]；这根腹带由孕妇的亲戚负责准备，还要延请僧人作法加持。

设置产房

当预产期临近时，就该开始设置产房、准备各种用品了。据《御产部类记》的《不知记》，一条天皇的中宫彰子生产时，产房设在土御门殿（道长邸）寝殿的北厢。关于屋中的室礼，平时的装束、装饰一概撤去，换成从宫中带来的白木帐台一座、白绫面的五尺及四尺屏风各三双、同为白绫面的四尺几帐三双、三尺几帐二双、白绫边的锦端叠十三块等。就如此例所示，产房中的室礼是清一色的白色。

加持祈祷

在待产期间，为了防止鬼怪作祟，妨碍生产，会举行盛大的祓除、加持、祈祷仪式。这一点从《紫式部日记》中的记载可见一斑："数月以来，请至邸内之高僧自不必谈，更遣人访遍各山各寺，将修验僧不留一人，悉皆请来。不由心思，这般祈祷之下，不知三世佛将显何种灵验？天下一切阴阳师亦已悉数延请至此，如此祷告之声，纵八百万神明亦不可置之不闻也。使者摩肩接踵，持布施前往诵经各寺，如此

---

① 孕妇在腰间卷上腹带。

一夜，直至天明。"在《源氏物语》(《葵》卷）中，也有葵之上在生产之前遭到鬼怪作祟，源氏请人驱除的描写。

受　戒

在难产时，产妇要象征性地受戒，将一部分头发剪去。《紫式部日记》写道："因生产艰难，中宫剪发受戒。'竟为何事哉。'正如此心思，万般悲戚之时……"这里的"受戒"，指的是产妇许诺日后必定出家侍佛，希望以这种许诺带来的功德战胜难产。

二

产　婆

当产妇快要生产的时候，也会得到产婆的照顾。但产婆在当时并不是专门的职业，而是由能够熟练助产的妇女临时担任。《紫式部日记》就提到，在中宫产房附近侍候的女房中有一位号为内藏命妇的人，她在助产方面拥有特殊技能，因此在现场担任今天所谓产婆的角色。《荣花物语》(《岭之月》卷）也提到过这个人，后来，尚侍嬉子生下后冷泉天皇时，她也在场助产："那内藏命妇常于各殿下（彰子、妍子、威子等）出产时率先捧出幼子，操持卓越，素有声名。见此

次小式部之君 ① 行产婆之事，忧其年少，故自告奋勇代之，将诸事准备停当。"

描写出产的绘画

描写出产的绘画见于《十界抄》《饿鬼草纸》等。绘画中描绘的产妇全都是坐着直起上半身，没有躺着的情况。产妇的前后都有协助生产的妇女，产妇紧紧地抱着前面的妇女。在《饿鬼草纸》的一幅绘画中，还能在产房各处看到散乱的陶器碎片，这是某种巫术，刻意打碎陶器，以赋予产妇勇气。

因难产导致的流产

在平安时代，医学技术还不十分发达，因此对女性来说，每次生产都是在鬼门关上走了一遭。例如，村上天皇的中宫安子传说是遭到在原元方的怨灵作祟而死，实际的死因就是难产，详情可见《荣花物语》（《月宴》卷）。一条天皇的皇后定子虽然才色兼备、出身高贵，结果也在难产中过早地终结了一生，年仅二十四岁。此外，藤原行成的女儿和小式部内侍 ② 也都因难产而死。在虚构的作品中，葵之上是死

---

① 嬉子之乳母，常陆介藤原高节之女。与小式部内侍并非同一人物。
② 小式部内侍（约999—1025），平安中期歌人，女房三十六歌仙之一，和泉式部与橘道贞之女。

于难产的最好例子。

流产亦见于文献记载。当时还有人工流产，这一点可以从《日本纪略》（天德三年二月十三日）等书中得知。《源顺集》中有和歌曰："男子往某国赴任时，见一将堕己胎之女：可悯鸿雁卵，不知椿萱颜。因何竟舍弃，未待父回还。"[1]

派遣敕使

根据惯例，嫔妃出产时，宫中会派遣近卫中将作为敕使来到产妇的里第，将御剑赐给新诞生的皇子。从三条天皇的皇女祯子内亲王诞生时开始，对皇女也会赐下御剑。

断脐带·喂初乳

婴儿诞生后，要举行断脐带的仪式，日本自古以来的惯例是用竹刀切断。然后还有喂初乳的仪式，就是让刚刚生下孩子的母亲为新生儿哺乳。由于实际负责为婴儿哺乳的是乳母，这只是一个象征性的仪式而已。可以在《紫式部日记绘卷》中看到描绘这一场景的绘画。

[1]　"たらちをの帰るほどをも知らずしていかですててにしかりのかひ子ぞ。"—一说为清原元辅所作。

三

产汤·御汤殿典礼

接下来介绍一下产汤 ①。为了方便，这里的介绍以《紫式部日记》对御汤殿典礼的记载为主。不过，在御汤殿举行的典礼只是一个仪式，并不是真正的产汤；实际上，真正的产汤大概是在出生之后立即进行的。

根据《御产部类记》的《不知记》对御汤殿典礼流程的记载，首先要由阴阳师对执行典礼的时间、用具等进行勘申 ②，正式选定参与人员。因此，执行御汤殿典礼的时候，往往距离生产已经过了很长的时间。例如，宽弘五年（公元1008年）九月十一日，一条天皇的中宫彰子生产的时候，御汤殿典礼在生产的约八小时后举行；元永二年（公元1119年）五月二十八日，鸟羽天皇的中宫生产的时候，御汤殿典礼在生产的约二十四小时后举行；治承二年（公元1178年）十一月十二日，高仓天皇的中宫生产的时候，御汤殿典礼在生产的约四十八小时后举行。

在阴阳师呈上勘文 ③ 之后，首先要从吉方汲取流水作为洗澡水，与此同时，在御汤殿准备各种用具。以宽弘五年的

---

① 产汤（うぶゆ），婴儿降生后首次沐浴。
② 勘申（かんじん），朝廷逢大事时咨询专家，令其调查先例、由来、吉凶等。此处指阴阳师占卜吉凶的勘申。
③ 勘文（かんもん），勘申的报告文。

典礼为例，御汤殿被设在寝殿东侧的母屋与厢之间，将白绢重叠铺设在地垫上，然后在白绢上放置浴槽、用来放缶的台子、床子等。这些器具同样要覆以白绢。接下来是搬运热水，负责搬热水的人员都在各自的袍子上套以当色[1]，也就是白色的官袍。女官们接来热水，用凉水调温，然后把调好温度的水分配到十六个缶里。两名身着汤卷的女房负责在御汤殿里为皇子沐浴。以上的用具一律都是白色，所有人也都穿着白色的服装。

读书鸣弦

其后，左大臣道长抱着皇子，捧虎头[2]的女房在前，捧御剑的女房在后，走向御汤殿。在这期间，要撒米、让僧人进行护身的祈祷，还要进行读书和鸣弦的仪式。"读书"是让"读书博士"，也就是纪传博士和明经博士[3]各三名，朗诵《史记》《孝经》及其他汉文典籍中的一节。一般是读《孝经·天子章》中的"爱亲者不敢恶于人，敬亲者不敢慢于人。爱敬尽于事亲，而德教加于百姓，刑于四海，盖天子之孝也"，须读三遍，然后读《史记·五帝本纪》中的"黄帝者，

---

① 当色（とうじき），宫中典礼之际，赐予当值官吏的衣物。逢婴儿诞生时，一切衣物皆为白色。
② 模造虎头。当时风俗，认为将虎头倒映洗澡水中，可除魔驱鬼，以保婴儿无病。
③ 纪传博士、明经博士均为平安初期设于大学寮之职。前者教授历史（以中国史为主）及汉文，后者教授五经。

少典之子……”一段，同样要读三遍。“鸣弦”就是空弹弓弦发声以驱鬼，这不仅是生产时的仪式，同时也是天皇在殿上沐浴时执行的仪式。

读书博士和鸣弦者会从东侧的中门进至南庭院，在南侧的台阶前排列成行。三名博士为最前列，以西为上，向北排成一列。在他们后方，十名负责鸣弦的五位官员排成一列，再后方，另外十名负责鸣弦的六位官员排成一列。顺带一提，在九卷本《荣花物语》的插图里，博士站在台阶上，鸣弦者坐在厢里，这是错误的。

御汤殿典礼每天早晚要执行两次，不过这里的“早晚”不一定代表真正的时间段，仅仅是“第一次”和“第二次”的意思。例如，在宽弘五年的典礼上，“早晨的”御汤殿典礼就是在夜晚举行的，而“晚上的”御汤殿典礼更是在半夜举行的。此外，晚上的御汤殿典礼只是纯粹的象征性仪式，没有让婴儿实际入浴。

纯白一色

在御汤殿典礼之后的七天里，每天早晚都要读书、鸣弦。在这期间，自婴儿的母亲以下，所有女房的装束，以及室内的用品、装饰，必须是一色纯白。从第八天开始，才能穿上有色彩的衣服；后世称此为“换色”（色直し）[1]。

---

[1]　后世的“换色”指日式婚礼上新娘将纯白和服换作有色衣物。

产　着

最后，还有一个称为"产着"（うぶき）的仪式，是让新生儿第一次穿衣服。《紫式部日记》对此有所记载，见于中宫职的官员们侍奉产养的一段："源中纳言、藤宰相奉上御衣、御襁褓、衣箱内衬、绢囊、包布、苫布、几桌等。依御产养惯例，上述诸物一色纯白，悉皆精良巧制，各显匠心工夫。"

以上，大体以《紫式部日记》的记载为中心，对皇子诞生时的仪式、典礼作一粗略的概述。在臣子的后代出生时，当然不会执行如此豪华的仪式，但仪式的流程以及蕴含在仪式中的精神是相同的，只是相对而言比较朴素而已。

第十二章　对自然界的观照

一

后宫女性对审美的关注

　　至此为止，本书从宫廷活动的角度对女性的生活进行了简单介绍。接下来，该谈一谈女性对自然界的关注了。

　　首先需要注意的，就是女性的审美生活。这些女性究竟是怎样努力使自己的日常生活变得更美的，这一点不能不加以留意。在衣、食、住这三个领域中，饮食出于其性质，不可能表现出女性的审美。住房和建筑样式可以表现一部分女性审美，但也不会特别倾向于女性化。因此，女性若想在自己的生活中增添美，当然就只能依靠装饰、服饰、化妆等手段了。然而，不消说，对自然的态度，也就是对月、雪、花等天体、自然现象、鸟兽草木的观照，也是她们的审美生活中的一个领域。

　　那么，平安时代的后宫女性们究竟对季节有着怎样的感觉呢？为了方便，本章将她们对自然界的观照分成庭院、季节性活动、行乐、各季景物等几个方面叙述。

庭院的设计·前栽的草木

之前已经讲过，在后宫的殿舍，也就是"壸"的中庭，栽种着春秋的花草，大内里和其他殿舍也与此相同。例如在《枕草子》中，中宫为了参加大祓而来到朝所 ① 时，"前栽 ② 中有萱草，篱笆下极多，花朵叠簇，与此威严所在着实相称"。而在后宫女性的里第，也就是寝殿造中，同样十分注意设计庭院。在寝殿南侧的中庭里建有筑山，挖有池，池中有中岛，与池岸以桥连接。在池的南侧还有筑山；一般会在寝殿与对屋之间沿着渡殿挖一条遣水，为池供水。正如《紫式部日记》中写的那样："池边树梢、遣水旁之草丛，皆变作相同颜色……"在池岸和南面的庭院中植有树木，遣水边还栽着草。同书中还有"桥南岸女郎花正嫣然盛开……""池畔树下燃起篝火……"，描写的都是庭院中的景象。

《源氏物语》的《少女》卷详细描写了六条院的庭院设计。我们从中可以得知，当时的庭院会努力把春山、秋野等自然的美景忠实地复制出来。《野分》卷中有"中宫居所庭院之中，今年所栽秋花较往年更值一看"，《小一条左大臣家前栽合 ③》中有"寝殿东西栽有万种前栽，瑰丽异常"，从这

---

① 朝所（あいたどころ），太政官厅中的一座殿舍。
② 前栽（せんざい），即种植花草树木的庭院，亦可指在庭院中种植的花草树木。
③ 前栽合，见本书第十九章。

些描写中，我们可以看出，寝殿的前、东、西侧，也就是东西两侧的对屋和寝殿之间，栽有许多花草。这些花草树木的种类，据《本院左大臣家前栽合》（传为宗尊亲王著，前田家家传藏书）、《小一条太政大臣家前栽合》（同上）、《天历十年八月十一日坊城右大臣家歌合》（同上）、《枕草子》、《源氏物语》、《堤中纳言物语》等书记载，有梅、柳、樱、桃、堇菜、棣棠、梨、踯躅、朝颜、夕颜、露草①、莲、绣线菊、玉簪、卯花②、雁皮③、葵、橘、牡丹、菖蒲、萩、紫苑、镰柄④、女郎花、抚子⑤、龙胆、萱草、泽兰、桔梗、芒草、尾花、刈萱⑥、菊、枫、吾亦红⑦、芸香、芭蕉、兰、山橘、松、竹、薮兰⑧、三棱草、檀、桐、樗、篠竹等，可称种类繁多。

　　值得注意的是，在上述花草中，秋花远较春花为多。此外，夏季还会往庭院中放入萤火虫，秋季会放入松虫和铃虫⑨，以期将自然之美的精华收于一处。

---

① 踯躅（つつじ），杜鹃花；朝颜（あさがお），牵牛花；夕颜（ゆうがお），瓠子；露草（つゆくさ），鸭跖草。
② 卯花（うのはな），齿叶溲疏。
③ 雁皮（かにひ），瑞香科植物，见于《枕草子》。一说为芫花，一说为千手岩菲（せんじゅがんぴ，石竹科剪秋罗属植物）。
④ 镰柄（かまつか），毛叶石楠。
⑤ 抚子（なでしこ），石竹属植物。
⑥ 尾花（おばな），芒草别名；刈萱（かるかや），茅草。
⑦ 吾亦红（われもこう），地榆。
⑧ 薮兰（やぶらん），阔叶山麦冬。
⑨ 松虫（まつむし），云斑金蟋；铃虫（すずむし），日本钟蟋。

白砂之美

庭院中还铺有大量美丽的白砂，如《荣花物语》的《音乐》卷"庭中之砂璀璨如水晶"，《源氏物语》的《初音》卷"御殿（六条院）如玉铺地，庭中美景甚多……"。即使在今天，京都御所的紫宸殿前也有白砂铺地，从而可以想象平安时代庭院中白砂的景色。当时的庭院设计，也就是树木与石块的搭配、草木的布置等，全都着眼于在简素之美中留出最大的含蓄与余韵，可以在《源氏物语绘卷》《紫式部日记绘卷》《年中行事绘卷》等绘卷中看到这种趣味。后世茶室庭园中的闲寂之美，早在平安时代的庭院中就已出现，这一点十分值得留意。

二

《枕草子》对自然界的观照

面对着在自己面前铺开的日本式庭院的自然之美，后宫中的女性们静静地观看在草木之上显露出来的、自然界的推移，从中寻得了日本式的美感。例如，《枕草子》这样描述中宫在小二条殿寂寞的生活："见庭院中杂草甚长，予问：'怎使草长至如此，何不割除？'宰相之君出声答曰：'令其置露，以供观赏也。'极具趣味。……其内情景，实使人不觉感喟。露台前所植牡丹……"虽然这里是在呼应白居易的诗句[1]，但流露出的那种对自然之美的热爱也值得注意。

此外，《枕草子》中还有这样的描写："九月时节，泠泠彻夜之雨，至晨方休。朝阳明朗，前栽秋菊之上，湛露莹莹欲滴，甚具趣味。见檐下及篱笆罗文[2]上蛛网已破，残丝上雨点阑斑，如串线白珠，极具妙趣。萩枝本为露水压伏，待朝日略升，露水滴落，虽无人触碰，而枝自弹起，亦妙趣也。虽予觉妙趣，他人所思未必如此，此又一妙趣也。"从这里，我们不难看出，她们非常善于从自然原本的形象之中，发现本质性的美。正如这里所示，日本的庭园美学的传统，实在是从遥远的平安时代的女性对自然的观照中生发出来的。

季节性的活动·远足·各季的景物

当时的人们会在庭院的草木中发现自然之美，丰富自身对季节的感受。同时，他们春天摘若菜、开赏花之宴，夏天聆听杜鹃的鸣叫，秋天开赏月之宴，冬天观赏雪景，在每一季都举行适合那个季节的活动。此外，他们还会去参拜寺庙和神社、拜访歌枕[3]、泡温泉，通过这些远足，使自己对季节之美的享受更形丰富，逐渐形成一套固定的季节审美观和景物分类。例如，对他们来说，春景是东风、霞、春雨、胧

---

[1] 此处系以白居易《秋题牡丹丛》喻中宫所处光景。
[2] 罗文（らもん），篱笆上端较为稀疏的编饰。
[3] 歌枕（うたまくら），和歌中经常提到的名胜。

月、莺、梅、柳、樱、藤、棣棠等，夏景是梅雨、杜鹃、秧鸡、卯花、葵、牡丹、抚子、菖蒲、夕颜、贺茂葵①、萤火虫等，秋景是秋风、秋雨、时雨、初雁、鹿、螽斯、松虫、铃虫、女郎花、芒草、萩、枫树的红叶、刈萱、桔梗等，冬景则是霜、霰、木枯、落叶、千鸟、网代②等。这些景物经常成为文学作品的题材和背景，最终被类型化，变成了日本式的季节之美的象征。

日本审美观的传统

前些年，我陪一个爱好日本文学的外国人去初秋的轻井泽③游玩。初秋的风吹拂着浅间山的山麓，斜坡上茂密地丛生着美丽的秋草。萩、桔梗、女郎花等植物柔顺可爱，在这片高原上诉说着“秋”意。我从这幅花草的风景中见到了日本的传统之美，感动不已，但同行的外国人却完全无法感受到这种感动。他怎么也无法理解在秋草中蕴含的“季节”之意，不管我怎么解释，他就是体会不到那种秋草所象征的季节之美。那时我切实地感到，根本没有办法用美学的话语解释日本的传统之美。想到这种传统正是从遥远的平安时代、从当时的女性对自然的观照中发源的，我不禁万感交集。

① 贺茂葵（かもあおい），又名双叶葵，即双叶细辛，贺茂神社的“葵祭”用之。见于《枕草子》等书。
② 木枯（こがらし），晚秋至初冬时自太平洋上吹来的风；千鸟（ちどり），鸻科小鸟；网代（あじろ），即鱼笼，此处指冬季在宇治川边以鱼笼捕冰鱼的景象。
③ 日本避暑胜地，位于长野县浅间山山麓。

第十三章 女性与服饰

一

正 装

服饰是女性寄予深切关注的事物之一。大略来说，女性的服饰可以分为三种：正装、晴服、亵服。其中，后宫女性在高贵之人面前抛头露面的时候，穿的一般都是晴服，正装只在特殊的典礼上才穿。

晴服·亵服

晴服是穿在身上的唐衣和裳等衣物，俗称"十二单"（じゅうにひとえ）。这是宫廷以及贵族豪富人家的侍女侍奉主君、接待客人时穿的衣服。正装在举办官方或私人的典礼时穿着，是在晴服上再加比礼、裙带，头戴称为"额"的饰品[1]，还要插上钗子。亵服与正装相反，在自己的房间里穿

---

[1] 比礼（ひれ），披在肩上的长巾；裙带（くんたい），系在裳上的长带；额（ひたい），又称平额（ひらびたい），附在前发上的首饰。

着，只有小袿和细长。不过，后宫中的女性因为要侍奉皇后或中宫，除了在自己的局里或回家的时候之外，大概基本不会穿袭服。在后宫中，平时穿袭服的只有皇后、中宫，以及女御和皇女们而已。

至于晴服的组成，古来诸说不一，大体如下：从里往外，第一层是绯袴（亦称红袴），然后是单、袿、打衣、表着、唐衣，最后是裳。后世还会在绯袴下面穿小袖，不过一般认为平安时代还不会这么穿，绯袴之下直接就是肌肤。夏季可能另当别论，不过冬季应该会穿上内衣。

禁　色

当时的规定对唐衣和裳的质地及颜色有所限制，禁止随意穿用。首先，唐衣的质地分"二重织物""织物""平绢"三种，"二重织物"是在织出纹路的绫上再以别种丝线织出别种纹路[①]，"织物"是仅用纬线织出纹路，"平绢"就是普通的经纬交错的织法，没有纹路。至于颜色，有红、青、苏芳、萌黄、樱、紫、二蓝、葡萄染[②]等。其中，红色和青色的服装被称为"禁色"，只有具备资格或得到敕令准许的人才能穿用。禁色又称"许色"（ゆるし

---

① 以使表里纹路不同。
② 二蓝（ふたあい），较明亮的深紫色，以青花（青蓝）及红花（赤蓝）染之，故而得名。葡萄染（えびぞめ），带红意的淡紫色，仿山葡萄之色染成。

色），例如《紫式部日记》在记载皇子诞生时的描写："见自东之对之局来（中宫）御前参上女房，皆为听用许色之人，身着白地织物唐衣及同色之袿，甚是端正美观。"同书在记载一条天皇行幸到道长邸宅土御门殿时还写道："环视帘中，见诸多听用许色之人，皆着青或赤色唐衣、印染之裳，表着俱为苏芳色织物。"以上的"听用许色"，就是准许穿着青色与赤色织物的意思。所有对女房的"听用许色"，指的都是质地和颜色两者。裳的质地为绫或平绢，但只有"听用许色之人"才能着绫。换句话说，普通女性穿用的裳不得织出纹路，而只能在白色或淡色的布地上印染出图案。

　　表着是穿在袿和打衣上的一件衣服。袿会三层、五层地重叠穿用，类似后世和服中的打挂（うちかけ）。但在平安时代中期，有时会将穿在重袿之上的表着称为"袿"，有时也会将下面的重袿单称为"袿"，混淆之处甚多，常见于《紫式部日记》《荣花物语》等书。此外，"小袿"一词见于《源氏物语》等书，指的是亵服，也就是不穿唐衣和裳的状态。就如前文所说，在后宫侍奉的女性除了在自己的局里以及回家的时候之外，几乎不会穿小袿。

　　打衣是袿中的一件，是穿在表着以下、重袿以上的袷。就如《枕草子》所写："红色明艳之打衣，为雾所湿……"这是一种将表面捶打出光泽的衣服，一般会染以深红色或紫色，见于《枕草子》《紫式部日记》《女官饰抄》等书。

重袿（かさねうちぎ）是在打衣下重叠穿着的袿。我们并不清楚当时规定需要穿几层，同时也必须考虑到这种重叠有时包括卷边①，不过如果展开论述，就会过于冗长，因此这里略去。袿一般要穿三、五层或七、八层，但《荣花物语》的《若枝》卷写道，枇杷殿大飨时，枇杷殿（三条天皇中宫妍子，上东门院之妹）的女房的重袿多达二十层。在室町时代末期，袿的层数被固定为五层，通称"五衣"（いつつぎぬ）。到了桃山时代，又出现了一种叫"人偶缝法"（人形仕立て）的做法，即只在裙下和袖口做出五层，实际穿着的只有一层。②话说回来，"五衣"一词自平安时代就已出现，见于《宇津保物语》的《阿忠》卷、《增镜》等书；《平家物语》的"射扇"一条中也有"穿红袴及柳色五衣之女房"一句。不过，这时的"五衣"指的是穿着任意的五层袿，和后世的"五衣"略有不同。

单是在袿下穿着的衣物，与袷不同③。不过，"十二单"指的并不是穿十二层单，而是穿十二层衣物。例如《增镜》（三）对伏见天皇的中宫镜子的装束的叙述："红樱色之十二衣，同色之单……"

---

① 即和服的"袘"（ふき），古称"於女里"（おめり），于下摆及袖口做卷边，以将里侧之色露于外侧。

② 制作人偶时会这样缝制衣服，以节省布料。

③ 单（ひとえ）为单层内衣，袷（あわせ）为双层内衣。

二

对服饰之美的关心

今天很难想象当时的人们对服饰之美投注了多大的关心。作为例子，这里引述《荣花物语》的《根合》卷中的一段描写：在皇后（后冷泉天皇皇后宽子）于天喜四年（公元1056年）正月举办的歌合上，女房们的装束是这样的：

> 右方十人坐于东厢南侧门前①。因幡②，打出③为诸色之袿，颜色美艳，青织物表着上满织红叶，其上着二重纹浮线绫之苏芳色唐衣。出云，下着打出为红叶④，表着为赤地锦，穿二重纹之淡青色唐衣；袴亦为红叶艳色，白裳。土佐，打出同为红叶，穿二重纹之香染表着，上织种种秋花；及二重纹之裳、唐衣，其上红叶浓薄不定，裳上纹样为大井河流水，以洲浜为镜，倒映各花。袴为户无濑瀑布之水，红叶散流其上，宛如绘画，美不胜收。又将镜作新月形，着绿色罗纱表着，带于其上结作波浪形。美浓，打出为诸色锦袿，内衬色泽光艳；着嵌宝之绿裳、饰绀琉璃之唐衣，纹样同为大井河之景。

① 实为五人，另外五人坐于南厢。在此次歌合中，右方装束为秋色，南侧门前五人装束以红叶为题。
② 此处地名为女房名号。下同。
③ 打出，参见本书第十四章。
④ 此处"红叶"为袭色目名。参见本书第十四章。

众人袖口皆有缘饰，打出为五重袴，上穿二重纹之表着。筑前，打出亦为红叶，着黄色二重纹织物表着，其上为无纹朽叶色唐衣，织秋季原野景观；袴与唐衣同。另五人着菊袿①，远江，袿表色尽白，里色为诸色斗艳；着红打衣、白色织物表着、女郎花之唐衣、印染芒草之裳。侍从，袿表色为淡苏芳色，里色为诸色；着红打衣、苏芳色织物表着、女郎花之唐衣、萩之裳及袴，打出艳丽，不亚旁人。下野，着织物之菊袿、红打衣、苏芳色唐衣、紫色末浓②之裳，裳上以水流为镜，绘苇手纹穿宝玉图案；袴及二蓝色表着。平少纳言，着褪色之菊、二蓝色表着作册子纹样，以村浓③之丝将玉作总角结，织有"后撰""古今"文字。左右二方服上皆有黑色丝线造花，右方之袿不填丝绵。红叶之五人以饰有琉璃之扇将容颜遮挡，将物忌札作红叶或菊形，以丝线系于插栉④上。美浓之君所着唐衣上缝金片，印染"应有降霰霜"⑤文字。左方女房悉皆手持桧扇、穿夹绵之袿，表着、裳、唐衣作冬季风情。

---

① 坐于南厢的五人。此处"菊"亦为袭色目名。
② 末浓（すそご），染色自上而下逐渐变浓。
③ 村浓（むらご），染单色，唯色浓淡不一。
④ 物忌，参见本书第二十二章。在这里插物忌札，是女房们为了歌合而斋戒的缘故。插栉（さしぐし），插在头发上的半圆形小梳子。
⑤ 见《古今和歌集》："深山幽远处，应有降霰霜。近岭真拆葛，染为一色长。（み山には霰降るらし外山なる真拆の葛色づきにけり）"（佚名）

我们可以从这段记载中看出，在当时后宫女性的服饰中蕴藏着多么复杂的含义。

以上这些衣物，即便在正式场合，也可以减去任意一件。例如在《源氏物语绘卷》中可见省略了唐衣、在同书及《扇面古写经》中可见省略了打衣。也有绘画表现在夏季不穿袿，裸身直接穿袴的情况。

衣·御衣

这些衣物的名称在平安时代就已有之，但它们也可以被称为"衣"（きぬ）或"御衣"（みそ或おみそ）。这几个词一般是指重袿，不过也有用来泛指所有衣物的。例如在《紫式部日记》的"大皇子诞生五十日"一条中，道长的正室伦子就穿着"赤色唐御衣、印染之裳，雍容端庄"。在"二皇子诞生五十日"一条中，中宫彰子穿着"常着之红御衣、红梅、萌黄、柳色、山吹色御衣，上套葡萄染织物御衣"。在这里，"唐御衣"就是唐衣，"红御衣"就是打衣，"红梅、萌黄、柳色、山吹色御衣"就是重袿，"葡萄染织物御衣"就是表着。在阅读古典作品时，这种情况很容易造成混淆。

以上衣物的质地，织物皆为绫、平绢、罗纱，颜色则多种多样，有红、苏芳、二蓝、葡萄染、紫、白等。

小袿・细长

　　虽然袭服与后宫女性关系较少，但在此也略述一二。妇女的略服有两种，即小袿和细长；一般来说，主君的常服是小袿，女房的常服则是礼装（单衣、表着、打衣、唐衣），但在很多时候会省略裳。《紫式部日记》中的"大皇子诞生五十日"一条写伦子着"赤色唐御衣、印染之裳，雍容端庄"，而一条天皇的母后、东三条院诠子的装束则是"葡萄染之五重御衣、苏芳色之小袿……"，没有着裳。这种差异正是因为身份有别的缘故。也可以在《枕草子》中看到，当中宫不在的时候，女房们"并不着裳，仅以袿姿示人，甚坏风情，实为可惜"。小袿与表着或打衣没有区别，其下依然穿着打衣和单。换句话说，这种穿法是省略了正式场合的唐衣和裳，而代之以小袿。

　　细长的形制不明，但从《枕草子》《源氏物语》等书的记载中可以推测，它也是唐衣和裳的替代装束，袖较唐衣为短，没有衽，但长度较裳为长，可以说是一种在唐衣和裳之间折衷的样式，类似后世的长襦袢。在穿着时，要将它套在小袿上，例如《源氏物语》的《蝴蝶》卷中玉鬘的装束："穿抚子色细长、应季花色小袿，颜色搭配极佳，正是当下时髦服饰……"，《若菜》卷（下）中紫之上的装束："穿浓色小袿，似为葡萄染，及淡苏芳色细长。青丝浓密……"这种穿法也称"袿姿"（うちきすがた），例如在《若菜》卷（下）

中，穿着细长的女三宫就被这样形容。

三

壶装束

平安时代的女性在旅行的时候，有时乘车，有时骑马，有时步行。特别是在去参拜寺庙和神社的情况下，为了显示虔诚，会特意徒步前往。在徒步旅行的时候，她们一般会穿称为"壶装束"（つぼそうぞく）的服装；这种装束的形制见于《河海抄》所引藤原俊成女[①]的评论，以及《年中行事绘卷》《扇面古写经》《奈世竹物语绘卷》《法然上人绘传》等。具体地说是：先穿下着，再穿小袿或袿，在腰上系腰带，将衣摆握在手里或者系上，最后戴上市女笠。市女笠是一种馒头形的斗笠，在中央凸起，凸起部分用来容纳头部。这种斗笠原本是在市场上卖货的市女所戴的，但是后来却在达官贵族中流行起来。上流社会会接纳这种下贱之人的服饰，这一点很值得注意，但本书并没有多余的篇幅来详细论述此事。

---

① 藤原俊成女，本名及生卒年不详，镰仓前期歌人，新三十六歌仙之一、女房三十六歌仙之一，著名歌人藤原俊成之外孙女兼养女。有观点以其为文学评论著作《无名草子》作者。

帔

女性外出时，有时还会戴一种称为"帔"（むし）的东西。例如《大镜》描写藤原兼通之女媓子在参拜伏见稻荷神社时，"甚是辛苦，乃至将帔（むし）掀起，仰首喘息……其志高洁，远胜常人"。在旧刻本中，这里的"むし"作"むしろ"，近来的一些版本作"うしろ"，皆为自作聪明之改动。相同之物，《类聚名义抄》中有"帔"（むし），《夫木和歌抄》（九）所载正三位藤原季能所作和歌"高结帔垂绢，艰涉夏草繁。旅人虽如此，依然行路难"[1]中有"帔垂绢"（むしのたれぎぬ）。"帔"的词义诸说不一，但其形制十分明确：这是一圈从斗笠周围垂挂下来的薄薄罗纱，长度与身高相等，可以从里面看到外面，主要在行走山野时使用。在《石山寺缘起绘卷》中有一幅广为人知的插图，描绘的是菅原孝标女[2]参拜石山寺时的场面；在那幅插图中，菅原孝标女所穿的旅行装束就包括带帔的斗笠。

女童服装・细长・汗衫

女童的服装为细长和汗衫。例如《源氏物语》的《末摘

---

[1]　"草深みむしのたれぎぬ結びあげてとおりわずらふ夏の旅人"（藤原季能）。
[2]　菅原孝标女（1008—约1059），本名不详，平安中期作家，《更级日记》作者，常陆介菅原孝标之女。

花》卷这样描写年幼的紫之上的装束："见紫之君稚嫩可爱、甜美动人……着一袭无纹樱色细长，质地柔美……"有人认为女童所穿的细长在形制上和男童所穿的细长（也就是袍）没有区别，但可能并非如此，女装毕竟会稍微小一点。也有说法称，这里的"细长"指的是别的衣服，但本书不展开论述。

　　汗衫训作"かざみ"，这个读法可能是从"かんさん"变化而来的。它原本是用于吸汗的衣服，后来变成了穿在女童的表着之上的服装。《枕草子》写道："为何汗衫不称'尻长衣'？""汗衫之裾于身后长长拖曳"，可见汗衫的后裾非常长。女童着汗衫的记载常见于《西宫记》《天德歌合》《宇津保物语》《枕草子》《源氏物语》《紫式部日记》《荣花物语》等书。它要么穿在袙上，要么穿在表着上。在《枕草子》所记中宫行启到大进生昌宅邸的一段中，生昌称汗衫为"穿于袙上之衫"，使清少纳言不禁发笑。至于袙（あこめ），《和名抄》曰："女人近身衣也。"也就是女性的内衣。《堤中纳言物语》中的故事《贝合》写道："见一女童，年方八九岁，天真可爱，穿薄色袙、红梅色①汗衫，杂乱不整……"另外，在袙下还会再穿袙或者单。

　　最后，由于男性的服装与女性的生活没有太直接的关系，本书将这一部分略去。

――――――――――

① 薄色（うすいろ），淡紫色；红梅（こうばい），深红桃色。

第十四章　服饰之美的表现

一

服装形制与服饰之美

　　平安时代的女性服装十分宽大，还要穿很多层，很难表现出女性形体的曲线美。因此，当时的女性为了体现自身的美，会在唐衣的穿法、袖口和褄①等处下功夫。例如《枕草子》中的"御帘之内，女官诸人将樱色唐衣宽松披垂……"，就是把唐衣的前襟拉开，让它松松地挂在肩上，类似后世的拔衣纹②，目的是显示后颈和肩部的曲线之美。

　　由于服装的形制固定，对布料的材质和颜色也有明确规定，人们只能通过很有限的一些地方表现自身的喜好和气质。就如《紫式部日记》所写："少将之君（所穿衣物上）以银线刺绣秋草丛、蝶、鸟等纹样，光耀醒目。女官所用织物囿于身份，限制甚多，不可随心所欲穿着，故于裳、腰带之上施运匠心，以独出新裁也。"女性会为衣服施以刺绣、嵌

---

① 褄（つま），长衣下摆左右两端部分。
② 拔衣纹（ぬきえもん），和服穿法之一，将后襟拉下以露出后颈。

金、螺钿等装饰，来表现自身的个性与才气。

打　出

在平安时代，女性的服饰美集中在"打出"和"押出"上。打出训作"うちいだし"，为"打出之衣"的略称，指女房从竹帘或车帘下露出自己的袖口和褄。一般是在举行典礼（大飨、临时客、五节、四方拜、①任官、各种庆贺仪式等）的时候，从寝殿的南侧、东之对的厢的柱间（第三、第四、第七柱间等）等处打出。《荣花物语》的《着裳》卷写道："大宫（彰子）之女房自寝殿南侧至西侧打出，计有藤色十人、卯花十人、踯躅十人、山吹十人，气势宏大。枇杷殿宫（妍子）之女房于西之对东侧至南侧打出。"也就是袭色目十人一组，共分四组。在打出时，会根据当时的情况决定衣物的种类和颜色，这其中存在一定的规则。这是非常重要的问题，但为了节省篇幅，本书不进行深入探讨。

押　出

押出训作"おしいで"或"おしいだし"，为"押出之衣"的略称；《弁内侍日记》中有"见红叶袭之押出"一句。

---

① 大飨、五节，参见本书第六章。临时客（りんじきゃく），正月二日，摄关、大臣设宴招待亲王、公卿、殿上人等。四方拜（しほうはい），正月一日，天皇在清凉殿东庭举行仪式，拜天地、四方、山陵。

这指的是女房从竹帘的中央或左右推出自己的衣袖。押出和打出不同，请注意区分。《玉海》的"建久二年四月十三日"一条记载了女房们在中宫观赏童舞时的押出。《玉海》在这里注道："非打出，只所着用之薄绵衣等，出袖，不出褄，是定例也。"换句话说，二者的区别在于，打出是同时露出袖口和褄，但押出只露出袖口，不露出褄。《枕草子》在描写藤原伊周进清凉殿觐见的景象时写道："御帘之内，女官诸人将樱色唐衣宽松披垂，现出藤色、山吹色之衣，绚丽夺目，纷纷于小半蔀①帘下押出……"；《荣花物语》的《根合》卷中也有"于稍远处可见适如其分之押出，裾及袖口鲜艳耀目"。这些指的都是同一种做法。

打出与押出的美，在于袖口和褄所表现出的衣物颜色，具体地说，就是表着、打衣、重袿等衣物的表里两面颜色重合、调和之后的效果。不消说，里侧的颜色是通过卷边显露在外的。

袭色目

无论是打出还是押出，最后总要归结到衣色之美上，因此就产生了"袭色目"（かさねのいろめ）这个概念。袭色目原本有三种意思：一、衣物表里布地与颜色的关系；二、经线与纬线颜色的关系；三、女官重叠穿着的衣服表面的布

---

① 半蔀（はじとみ），上半部向外吊起、下半部固定的蔀。此处"小半蔀"特指清凉殿北廊的小型半蔀。

地与配色的关系。打出与押出涉及的袭色目是第一种和第三种意思。

然而，一般所说的袭色目仅仅是第一种意思，其名称借用了四季植物颜色的名称。例如，春季有红梅（表红梅、里苏芳）、柳色（表白、里青）等，夏季有卯花（表白、里青）[1]、花橘（表黄、里青）、躑躅（表红梅、里青）等，秋季有萩色（表薄色、里青）、女郎花（表黄、里青）、黄菊（表黄、里青）、红叶（表赤、里浓赤）等，冬季有枯色（表薄香[2]、里青）、冰（表里皆白）等。与季节无关的袭色目还有二蓝、萌黄、花田、薄色、桧皮、赤香、浅黄、苏芳、木贼等。这些指的都是衣物表里的布地与颜色的搭配；这些色目，加上平安时代之后出现的，数量多达两百余种。它们的名称大多来自四季花草的颜色，或者是从花草的颜色引申而来，这一点必须特别注意。

对自然之美的热爱

平安时代的人们在色彩感的多样性和敏锐性上达到了相当的高度，我们不得不对此感到惊叹。而取草木的颜色来为衣服的颜色命名这一点，则显示了他们是怎样潜身于周围的自然之美中、热爱美、抓住或至少试图抓住美的本质。

---

① 同一组合，名称不同。下同。
② 薄香（うすこう），略带红意的白茶色。

越是对季节敏感，就越是能深刻地理解自然、对自然抱有深挚的感情。从这里可以看到日本民族性的一个侧面。例如，在绿叶的阴影下，秋萩微微地带上了颜色——这种柔顺的情调，就可以用袭色目中的"表薄色、里青"来象征。这是何其优美、典雅的自然观啊。

二

味

在打出或押出所用的重袿配色中，有一种配法称为"味"（にほひ）。对于"味"，《雅亮装束抄》写道："苏芳味：上色薄，向下次第转为浓味，青色单衣。红味：上红味，向下次第转为薄味，红梅色单衣。"《女官饰抄》对"红味之衣"注道："上红，下叠淡红。"换句话说，"味"指的是重袿的颜色，最上方的一件颜色最浓，越往下越淡，或者相反，最下方的一件颜色最浓，越往上越淡。《紫式部日记》中有"上衣为菊之五重"，指的就是菊味的五重衣：最上一件是白色，中间从淡紫色过渡到略深的紫色，最下一件是绿色。也有一说认为这里是指衣服的布料用了"五重织"，但我认为，还是理解成搭配的样式比较合适。

"味"原本指薰物的香气，意为：最初可以清晰地闻到香气，接下来香气逐渐变淡，最终朦胧地消散。从这一概念

引申出很多种"味",例如刀刃上的波浪纹、眉黛、大铠的
縅毛①、用破继法或切继法②制成的色纸上的裁断面等,都有
自己的"味"。《枕草子》的"树木之花"一条称梨花"细细
看来,花瓣尖端之味令人略生兴致,唯其意若有若无",服
装中的"味"也有这种若有若无的感觉,表现出朦胧不清、
余韵不尽的美。"味"是美的一种形态,这种美是超越嗅觉、
视觉、听觉等感觉而存在的。同时,它也是传承到今天的日
本审美观的一个组成部分;请注意,这种审美观正是从平安
时代的后宫女性对美的关注中发祥的。

薄 样

与"味"相关的,还有服装中的"薄样"(うすやう)。
《雅亮装束抄》曰:"红薄样:红味三、白二、白单衣";《女
官饰抄》对"红薄样"注道:"上红,下叠白。""薄样"原本
是为布料染色的一种样式,上方颜色较浓,向下逐渐变淡,
最终变为白色。换成袭色目的用语来说,就是最上一层为红
色,越往下越淡,最后一层是白色。颜色最终过渡为白色这
一点,正是它与"味"的区别之处。

———————————

① 縅毛(おどしげ),平安至镰仓时代大铠(おおよろい)甲片表面所覆
的丝绳束。縅毛可涂色以为美观,颜色的各种排列组合称为"縅色目",
犹如女房服装的袭色目。
② 皆为色纸制法。破继(やぶりつぎ),将不同色彩纸张撕作波浪形后接
合;切继(きりつぎ),将不同色彩纸张切作规则形状后接合。

色彩的搭配与教养

平安时代的女性对衣物色彩的搭配投注了最多的注意力，这种搭配可以反映出穿着者的趣味和教养。例如，紫式部就会从衣服的色彩和纹路中，想象穿着这些衣服的女性的品格。即使到了现代，我们也应对服饰所反映出的精神性给予相当的重视。

柔　美

在平安时代，无论男装还是女装都十分宽大，难以表现身体的曲线美。不过，如果衣物的料子足够高级，就会非常柔软，从而表现出衣物自身的线条之美。当时的人们将拥有这种美的衣物形容为"柔美"（なよよかなる），例如《宇津保物语》的《楼上》卷（下）中有"极柔美之袿"，《枕草子》中有"柔美之裤"，《源氏物语》的《夕雾》卷中有"柔美之御衣"，这些都是在形容衣物的柔软。《须磨》卷还这样描写源氏："着柔美之白绫衣、紫苑色衣等……（源氏）珠泪潸然而下，遂举手抹去。黑檀念珠与其手相映得彰，绝美难言。众侍从向来思恋故乡女子，见此玉姿，亦感慰藉。"用此时的服饰之美鲜明地表现人物性格。根据一般的说法，这里的隐喻是，将浆过的衣服穿一阵子，布料就会变得柔软。究竟是否真的如此呢？

第十五章 女性之美的一个组成部分：
日用器具与车舆

一

室礼的意义

与打出和押出相关的事物，就是平安时代的后宫及贵族宅邸中的"室礼"。这个词是指安排屋中的用具和装饰；室礼与女性的服装之美有着密切的关系，而在用具之中，各种屏障具起到的作用最为重大。

竹帘·壁代·几帐·软障·屏风

所谓屏障具，就是竹帘、壁代、几帐、软障、屏风等物。竹帘设在母屋及厢的周围，呈方形，用竹编成，边缘包有萌黄色的绢带，绢上染黑色窠纹[1]。一般来说，竹帘上方的绢比较宽，称为"帽额"。壁代在表侧绘有朽木形[2]或花鸟纹

---

① 窠纹（かむん），数个圆弧形成闭环，内有唐花或花菱纹。亦称木瓜纹。
② 朽木形（くちきがた），类似树木被虫蛀处一般的花纹。

样，里侧为白色，打磨出光泽，有七幅绢宽，紧贴着帘的内侧悬挂。壁代的每一幅绢都各分表里，而且每一幅绢都有一条宽三寸的绢带。壁代与竹帘形成了一种色彩对比，在豪华绚丽之中呈现出沉稳的宁静感。

几帐的形制，是在称为"土居"的方形木台上竖直固定两根称为"足"的圆柱，上横一根称为"手"的横木，帷子（かたびら，又称とばり）就挂在这根横木上。几帐的高度有三尺和四尺，手长必须是足长的倍数。如果是四尺高的几帐，帷子就要长六尺，分为五幅，每一幅中央都有称为"野筋"的两条长带。几帐的手和足涂黑，夏季的帷子会在生绢上用胡粉①绘出花鸟，冬季则是在练绢②上绘制朽木形的图案。野筋最初是表为红色、里为浓红色，后来里改为黑色。《枕草子》曰："青青竹帘之下，几帐之朽木形（图案）光艳照人，长带随风飘摆，甚具趣味。"在这段描述中，作者述说室礼色彩的和谐之美时，是把几帐放到中心的。

这些屏障具并非只有区隔房间的实用作用，它们同时也有为房间增添沉着和深度的作用。女性可以利用室礼，有时现出半身，有时露出衣服的一部分，用这种恰如其分的手法使自己的容姿变得更加优雅、深厚。所谓"物哀"的美，就蕴藏在半藏半露之中。我们必须注意室礼的这种特性。

---

① 胡粉（ごふん），以贝壳烧制而成的白色颜料。
② 生绢（すずし、きぎぬ），直接用生丝织成的绢；练绢（ねりぎぬ），用生丝脱胶后的熟丝织成的绢。

扇子·榻榻米·草席·茵垫

扇子是妇女的重要用品，后宫中的女性用它来半遮面部。女性对扇子的设计下了多少苦心，有多么重视扇面的美感，可见《枕草子》的"扫兴之事"一条："用于典礼之扇，心思当精美绝伦，特请擅画扇面者绘制。至送回时，扇面之画乏味，出乎意料，甚感失望。"当时的女性以扇遮面，并不是单纯地因为被人看到脸会感到害羞，同时也是为了使自己的容貌增加深度、更添一层魅力和美感。例如，《紫式部日记》这样描写左卫门内侍的容貌："将扇半掩之侧颜，华美清丽。"同书中亦有"（众女官）皆以扇掩面，仅得略窥额头。纵便如此，仍可明其容貌高下，此亦奇也"。关于这种将扇半掩、露出额头的美姿，只要看到《枕草子绘卷》中的绘画，就能明白扇子的真正价值所在。"幽雅"（艶なり）一语常见于平安时代的文学作品，这个词指一种深藏不露的魅力，它曾长久地在日本的女性之美中占据支配地位。大和绘的美，就是这样从屏障具及人物位置的关系上表现出来的。最后，关于室内的色彩，榻榻米、草席、茵垫的边缘分为繧繝端、高丽端、紫端、黄端[①]等，这些颜色可以美化室内，将室内的人物烘托得更加突出。

---

① 繧繝端（うんげんべり），以各色染作浓淡交替的彩色；高丽端（こうらいべり），在白绫上以黑色织出云形、菊花形等纹样，纹分大小。《海人藻芥》："叠之事，帝王、院，繧繝端也。神佛前半叠用繧繝端，此外实不可用者也。大纹高丽，亲王大臣用之，以下更不可用。大臣以下公卿，小纹高丽端也。僧中僧正以下，同有职非职，紫端也。六位侍，黄端也。诸寺诸社三纲等，皆用黄端云云。四位五位云客，用紫端也。"

二

家什具

家什具，即家具，也可以间接地烘托女性的美丽。它们大致包括厨子、二阶棚、唐柜、栉笥①、草子笥、砚笥、镜笥、手笥等。厨子亦称"御厨子""御厨子棚"，原本是放食器用的架子，后来被设在贵人座位之侧，用来放各种器物、草子等。它分两层，下层有对开的柜门，颜色有白木、黑涂、梨子地等，美丽至极。

火取·泔坏·唾壶·打乱笥

二阶棚亦称"二阶"，与厨子不同，下层没有柜门。它的上层一般用来放火取（ひとり）和泔坏（ゆするつき）②，下层放唾壶（だこ）和打乱笥。火取是烧香用的器具，形制是在直径七寸三分的漆质器皿里放入银质的熏炉，然后在上面盖上高九寸五分的银网，同时还配有香匙、香箸。泔坏是盛放"泔"（ゆする）的器皿，"泔"是洗头时所用的米浆；但泔坏里可能并非总是盛着"泔"。它最初是陶器，后来变为银器，连下面的托台也改为银质。唾壶就是痰盂，是

---

① 笥（はこ），小箱。
② 坏（つき），陶杯。请注意，不是繁体的"壊"。

一个银质的壶，壶口直径一寸余、深二寸，壶上有"唾壶羽"，这是一个深一寸五分、上口直径九寸五分的碗形器皿，中央有眼，用来防止痰吐到唾壶外面。不过，放在二阶棚上的唾壶很可能是纯粹的装饰品，不会实际使用。不管是泔坏也好，唾壶也好，应该都不是实用的器具，因为如果实际使用，它们就会变得很脏。打乱笥是一个长一尺一寸五分、宽九寸五分、深一寸的浅笥，在结发时用来放假发、手巾等物。

女性之美的综合性

以上这些器具就是所谓的日用品，我们必须以这些器具为背景，来想象当时女性的种种姿态。不难推想，这些用品与女性的容姿形成了怎样的和谐，同时又加上了怎样的美化。当时女性的美丽，绝对不是孤立存在的，而是只能存在于与周围环境的和谐搭配之中。换句话说，当时的女性之美有一种综合性，只要看看《源氏物语绘卷》《紫式部日记绘卷》《枕草子绘卷》等绘卷，任何人都能轻而易举地感受到这一点。这就是平安时代的女性之美的特色——这种特色最终变成了日本式美感的特色。

例如，《荣花物语》的《辉藤壶》卷这样描写一条天皇行幸到藤壶女御（彰子）处时的景象：

皇上行幸至藤壶时，屋中室礼之景，自不必言。女

御容貌举止,(皆完美无瑕,)可见内心卓绝非凡……过
打桥后,(彰子)屋内香气旋即飘来,此香绝妙,难以形
容,非如空薰物[①]般不明所本,唯飘于各处,不知香名
为何。至皇上入房后,移香[②]亦随于其身,尽显此处不
凡,为其余嫔妃处所无。栉箱、砚箱均无与伦比,内藏
种种奇珍异宝,格调优雅,便皇上亦心荡神驰,黎明方
至,即赶来此处[③]。御厨子中收藏,(悉为宝物,)直教人
眼花缭乱。弘高[④]所画歌绘草子、行成所书和歌,皆令
皇上兴致勃勃而观。

三

室 礼

上面所述的所有器具和室内装饰统称为"室礼",详情
可见《雅亮装束抄》。《荣花物语》的《着裳》卷罗列了赐给
负责为祯子内亲王结发的典侍(弁宰相典侍)的物品:"今夜
(祯子内亲王)御前之物,皆赐予典侍。典侍局中,屏风、

---

① 空薰物(そらだきもの),一种焚香方法,将香焚得仿佛不知自何处
飘来。
② 移香(うつりが),接触带香气之物后的残留香气。
③ 因天皇晚间必须在清凉殿的夜御殿就寝。参见本书第六章。
④ 巨势弘高(生卒年不详),平安中期画家,被称为一条天皇时代的"天
下第一画家"。

几帐、二阶棚、砚筥、栉筥、火取、匜、盥、榻榻米，悉皆赐下，无一遗留。"这些都是祯子内亲王着裳时所用的室礼。

当时的这些器具极度华丽。例如，据《紫式部日记》记载，在中宫生下皇子、回宫之后，道长赠给中宫的礼物有"手筥一对，其一盛白色色纸草子，乃《古今集》《后撰集》《拾遗集》等……封面裱以罗纱，书绳亦以罗纱作唐式式样，放于手筥上层"。

《源氏物语》的《梅枝》卷则写道："嵯峨帝所书《古万叶集》①选集四卷。延喜帝所书《古今和歌集》，纸为唐国浅缥色纸所继②，封面裱以绮罗，为同色较浓纹样；同色玉轴，书绳为缎制，作唐式式样，优雅无限……"同样是书，装帧如此充满艺术性、制作如此尽善尽美的书实在不多见。从《西本愿寺本三十六人家集》③可以看出，当时的纸张装饰和书籍装帧工艺何等发达；举例而言，它的纸张用了包括切继法、破继法在内的所有装饰手段，即使说今天的我们完全无法想象，也绝不为过。

美术工艺的发达

遗憾的是，当时的工艺品几乎没有留存到现代的，所

---

① 《古万叶集》即《万叶集》，为《万叶集》古称。
② 缥色（はなだいろ），靛蓝色。继，色纸制法，参见本书第十四章注释。
③ 这是一本三十六歌仙和歌集的插图抄本，制作时间约在平安时代末期，是现存最古老的三十六歌仙集，藏于京都市西本愿寺。日本政府指定国宝。

以今天我们无法拿出实物来证明当时究竟是怎样一个值得赞叹的黄金时代；但我们可以从制作时代稍晚一些的工艺品上看出，平安时代取得了怎样的进步、达到了怎样的高度。莳绘、螺钿、金银雕刻等富有纤丽细节的工艺都在平安时代达到了顶峰，当时应该也是大和绘和草假名①的极盛期。对这些工艺的形容词有"细致精美"（こまかにをかし）、"技法卓绝"（めでたし）等，意味着在这些工艺纤细而端正的美丽中，具有一种贵族式的品格。在当时，无论是住宅还是衣物，其形制都有一定之规，不可能创造出全新的样式，因此人们只好把精力投注到对细节的完善上，遂使细节完美无缺。

女性之美的高贵性

从文化史的角度来看，天平年间（公元 729—749 年）②，以及延喜（公元 901—923 年）、天历年间（公元 947—957 年）③，可以称为文化的巅峰。直到一条天皇的宽弘年间（公元 1004—1011 年），依然可以称为黄金时代；在这些时代中，文化领域中的名人巨匠辈出；由于国家的综合国力大为提升，这种文化的进步正是国力增强的象征。即便到

---

① 大和绘，日本本土的绘画。草假名，草书的万叶假名，日后进一步简化，便是平假名。
② 圣武天皇在位时期，奈良时代的极盛期。
③ 醍醐天皇和村上天皇在位时期。日本传统上将这段时期视为天皇亲政、王朝政治达到极盛的理想时代，号称"延喜天历之治"。

了后来，在相对而言比较衰退的时代里，依然有《平家纳经》①《西本愿寺本三十六人家集》等精品诞生，即使在今天看来，这些艺术品的典雅和精巧也令人震惊。而这出类拔萃的美术工艺自然也会反映在后宫女性的生活中，使她们的生活从外在到内在都变得更加高贵、更加优美。

灯火之美

后宫的女性们有时会在深夜赏月、读物语、开歌会、聆听虫声。当然，在通常的情况下，她们还是会在晚间回到自己的局中，准备寝具，进入梦乡。即便是在参加临时或固定活动的时候，她们也时常会当场靠着什么东西睡过去。《枕草子》写道，有一次，伊周在天皇御前进讲，一直讲到后半夜；当天亮时，他高声吟诵"声惊明王之眠"②，在一旁侍候的清少纳言感到十分感动。包括这个故事在内，我们可以在许多记载中见到这样的事情。由于女房可能会直到三更半夜也不入睡，灯火自然和她们的容姿之美有着密切的联系。"物哀"正是一种会在昏暗摇曳的灯火中生发出来的美。

---

① 《平家纳经》是平家一门在全盛时期为了祈求家族繁荣而奉纳给严岛神社的一套佛经，自平清盛以下，平家所有重要人物均参与抄写，包括愿文在内共三十三卷，装饰奢华至极。日本政府指定国宝。
② 见《和汉朗咏集》："鸡人晓唱，声惊明王之眠；凫钟夜鸣，响彻暗天之听。"（都良香）

四

灯台·灯笼·脂烛·篝火

当时的照明用具有灯台、灯笼、脂烛、篝火等。《源氏物语》的《常夏》卷中有"至无月之时,将灯笼点上。(源氏曰:)'灯笼过近,甚热也。可点起篝火。'(便命:)'于庭中设篝火一座。'"

灯台(とうだい)分为"结灯台"和"切灯台"[①],基本形制是在长杆顶端设一托盘,盘上有水平的金属环,环上载以"油坏"(あぶらつき),然后往油坏里注油、放灯芯、点火。这种油灯也被称为"御殿油"(おほとなぶら)。在《夕颜》卷中,源氏去东山的尼寺向夕颜的遗体告别时,"入内后,见灯火于遗体对侧照耀……";在《御法》卷中,紫之上去世之后,"(夕雾)持油灯近其身边而观……";大君去世时,也有同样的描写。在昏暗的灯火照耀之下,死者的遗容看起来不知会怎样地美丽而深邃。对活人来说,灯火同样会增添她们的美,例如在《常夏》卷中,玉鬘的身姿就是这样:"(玉鬘)因此和琴之事,近至源氏之侧。(问曰:)'不知何种风来,方有如此琴音?'[②]将头微偏,侧耳倾听。灯火

---

① 结灯台(むすびとうだい)的灯架并非一根长杆,而是将三根长杆结成三脚架。以长杆为灯架的称为高灯台(たかとうだい)。切灯台(きりとうだい)是长杆较短的灯台。

② 暗指斋宫女御的和歌"松风拂翠岭……"。参见本书第二十二章注释。

之光映照面容，美不胜收。"

灯笼（とうろう）为木制，横截面呈四边形或六边形，笼顶屋檐涂黑，檐端内倾。各面的窗户贴以薄物，顶部有挂钩，以布条悬挂。《紫式部日记》记载中宫在生产之后的样子时写道："因幔帐中挂有小灯笼，边边隅隅俱可照亮。灯光映于（中宫）冰肌玉肤之上，更显清丽。黑发浓密，故结作一束以不散乱，孰料见之愈显浓密。"在四个灯笼的微光之中，中宫的面庞显得更加纤美、年轻、美丽。

脂烛（しそく）为松木所制，长一尺五寸，直径约三分，削作圆柱形，顶端用炭火烤焦，涂油后晾干，柄的部分缠以薄墨色的纸。这是在室内使用的，在室外使用的则是松明①。《夕颜》卷中有"十七日之月已升，（鸭川）岸边，前导者所举火光明亮，直可见鸟边野方向……"，这里说的就是送葬队伍的前导者所打的松明。此外还有一种类似松明的照明用具，在室内和室外皆可使用，称为"立明"（たちあかし，或たてあかし）。在后宫中有公事时，主殿寮的官员就会手举立明照明，此事见于各家的日记等著作。

篝火（かがりび）是在铁笼中放入打松②，点燃后照明的用具。《紫式部日记》中有"池畔树下燃起篝火……"；《源氏物语》的《篝火》卷中有"（于篝笼中）入打松稍许，略微退后，燃起篝火。（玉鬘）屋中清凉依旧，照明恰到好处，更显佳人美色非凡"。作者表示，在篝火之光的映照下，玉

---

① 松明（たいまつ），即火把。

② 打松（うちまつ），即松木段。

鬘的面容看起来十分美丽。

《枕草子》中有"（童舞舞者之）颜面朝向灯台，可爱美丽至极"。就像这样，平安时代的女性之美与灯火的关系十分密切，这一点必须注意。最后，《源氏物语》的《萤》卷中还有这样的情节——玉鬘雪白的面庞被萤火照耀，在黑暗中微微地显露出来。这也可以算是与灯火有关吧。

五

女性乘用的牛车

在后宫侍奉的女性若要出行，一般会乘牛车，而不是乘辇（こし）。辇分凤辇和葱花辇，只有天皇才有资格乘坐，不过，皇后和斋王如果有特别的敕许，也可以乘坐。臣下可以乘手舆，但一般都是乘牛车。牛车的种类，分为唐车、槟榔毛车、槟榔庇车、丝毛车、半蔀车、八叶车、网代车、网代庇车、雨眉车等，与乘用者的身份严格对应，不可乱乘。

女房可乘的牛车，大体限定为槟榔毛车、丝毛车、半蔀车、八叶车等。槟榔毛车是将槟榔①叶撕成毛状，葺在车厢顶部及侧面的车辆，自上皇、亲王以下，四位以上的公卿、高僧、女房等有资格乘坐。据《枕草子》记载，当中宫行启

---

① 槟榔（びろう）实为蒲葵，而非中国之槟榔。

到大进生昌的宅邸时，清少纳言就是乘槟榔毛车同行的。

有资格乘丝毛车的只有高贵的女性和上臈的女房，普通的女房不得乘坐。这种车是在槟榔毛车的基础上将丝毛染色，根据颜色不同，还有种种不同的名称。青丝毛，皇后、中宫、东宫、准后、亲王、摄政、关白等有资格乘坐；紫丝毛，代理女御、更衣、尚侍、典侍等有资格乘坐；赤丝毛专供参加贺茂祭的女性敕使乘坐。

半蔀车的车顶用桧皮斜编成网代，青地黄纹，在侧面有半蔀，以供乘用者向外观看。上皇、摄政、关白、大臣以上官员有资格乘坐，高僧和上臈的女房也可以乘坐。八叶车的网代为萌黄色，上缀黄色八叶纹（即九曜纹样①），分为大八叶和小八叶两种，女房基本只能乘坐小八叶。

乘车的规矩

上述这些车辆又称"女房车"，在乘坐的时候，和乘坐其他任何车辆一样，都有固定的规矩。上车时，要在车的后部置榻，从后方上车；下车时，要先把牛卸下，然后从前方下车。"榻"（しじ）是一个载在车辕上的踏台。如果是一人乘车，必须坐在靠近前方帘子的左侧，面向右方。当两人以上乘车时，前方以右侧为上席，后方以左侧为上席。②乘坐

---

① 所谓九曜纹样，即中央一星，周围呈圆形环绕八星。这种车同样属于网代车的一种。

② 一车最多载四人。席位高低依次为：前方右侧、前方左侧、后方左侧、后方右侧。

者均背靠车厢，对面而坐。根据礼仪，若男女同乘，男性须在右侧，女性须在左侧。

出　车

女房车还有一种称为"出车"（いだしぐるま）的做法。《大镜》的《师辅传》中有"（随行女房之）出车风采堂堂……"。出车究竟为何，诸说不一，通行的说法为女房在乘车时"出衣"（いだしぎぬ）。所谓出衣，就是女房将自己的衣物从车的帘或下帘下露出。下帘是垂在帘后的一层帐幕。按照规矩，女房要在车内露出袖口和褄，女童则要露出袴和汗衫的下摆。以《源氏物语》的《葵》卷为例，"争车"一条中有"乘车观赏之事，（路上众人）期待已久。一条大路水泄不通，嘈杂喧阗。各栈敷之装饰皆殚精竭虑，女子袖口亦令人大饱眼福""有如前述，各车精心装饰，更胜平日。（车中女子）争相于下帘缝隙间出衣，斗艳争辉……""下帘纹样等处，极具雅趣。（乘车人）坐于车厢深处，仅将袖口、裳裾、汗衫等略微露出，衣物色彩清美……"，这些描写的都是出车的情景。

在都城的大路上，如此美丽的女房车被牛拉着缓缓前行——这实在是一幅极其优美的景象。《枕草子》写道："槟榔毛车以缓行为佳。"可以想象，高度与人相仿的大车平稳地慢慢转动车轮前进，那种恬静而闲适的模样，恰是充满平安时代特色的优雅的写照。

六

女性之美的日本式特色

到这里为止，我们对平安时代女性的美学生活、居住环境、衣物、日常用品、牛车等分门别类地做了介绍。这一切物品的形状和色彩都会相互对应，最终呈现出一种综合性的美。例如，《枕草子》中有这样的记载：

（弘徽殿）上御局帘前，殿上人整日抚琴吹笛，直至灯火点起，格子将闭。（中宫之侧）有灯台奉上，因殿门未关，（屋外殿上人）可见屋中景象，中宫便将琵琶御琴直抱（以掩己面）。（中宫）红色御衣之美，笔墨难表。其身又着数重打衣，琵琶乌黑闪亮，遮于袖下。自琵琶之侧，可略见额头肌肤，雪白清艳，皎洁鲜明，绝美不可方物。予靠向近旁女官，道："予意便昔日半遮面之女，亦无如此美貌欤？（何况）其人乃平人也。"[1]（女官听言，因屋中女房拥挤，难以上前，）便挨挨挤挤，分开道路，至中宫近前禀之。中宫笑曰："君可知别离之意？"[2]（女官挤回后将此言向予告知）极具趣味。

---

[1] 中宫的样子使清少纳言想到了白居易《琵琶行》中的"犹抱琵琶半遮面"，遂将中宫与歌中歌女对比。
[2] 定子这句回话的意思，向来诸说不一，并无定论。通常认为这也是借用《琵琶行》中的内容回答；一说定子以诗中歌女与商人的离别之悲，影射自己被天皇疏远的忧闷。

　　殿上的管弦之游结束之后，弘徽殿的内外都被薄暮笼罩。在退下之前，一些殿上人聚集成群，大声说笑着。上御局中点起了油灯，华美的光辉从竹帘之内透出。中宫身着红色御衣，用衣袖遮着发出黑色光泽的琵琶。琵琶的影子挡住了她的半边脸庞，只能从另一侧看到雪白面容的另外半边。

　　这正是清少纳言迄今为止无数次在女绘[①]和古代物语中见到的幻景。现在，这幅景象正活生生地呈现出来；她心中漫溢难抑的感动必须宣泄，这使她不由自主地靠近身边的女房。昔日在浔阳城外面对江上之月弹奏秘曲的那位女主人公，如今已经化作现实，展现在她的眼前。

　　听到清少纳言诉说无限感动的那位女房挤开人群，走到中宫身边，将她的反应传话给中宫。虽然清少纳言离得很远，听不到她们的对话，但是可以看到她们脸上的微笑。女房再次挤开人群，回到清少纳言这里，传话道："中宫有言：'君可知别离之意？'"

　　如此，特意回来告诉她中宫的回话。这样的一种姿态，又使清少纳言感到"极具趣味"。

　　上文所述的这些，正是清凉殿里的弘徽殿上御局这般高贵的场所沐浴在夕阳西下的昏暗光线中的景象。以竹帘、灯台等日常用品为背景，中宫被明亮的灯火照耀，身着红色御衣，用黑色的琵琶半遮面容，露出雪白脸庞的另外半边——

━━━━━━━━━━

① 女绘（おんなえ），平安时代贵族女性喜爱的物语插图，为富有情趣的浓彩绘画。

清少纳言想要表现的，正是在这形、色、光、声的集合之中映现而出的高贵之美。将衣、食、住分割开来，逐一解说其知识，这属于风俗史的范畴，但我们从文学研究的立场出发，必须将所有这些综合起来，考虑它们在人心中映出的究竟是怎样一幅景象。

七

服装与季节

以上，对平安时代的后宫女性服装和屋内装饰就大体介绍完毕了。最后再补充几段，简单地讲一下服装和季节的关系。

在平安时代，人们每年都会穿夏服和冬服两种衣物，而且必须严格遵守按季换衣的时间。虽然存在给衣物填入丝绵的情况，但基本的服装只是袷和单。在袭色目中，除了夏冬之外，还有春秋的色目，而衣服只分夏冬两种。

当然，也有像《荣花物语》的《根合》卷所写的那样，在天喜四年正月举办的皇后宫歌合上，"右方之袿不填丝绵……（左方女房）穿夹绵之袿，表着、裳、唐衣作冬季风情……"，《枕草子》中亦有"身盖略带汗香之薄绵衣午睡……"，说明也有填入丝绵的衣服，但这不是标准的服装形制，可能有着某种特殊的意义。

更　衣

　　将冬春的衣物更换为夏秋的衣物，以及将夏秋的衣物更换为冬春的衣物，被称为"更衣"（ころもがえ）[①]。无论是在朝廷还是在民间，更衣都是每年固定的活动。朝廷会在四月一日和十月一日更衣，在这两个日子里，不仅是衣物，就连殿内的装饰也会全部更换。四月一日，扫部寮会将御殿的幔帐、几帐上的帷子等取下，换成在生绢上以胡粉绘画的夏秋用品。壁代、火桶一律撤去，夏秋时依例不用壁代。榻榻米和灯笼的网也都更换一新。天皇换上直衣、以生绢缝制的绫质单、张袴，这些衣物是由内藏寮奉上的。女房们脱去袷，只穿着单，唐衣为生绢所制，根据规定，上臈的裳为薄物，小上臈的裳为薄紫色。[②] 更衣是一种反映季节的活动，当时的人们就是这样，努力使自己的生活顺应自然的变化、与风土相调和。从这里，我们也可以看到日本人对自然的亲和之情。

---

① 请注意，读法与身为嫔妃的"更衣"（こうい）不同。
② 出自《建武年中行事》。原文如此。

第十六章　女性与容貌之美

一

表现容貌之美的词汇

在平安时代，表现容貌之美的词汇有"かほ""かたち""すがた"①等。"かほ"指面部的形貌，在《日本书纪》的古训中，面貌、脸色、容颜、面目、姿色、相貌等全部写作"かほ"。这应该就是它的本义；从这里引申出来，容姿、形容、形姿、容貌、举止等也作"かほ"，指身体的整体形貌。

"かたち"的用例有"画中杨贵妃之容貌"（《桐壶》卷）、"此子容貌，美貌绝伦"（《桐壶》卷）、"容貌无与伦比"（《松风》卷）、"欲搜集容貌出众美女为妻妾"（《玉鬘》卷）等，用于泛泛地表达从面容到身姿的形貌。"かほかたち"这种用法也为数不少，例如《东屋》卷中有"（在下欲娶此女，）非为觊幸'容颜容貌'（かほかたち）也……"，似乎是在更加广泛的范围内指代面容和容姿。

---

① 汉字分别为"颜""容貌""姿"。

"すがた"则主要在身姿的意义上使用，例如《浮舟》卷中有"女性将上着脱去，身姿纤细，魅力无穷"，《松风》卷中有"（源氏道：）'……实可感怀。'一面叹息，一面起身而行。（明石尼君）见其身姿之美，直不似此世之人"。同样存在"すがたかたち"这种用法，它和"かほかたち"一样，也是同时指面容和身姿。

表现美女的词汇

在后宫侍奉的女性，会用服饰和化妆为自己的容姿增添光彩。使自己变得更加美丽，可以说是女性共有的愿望；那么，当时是用怎样的词汇形容美女的呢？作为例子，可以举出"美貌少女"（うつくしきをみな）、"容颜姣好之女"（かほよき女）、"好女子"（よきをんな）等语，除此之外，还有"可爱"（をかしげなる）、"华美"（はなやかなる）、"眉目秀丽"（みめかたちすぐれたる）、"纤美"（こまやかに）、"清丽"（きよげに）、"惹人怜爱"（らうたげに）、"典雅"（らうらうじく）等修饰语。关于这些修饰语和女性美貌的对应标准，我们尚不清楚，不过，毋庸置疑的是，大部分评判标准都集中在容颜上，其次则是头发和手。

身材之美

所谓女性的容姿，并不包括胸部、腰部等处的身材之美。虽然在《万叶集》中有称赞胸部、腰部之美的例子，例如赞美周淮的珠名娘子"胸怀丰润，佳人美兮。蜂腰窈窕，佳人秀兮。颐靥如花，独立而笑……"①（卷九，一七三八），但到了平安时代，赞颂身材之美的文字基本消失，取而代之的是对衣物形制的赞美，例如夸赞较为宽大、无法表现个性的衣服形状，或者称扬在身上重叠了几件衣服，等等。这本不足为奇；不过，评判"女性之美"的标准也因此不得不显著地压缩范围。

丑　女

在平安时代，怎样的容貌会被视为丑女，怎样的容貌又会被视为美女呢？举例而言，闲院大将藤原朝光的继室以丑陋著称，据《大镜》的《兼通传》，她"面色黝黑，额带花形，发带鬈曲"。这里的"花形"指的是患天花后遗留的瘢痕，此外还长有八字形的皱纹，无论哪一点都称不上美丽。《源氏物语》中的末摘花也是丑女的代表，她的容貌是：

> 一眼望来，坐高甚高，可见身躯顽长。（源氏心思：）"果不出所料。"大失所望。其次，鼻部极丑，见

---

① "息长鸟之安房兮，续行而下。梓弓之周淮兮，有女珠名。胸怀丰润，佳人美兮。蜂腰窈窕，佳人秀兮。颐靥如花，独立而笑……（下略）（しなが鳥、安房に継ぎたる、梓弓、周淮の珠名は、胸わけの広きわぎも、腰細のすがる娘子の、花のごと笑みて立てれば……）"（高桥虫麻吕）

之如普贤菩萨坐骑（象鼻）。"实不忍见。"（源氏）不禁闭目。此鼻既高且长，尖端下垂发红，甚是异样。面色青白胜雪，额头宽广，面颊以下细长不堪。全身瘦骨嶙峋，令人心觉可悲。肩头一带，虽有衣物相隔，肩骨亦浮凸可见……

二

美 女

丑女的代表如上所述；那么，美女的外貌又如何呢？《紫式部日记》对中宫的女房、斋院的女房等女性的容貌进行了一番评价。其中，作者将宰相之君、大纳言之君、宣旨之君、宫内侍、式部之御许、小大辅、源式部、宫木侍从、五节弁这几人称为美女。

例如，评宰相之君："身形适中，体态丰满，面容可爱，肌肤光泽夺目。"评大纳言之君："身形甚是娇小，肌肤白皙美丽，体态丰腴，唯见之显瘦削。秀发较身高长三寸，委地之发梢，乃至发状等，皆纤丽非常、秀美无比……"

综合这些评价来看，当时判断美女的标准是：以身形娇小为美，肌肤应白皙细腻，额头不可凸出。鼻子应小巧玲珑，不得过长、过大、发红，也不得呈鹰钩状。脸型应"饱满"，也就是脸颊丰满。当时的人不喜欢瘦脸，而喜欢较为圆润的脸庞，但年过中年的妇女如果脸颊过胖，反而不好。眼睛以小为美，不可过大，最好是像绘卷中的女性的眼睛——称为"引目"（ひきめ）——那样，细成一条线。嘴也不应过大，同时嘴唇还应显得紧致，这一点从古至今倒是没有什么变化。手应细嫩雪白、略带丰满。

头 发

当时认为，美丽的头发浓密柔长，乌黑而富有光泽，平直顺滑而不卷曲，也不过于厚重。头发是评判美女的首要条件，其美称有"绿黑发"[①]"光泽明艳之发""翡翠簪"等，可以说是日本女性之美的象征。女性的服装过于宽大、只是单纯地加以染色，相比之下，黑发长长地、浓厚地披垂下来，自然会被作为美丽的标准。《紫式部日记》写道："宛如名家水墨，仅将秀发涂黑。"而在头发的各个部分中，被视为女性美之极致的是"发状"（髪ざし）和"垂发端"（髪の下がり端）。"发状"指的是前额发际部分的生长情况，被用来表现女性之美；"垂发端"是将额发[②] 的尖端剪去之后的两绺侧发，这种修剪称为"鬓削"（びんそぎ）。例如《源氏物语》的《少女》卷对云居雁的形容："垂发端、发状等，美艳

---

① 源自汉诗。例如《游泰山六首》："偶然值青童，绿发双云鬟"（李白）、《逢道者神和子》："童颜终不改，绿发尚依然"（王毂）等。
② 额发（ひたいがみ），从额头中央开始，使前发分为左右，从脸颊两侧垂下。

非常。"

女性之美的精神性

虽然对美丽和丑陋的判断标准是主观的，不过也有某种程度的客观准则存在。上文所述的准则基本是当时的共通标准，从这些条件看来，女性的外在美被限定在脸、头发、手这几个部位，不包含身体的曲线美，前文也说过，这是因为当时的服装很难表现身体曲线。就妆容来说，一方面是精心搭配衣服的颜色、纹路，另一方面是苦心孤诣地对脸、头发、手进行化妆，尽力在这些地方表现出人造的美丽。但是，理所当然地，容貌之美也与人心，也就是人的精神具有密切的联系。

内心之美·贵族性

在紫式部看来，女性的外在之美只是其内心之美的表现而已。换句话说，她认为，只有内心之美表露在外，达成心灵与外貌的和谐，才是真正的美。用紫式部的描述来说，第一种美是"天真烂漫"，表现得稚气未脱、稳重大方、纯洁无邪，如宇治大君、夕颜、浮舟等。第二种美是"精致端整"，表现得华美典雅、明艳动人、如藤壶、六条御息所、明石之上、宇治中君等。这样的女性具有一种高贵而不可侵犯的感觉，与粗野感毫不沾边，具有端正优雅的美丽。第三种美是"现代时髦"，这种美来自紧跟当代风尚的智性与感情，自内向外放射而出，使女性显得活泼开朗，如胧月夜等。第四种是"都市潮流、贵族时尚"，决不显得土气、鄙俗，而是将自己精致的心灵表露在外，如紫之上、云居雁、玉鬘等。

　　这些内心的精神之美最终会表现在外部，形成外表的美貌。只有达到心灵与外貌的融合之境，女性才有真正的"容貌之美"可言。紫式部在日记中评价弁宰相之君"如绘画中之姬君"，评价当时十七岁的藤原赖通"如物语中歌颂之男性"，也是因为她在这两个人的外貌上看到了他们透过外在之美表达出来的精神之美——看到了这种精神与容貌的和谐之美。

第十七章　美容的方法

一

沐浴·沐浴用具

　　平安时代女性的美容方法，大体可分为沐浴、理发、化妆三项。女性并不是只在美容的时候才会沐浴，但美容时一定要先洗脸，然后入浴。例如在《源氏物语》的《东屋》卷中，浮舟之母为了将少将招为女婿而令浮舟化妆的一节中有"洗发、化妆后见之……"。沐浴在浴槽里进行，浴槽相当庞大，其尺寸可见《延喜式》[①]。设有浴槽的建筑称为"汤屋"或"汤殿"。

　　沐浴后，要换上称为"汤帷子"（ゆかたびら）的单衣，后世的"浴衣"（ゆかた）就是它的简称。在宫中，于入浴或理发时侍奉的女性会穿上称为"汤卷"（ゆまき）的表着，《紫式部日记》《禁秘抄》等书见之。在后世，这个词转义为普通的沐浴用具。这种服装又叫"汤文字"（ゆもじ），这种

---

① 见《延喜式》："浴槽：长五尺二寸，广二尺五寸，深一尺七寸，厚二寸。"

称呼的来源，就像鮨从"すし"变成"すもじ"一样①。它也指入浴时缠在腰上的布②。除此之外，沐浴用具还有手巾、风吕敷③等。

泔坏·匜·盥·手水

较小的沐浴用具包括泔坏、匜、盥等。如前所述，泔坏（ゆするつき）有木制涂漆的，也有银制的，样式非常美丽，也被用作室内的装饰品，《雅亮装束抄》（一）的"整备母屋及厢之用具事"一条见之。匜（はんぞう）④可见《枕草子》的"正月参笼寺庙"一条："以匜盛手水，又遗以无柄盥。"是一种盛手水的用具。不消说，手水就是洗手、洗脸用的水。匜同样有木制涂漆和银制的，《延喜式》《宇津保物语》的《菊宴》卷等见之；有些匜有柄，有些则没有，可以在《枕草子绘卷》《西行绘卷》等许多绘卷中看到它的样子。

盥（たらひ）⑤本为洗手之意，材质有金属制、陶制、木制涂漆等。据《延喜式》《江次第》等书记载，依其大小，

---

① "すもじ"是"すし"的女房用语。从室町初期开始，宫中的女房将一些生活词汇委婉化、郑重化，最终变为一种隐语。后来这些词汇逐渐扩散到社会上，有一部分一直保留到现代。

② 晚至江户时代中期，日本人才裸体入浴。

③ 风吕敷（ふろしき）最初指室町时代铺在蒸汽浴室地板上的绢布。后来，入浴者为了不搞混衣物，会在入浴之前用带有自己家纹的绢布把脱下的衣服包起来，因此这个词逐渐转义为"包袱皮"。

④ 汉字又作"半插"。

⑤ 汉字又作"手洗"。

可分为大盥、小盥。带把手的盥称为"耳盥"（みみだらひ）、"角盥"（つのだらひ），同时，正如前引《枕草子》中的"无柄盥……"，也有不带把手的盥。

目刺·尼削·振分·童发

当沐浴结束之后，接下来就是理发了。在此之前，必须先介绍一下平安时代的发型；女孩到了八岁左右，会将发梢剪去，将刘海剪到眼睛上方，这被称为"目刺"（めざし），后来，经过转义，"目刺"也可以用来指幼童自身。

"尼削"（あまそぎ）见于《枕草子》："小儿剪作尼削发者，虽视线为发遮挡，亦不拂开，唯侧脸而视，甚是可爱。""振分"（ふりわけ）见于《荣花物语》的《浅绿》卷对欢子的描述："将发剪为振分，容颜丽质，惹人怜爱。"指的都是分垂于左右两侧的及肩发。这种发型又名"童发"（わらは），《源氏物语》的《葵》卷中有"（源氏曰：）'女房可先去。'见（侍奉紫姬之小女房）剪为童发之姿甚是可爱"，指的依然是同一种发型。

髫·放·结发·剪去发梢

八岁之后，女童会将头发留得略长，稍微超过肩头。这称为"髫"（うない），又称"放"（はなり），合起来就是"髫放"（うないはなり）。成年之后，则会结发（かみあ

げ）①，这个词原本有三种意思：一、字面意义上的"将发向上结起"，不分男女。二、特指女性成年时将"放"开的发型"结起"，《竹取物语》中有"长大成人，便准备结发仪式，将发结起，着裳"，可见这是和着裳同时进行的。具体来说，就是将振分发在脑后结成一束，自然下垂，其性质与男性的元服相同。三、陪膳的女官等人将下垂的长发结成一束，插上钗子等饰品。《紫式部日记》写道："其日结发之姿端丽，如唐绘中描绘人物。"

现在所谓的结发，一般是取第二个意思，也就是当时的女性在成年时将头发结成自然下垂的一束。不过，在具体使用的时候，这个词有时也指把头发在头上结成髻子，或者将垂发端夹在耳后，见于《伊势物语》《宇津保物语》《源氏物语》等著作，例如《源氏物语》的《横笛》卷中有"将发夹于耳后，忙照顾小公子，将其抱起"。

洗　发

《枕草子》的"心动之事"一条中有"洗发梳妆后，着香熏之衣……"。女性本应像这样时常洗发，但洗发非常麻烦，因此不能天天都洗，只能特别择日而洗。《宇津保物语》等书中常有在七月七日去贺茂川洗发的描写；在夏季，洗发的日子应该特别多。在《源氏物语》的《东屋》卷中，匂宫

---

① 汉字为"髪上"。

去拜访中君时，中君就在洗发："大辅诉苦道：'最近甚是繁难。若过今日，本月①内便无（宜于洗发之）吉日，且九月、十月皆不得洗发，故于今日洗发也。'"根据这些著作记载，四月、五月、九月、十月都是忌洗发的月份，不能洗发。此外，在河边等地洗发的时候，由于必须半裸，为了避免被人看见，会用步障围起一圈，遮蔽视线，见于《宇津保物语》的《楼上》卷等。

镜　子

不消说，整理头发要用梳子。女性会在镜前整理头发，例如《枕草子》的"内里之猫"一节："（中宫）梳发、洗面时，（予）持镜以供观看……"据《雅亮装束抄》，一般的做法是，解开头发之后，要用笄的尖端蘸着"泔"将头发涂湿。据《贞上杂记》，"泔"就是米浆，但这本著作说它是在结发时使用的，也不知实情究竟怎样。

化　妆

在沐浴、梳发之后，该做的就是化妆了。在《枕草子》中，行成曾引用过这样一句话："女为悦己者容，士为知己者死。"这句话出自《史记》②。至于化妆的内容，就是在脸上涂

① 书中当时为八月。
② 《战国策》《史记》皆见之。

白粉、搽红，还要画眉、染黑齿。对天然的容貌进行人工加工以增添美丽，对人类来说是理所当然的，而且也是古已有之了。

二

朝　颜

平安时代的女性将早起时的姿容称为"朝颜"，认为朝颜被人看到是一种可羞之事。《枕草子》中记载了清少纳言因为自己早起时的样子被藤原行成看到而感到羞愧的事情，《紫式部日记》中也有类似记载。藤原道长曾在清晨折了一支女郎花，去访问紫式部的局："（道长大人）姿容之美，令予心感羞惭。（大人）知予羞愧，乃因朝颜为人所见，便命：'以此花作歌，不得迟延。'既有此命，予便靠向笔砚。"

由于起床之后，脸上没有化妆、头发散乱、精神涣散，当时的女性不把这些全部整理完毕，是不会见人的。这被称为"身嗜"（注意仪容）。因此，后宫的女房们早上起来的第一件事就是化妆。《紫式部日记》写一位名叫小中将的女房："实为美人，无论何时皆容姿端整。黎明时本已化妆，此时泪流满面，双目哭红，妆容溃乱，见之几判若两人，予亦为之一惊。"

类似这则记载的例子还有许多。因此，在公开场合露面时，女性一定会化妆。《紫式部日记》这样描写中宫生产之后的景象："女房各局之中，来送硕大衣袋、包袱等物之人进进出出。（赐予予之衣物，）唐衣上有刺绣，裳带上饰以螺钿，亦有刺绣。因赐物贵重非常，予忙包而隐之，道：'所要之扇尚未送来。'着手化妆。"不须援引更多例子也可得知，对当时的女性来说，化妆是理所当然的事情。

白　粉

一般来说，化妆就是往脸上搽白粉。《和名抄》称白粉为"波布迩"（はふに），称粉为"之路歧毛能"（しろきもの）。《色叶字类抄》《类聚名义抄》的记载与此相同。"はふに"应为"はくふん"[1]的读音变化而来，白粉可能就是胡粉（碱式碳酸石灰的白色沉淀物），但《延喜式》中的"造御供白粉料"一条曰："糯米一石五斗……"因此它也可能是米粉，只不过米粉是一种下等的白粉。

"しろきもの"后来被称为"おしろい"[2]，因为它是女性使用的，所以作为女性语，加上"お"的前缀。《枕草子》中有"以袖掩面，拜伏于地，白粉沾唐衣上，斑驳点点"。《日本书纪》的"雄略天皇"和"持统天皇"条中都有"铅华""铅粉"等物，它应该是从中国传入的。上等白粉系以

---

① 汉字为"白粉"。
② 汉字分别为"白物""白"。

醋蒸铅而成，一说白粉的原料是白粉草①的果实磨成的粉，
不足采信。很多野史传闻称小野小町落魄后的样子非常凄
惨，或者和泉式部患有癫病，这些可能都是铅中毒的结果。
这种例子非常多；当时的很多女性都在三十岁之前早逝，这
应该也是理由之一。

　　但是，不仅女性，男性也会使用白粉。《枕草子》讲述
白马节会的一条写道："舍人之颜亦露本色，白粉未搽之处，
如黑土庭院中雪地斑驳景象，甚为难看。"这就是对当时
男性涂抹白粉的记载。白粉会被放入绘以莳绘的美丽小筥
中保存，见于《落洼物语》《荣花物语》的《初花》卷等
书。当时的女性大多患过天花，而且经常需要在夜晚昏暗
的灯火下与男性相对而坐，因此女房们一般会把妆化得比
较浓厚。

红

　　红，或称脂，训作"べに"，但"べに"的词源不明。
《江次第》的"元服"一条提到了面脂和口脂，可见红分两
种，即搽在脸上的和搽在嘴唇上的。《源氏物语》的《常夏》
卷中有"于面上搽重红，梳发化妆"，说的大约就是面脂，
也就是将红和白粉混在一起往脸上搽。

　　制红之法，是将赤花的花瓣榨汁，然后将梅酸加入

---

① 即白粉花（おしろいばな），紫茉莉。

花汁中，使其变得鲜红，最后晒干。赤花又训作"くれない""くれのあい"①，亦称"末摘花"，是菊科的一种像蓟一样的植物②。红会放入专用的"红皿"（べにざら）中保存，这大概就是《江次第》中的"脂笪"。《枕草子》的"可爱之物"一条中有"仔雀作鼠般鸣声，蹦跳而行。沾红而止之③，亲鸟口衔虫等食物来喂，甚是可爱"。至于涂红指甲，《女郎花物语》④中有"将指甲深剪，指尖宛如反翘，涂作鲜红……"，但不见于平安时代的文献，应是中世之后才出现的习俗。日本女性从古至今都很喜爱红和白粉，对日本人来说，它们十分亲切，同时也具有一种传统感和古典感。

三

画　眉

除了涂抹白粉和胭脂之外，画眉也是化妆的一部分。平安时代的女性成年后必定要拔去眉毛，《枕草子》的"见者

---

① 汉字为"红""吴蓝"。
② 赤花（あかばな），长籽柳叶菜。为柳叶菜科柳叶菜属植物（日语称赤花科赤花属），而非菊科。
③ 原文如此，存疑。别版《枕草子》作"以丝线系而止之"，似较合理。
④ 《女郎花物语》，作者不详，成书于安土桃山时代至江户早期，是一本汇集了日本及中国著名女性故事的假名草子，文学价值不高。

心怜之事"一条中就有"拔眉"。《堤中纳言物语》中的故事
《女公子爱虫成癖》还写道："(此女公子心思:)'人之容貌，
理应保其天然。'是以并不拔眉，于染黑齿之事亦觉烦冗肮
脏，一律坚拒……"在当时的其他物语、笔记中，也有女性
成年后必须画眉、染黑齿的记载。

在拔眉之后，还需要用墨画眉。《万叶集》(十二)中
有"含笑且描眉"[1]一句;就像《万叶集》中的和歌吟诵的那
样[2]，画出的眉黛是细细的新月形，但我们可以从《源氏物
语绘卷》《枕草子绘卷》等绘卷中看到，后世不一定会画得
特别细。"翠黛"(すいたい)一语就是形容画出的眉黛。不
过，到后来[3]，女性只把眉毛剃掉，而不再画眉。

染黑齿

染黑齿就是将牙齿染黑。《换身物语》[4](三)中有"将
眉拔去，齿染铁浆，妆为女姿……"，这里的"铁浆"(か
ね)是将铁浸入酒中酸化之后的产物，在上代，染黑齿是
已婚妇女的标记，但到了平安时代，无论是否已婚，只要达

---

[1]　见《万叶集》:"心仪妹媛女，含笑且描眉。此景犹如见，萦萦心间回。
(我妹子が笑まひ眉引き面影にかかりてもとな思ほゆるかも)"(佚名)
[2]　例如《万叶集》:"遥观中夜天，新月似钩悬。疑有佳人在，蛾眉画一弯。
(振仰けて若月見れば一目見し人の眉引おもほゆるかも)"(大伴家持)
[3]　江户后期。
[4]　《换身物语》(とりかえばや物语)，作者不详，成书于平安后期，讲述
了男扮女装的男主角和女扮男装的女主角的奇特经历。

到成年或者将近成年，女性都会将齿染黑。《紫式部日记》中有"追傩早早已毕，予略有闲暇，正染黑齿、整理容妆时……"，可见染黑齿不需要一定的仪式，只是像化妆一样，由女性利用空闲时间自行进行。直到室町时代之后，它才再度与结婚仪式产生联系，变成一种礼仪。

据许多文献记载，画眉和染黑齿似乎是同时进行的。《源氏物语》中说紫之上"因其祖母严守旧俗，向来不染黑齿。此时终于将齿染黑，并加化妆，眉亦悉数拔去，重画一番，见之清丽可爱"，可见当时将不染黑齿视作旧时的习俗。古代并不会给不到十岁的小女孩染黑齿，但在《源氏物语》创作的时代，画眉和染黑齿的年龄已经低到了至少十岁左右。[1]

四

香

以上把后宫女性的化妆大致介绍了一下，现在来讲一讲关于香的内容。正如《枕草子》的"心动之事"一条所写："洗发梳妆后，着香熏之衣，纵便无人观赏，于心中亦觉愉悦也。"此处的"香熏之衣"就如今天的香水一般，是化妆

---

[1] 前揭引文见于《源氏物语》的《末摘花》卷，紫之上时年十岁左右。

的一种重要手法。《源氏物语》的《东屋》卷写道，薰君的
衣服熏有异香："（薰君）曾倚靠之杉木柱、曾坐之茵垫皆留
余香。若如此讲述，旁人或以为在夸口也。"薰君的名字正
是来自这种香气，他的朋友匂宫的名字也是一样。因此，在
叙述女性之美的时候，决不能把香气排除在外。

香的种类·香具

香的种类有四十二或四十三种，其中最常见的是六种，
即沉香、丁子香、薰陆香、贝香、白檀香、麝香，[①]又称"六
和香"。这些基础香料还需要调配、炼制，其配方称为"方"
（ほう）。方有梅花、荷叶、菊花、侍从、黑方等。调制好的
"合香"（あわせこう）又称"薰物"（たきもの），每一种都
有对应的季节。香具包括香壶、火取、香匙、火箸等，若要
香熏衣物，则在火取上放置熏笼（伏笼）[②]，把衣服搭在上面
吸收香气。《源氏物语》的《薄云》卷中有"华美难言之御
衣，皆已熏香……"。香的意义不单是嗅觉上的，精神上也
具有很高的价值。如果将闻香理解为仅仅是嗅觉上的享受，
就会犯下严重的错误。

---

①　沉香（じんこう）、白檀香（びゃくだんこう）、麝香（じゃこう）与今
日相同。丁子香（ちょうじ），即丁香；薰陆香（くんろくこう），即乳香；
贝香（かいこう），用螺类的厣磨成的细粉。
②　熏笼（たきもののこ，或くんろう），形制类似倒扣的篮子，唯网眼甚
大，以金属或竹编成，下方熏香，上搭衣物。或为架子形。

女性之美的完成

梳完头发，搽完白粉和红，穿上与季节相称的美丽重褂，在外面套上表着和打衣，以几帐、壁代、竹帘、厨子架、草子等用品为背景，用扇子半遮面庞，在昏暗的灯火下思考和歌——这正是当时贵族妇女的形象。只要想到这幅形象，任谁都会认同，《源氏物语绘卷》《紫式部日记绘卷》等绘卷所表现的世界决不是虚构的。在大和绘中展开的那种宁静而幽娴的稳重，以及那种朦胧的深邃，正是平安时代的后宫女性的生活的写照，同时也是她们的精神的写照。

例如，明石之上是一位容姿端丽、教养丰富的女性，就连紫之上也要敬她三分。紫式部在《初音》卷中这样叙述她的生活，在此引用光源氏来到她的房间时的描写：

夕阳西下时，（源氏）到访明石之上居处。将相连渡殿之门推开，帘中熏香顺风扑面而来，高雅不可方物。在此不见房主，（源氏）于室内察看之际，见砚旁有诸多草子散乱，便拾起略观。茵褥边缘所缝，乃唐国之东京锦，华美非凡。其上所置之琴造型风雅，火桶典雅精致，尽显主人格调。火桶中侍从之香熏然，又有件件衣物所附香囊之香，香气交融，优美无限。散乱纸张之上，多为书法习字，其字极具教养，非比寻常，且绝无故作卖弄而多书草假名之举，见之洒脱自然。

上面这段文字所描述的明石之上的美丽，并不仅仅存在于感官的世界之中。虽然这个优美的房间的主人并没有在描写中现身，但通过她生活的环境，我们依然可以很容易地幻想出她的美貌。而在综合这一切之后，我们在幻想中描绘的明石之上的侧脸，应当是和"真正的她"没有什么差别的。

第十八章　女性与教养

一

女性教育的传统

在平安时代，贵族女性接受的是怎样的教育，又必须具备怎样的教养？通过这些课程可以看出，当时的教育体现出了怎样一种理想？这种理想在日本女性教育的传统中占有怎样的地位？对日本民族的过去、现在、将来而言，这种精神又有着怎样的含义？——这些就是本章要讲述的内容。

平安时代的女性并没有机会接受和男性同等的教育。不消说，男性的教育主要在官立的大学里进行，大学所教的是纪传、明经、明法、算道这四科。在大学之外还有私学，例如和气广世创建的弘文院；不过，就像《西宫记》记载的那样——"弘文院荒废"，它很早就衰落了。后来，还有中纳言在原行平创建的奖学院，它的创建宗旨是为王族及源氏的子弟提供教学。此外还有藤原冬嗣创建的劝学院，主要目的是教育藤原氏的子弟。劝学院的学习场面十分盛大，甚至有说法称："在劝学院里，连雀儿的叫声都是《蒙求》①。"

---

① 《蒙求》，古代的儿童识字读本，即"蒙书"。

平安时代的学校及女性的地位

以上这些学校，无论大学也好，私学也好，一律是为男性设立的，女性会被坚决地拒之门外。由于没有接受公开教育的机会，她们只好在家庭内部接受教育。相比男性而言，女性原本就缺乏在社会上公开活动的自由，在研究学问时，她们同样受到了不公平的对待。清少纳言在《枕草子》的"扫兴之事"一条中写道："博士赓续得女。"在博士的家中，如果只有女子出生，一直不见男丁，就会被认为是令人扫兴的事，因为博士不能把自己的学问传授给女儿。

《紫式部日记》中的记录

《紫式部日记》也写道："予兄式部丞少时尝读《史记》，予在侧旁听。兄于此书理解迟缓，时有遗忘，不知为何，予则速通其旨。予父酷爱学识，常叹曰：'此女非男子，实不幸也。'"（"读史记"，部分抄本作"读汉文"）这是紫式部的哥哥（一说为弟弟）式部丞（藤原惟规）早年接受父亲越前守藤原为时的《史记》教育时发生的事情。从这则记载中，我们可以体会到当时女性所处的境地。

和魂汉才

到了平安时代中期，汉字与假名、中国风格的绘画和日本风格的绘画等，来自中国的和日本本土的事物全都被严格地区分开来。汉字被称为"男性文字"，假名被称为"女性文字"，中国风格的绘画被称为"男性绘画"，日本风格的绘画被称为"女性绘画"，等等。男女之分泾渭有别，前者被用来指代中国风格的东西，后者被用来指代日本风格的东西。"和魂汉才"一语常被用来表现这种区分；"才"（ざえ）特指汉学，而"和魂"（やまとだましひ，又称"大和魂"）指日本人原本的心灵。男性必须同时兼备和魂和汉才——也就是在拥有"大和心"的同时必须学到"才"，而对女性来说，汉才，也就是"学问"，不仅不必要，最好还应敬而远之。

学问与女性

《土佐日记》中有："予尝闻日记为男子所写，然虽为女身，亦思一试。"所谓"男子的日记"，就是用汉字书写的日记，但纪贯之却用假名撰写了《土佐日记》。这部著作的创作经过诸说不一，但公认的一点是，作者使用"女性文字"假名撰写此书，因此他认为自己的身份也应假托为女性。又如在《源氏物语》的《玉鬘》卷中，源氏评价末摘花时表示，像她那样钻研和歌理论等学问，对女性来说是不值得鼓励的。《帚木》卷中也对女性进行了诸多评价，其中提到了某位博士的女儿的事情。那位女性精通学问，但她的一生都很不幸，这正是学问给她带来的灾祸。

紫式部的意见

在《紫式部日记》中也可以看到相关记载。紫式部通读过亡夫宣孝遗留下来的汉学典籍，但女房们却觉得这很不好，对她说：（大意）"都是因为你读了那么多汉文典籍，才没有得到幸福。不管是哪个女人，只要读汉字写成的书，就称不上遵守妇道。"从这之后，紫式部便不写汉字，也不读汉籍了，即使看到写在屏风上的诗文，也尽量在人前装成不认得汉字的样子。虽然她并不是不会读，但却小心谨慎，注意不让自己显得在炫耀学问，也就是"深藏不露"。同样是《紫式部日记》中记载的事情，紫式部在向中宫讲解《白氏文集》第三、第四卷中的乐府诗时，是避人耳目、偷偷摸摸地讲解的。

紫式部对学问的态度在《源氏物语》的《帚木》卷中多有流露。她的意见是，女性不应该不懂学问，但也不应该特意去研究学问；只要是稍微聪明一些的女性，就可以自然而然地学会，这一过程不应阻止。不过，如果女性专门去研究三史、五经这等困难的学问，还把自己的学问毫无保留地显露在外，则绝不是值得赞赏的行为。

高内侍的生活

《大镜》《荣花物语》等书都提到过一位名叫高内侍[①]的

---

① 高阶贵子（？—996），女房三十六歌仙之一，又称"仪同三司母"，藤原伊周及中宫定子之母。

才女。她是当时出类拔萃的学者高阶成忠的女儿，后来成了关白道隆的正室。她和自己的父亲一样学问渊博，所作汉诗胜过男子，但晚年十分凄凉。《大镜》的作者以"世间评价"的名义对她批评道："女子才学过盛，绝非佳事。"也就是说，高内侍晚年的凄凉，全是因为学问过多所致。

二

宣耀殿女御所受的家庭教育

前面已经讲过，当时的女性是在家庭内部接受教育的；那么，这种家庭教育又是怎样进行的，教授的是什么科目呢？在这里，可以略举一例。宣耀殿女御（芳子）是村上天皇的女御，其事迹见于《大镜》，但《枕草子》的记载更加详细。这位女御是小一条左大臣师尹的女儿，据《枕草子》，她的父亲是这样教育她的："尚未出阁之时，其父即有言道：'第一应习字（假名）。第二，抚琴之艺应胜于他人。第三，《古今和歌集》二十卷，须悉数牢记。此即君之学问也。'"换言之，宣耀殿女御受到的家庭教育，就是习字、音乐、和歌这三项。这绝非个例，一般来说，当时对女性的教育都遵循同样的方针。

习字·和歌·音乐

《枕草子》的"可羡之事"一节写道:"擅书法、擅咏歌,遇事率先得选之人,委实可羡……(中略)予研习琴、笛,尚未邃晓时,时常忖度,何时能如精通此道者般稔熟哉。"《宇津保物语》的《祭使》卷称,假名与和歌十分重要,并且对精通这两门艺术的女性表达了赞美。《今昔物语》第十三卷中有"距今久远之昔,有体面人住西京,膝下有一女子。此女形貌端正、心性柔和。故而父母无限宠爱。至年十□岁许,书法胜于常人,和歌无与伦比。于管弦亦颇有心得,弹筝之技登峰造极",《蜻蛉日记》中有"为教小女习字、和歌……",正如这些例子所示,在平安时代,习字、和歌、音乐都是女性的必修科目。

首先,习字不是练习汉字,而是练习假名。在《源氏物语》的《若紫》卷中,就有光源氏在年幼的紫之上面前写书法的内容;他写的书法直接给紫之上当作习字的范本。在平安时代,初学习字时的范本有"难波津之歌""浅香山之歌"①,以及"天地词""伊吕波歌"② 等。这些都是假名的习字。藤原行成之女精于书法,包括《更级日记》的作者(菅原孝标女)在内,许多人都曾将她的作品当成范本练习。

---

① 这是《古今和歌集假名序》中提到的两首适于初学习字者的和歌,分别以"难波津"和"浅香山"开头。
② 这是创作于平安时代的两篇习字教材,分别由 47 和 48 个不重复的假名组成。其中,伊吕波歌更是变成了犹如日语假名表一样的存在,以至于"伊吕波(いろは)"几乎可以等同于英语的"ABC"。

《荣花物语》中有道长将习字范本赠给藤原教通（道长之五子）之女的记载。《大镜》写道，藤原佐理[①]之女是假名书法的名家；《荣花物语》进一步记载，为《村上天皇宸记》所作绘卷的配词，以及道长正室伦子七十大寿时祝寿屏风上的和歌，都是由这位佐理之女书写的。此外，在《源氏物语》《宇津保物语》《狭衣物语》《夜半之觉醒》《滨松中纳言物语》等许多著作中，都将习字列为女性的重要教养科目。

各种文学作品时常提到，音乐也是重要的教养科目。《荣花物语》的《月宴》卷记载，村上天皇曾教宣耀殿女御抚筝；同卷还写道，村上天皇的皇女保子内亲王在年仅十二三岁时就已十分擅长弹筝。在《宇津保物语》中，主角之一清原俊荫在他的女儿年仅四岁时就教其弹琴[②]。俊荫的儿子仲忠也在一座高楼上教自己的女儿犬宫抚琴，为了让她在楼里专心练琴，甚至整整一年不许犬宫与其生母女一宫见面。《落洼物语》等书写道，有的家长在小孩六七岁的时候就开始教其抚筝。在《源氏物语》中，与琴相关的描写简直数不胜数，若要略举一二，有明石入道教其女抚琴、光源氏教玉鬘和女三宫抚琴、宇治八之宫教自己的女儿们弹琵琶及

---

① 藤原佐理（944—998），平安中期公卿，书法名家，与小野道风、藤原行成并称书法"三迹"。

② 平安时代的"琴"实际分三种，地位从高到低分别是"琴の琴""筝の琴""和琴"。其中，"琴の琴"是从中国传来的七弦琴，即中国的"琴"，由于演奏方式复杂，大约于平安中期在日本失传，直到江户时代，才再度由中国僧人传到日本。"筝の琴"一般为十三弦，即中国的"筝"。"和琴"是日本本土的琴，有六弦。此外，需要注意的是，"琴の琴"训作"きんのこと"，两个"琴"字的读法不同。

抚琴等。在《夜半之觉醒》中，太政大臣让自己的大女儿（姐宫）学琵琶，二女儿（中之宫）学筝。从这些描写中不难看出，音乐在当时的女性教育中是多么不可或缺。

和歌同样是当时的女性不可或缺的一项教育。在醍醐天皇的延喜年间，天皇敕命编撰《古今和歌集》，其后又陆续出现了《后撰和歌集》《拾遗和歌集》等许多敕撰和歌集。在此之前，和歌要比汉诗低一个档次，但由于是天皇的命令，敕撰集变成了国家的事业，和歌的地位因而获得了巨大的提高。可以说，这正是纯粹日本的国民文学确立的标志。

三

艺术教育与实用教育

就像这样，草假名、音乐、和歌都是平安时代上流社会女性教育的必修科目。放在今天，这种教育基本属于艺术教育。在当时，女性最重要的教育，正是这种艺术教育；不过，这也不意味着当时仅以草假名、音乐、和歌等艺术教育为重，完全没有实用的教育科目——女性必备的技能还包括裁缝和染色，这两项技能同样很受重视。

裁缝·染色

　　《宇津保物语》的《吹上》卷详细描写了织物、缝物、染物等；在《落洼物语》中，女主角被继母强迫做裁缝活，最后练出了一手好手艺；《蜻蛉日记》中有兼家请求作者帮他缝衣服，被作者拒绝的记载；《枕草子》中也有女房们竞争着缝制中宫定子的无纹御衣的记录。《源氏物语》就更不用说了。由此可见，对女性来说，裁缝活也是一项非常重要的实用教养。

　　接下来是为布料染色。在《枕草子》中，作者将"卷染、村浓、绞染"的结果列为她的"欲尽快得知之事"。当时的染色技术已经十分进步，有各种染色方式，《源氏物语》的《野分》卷和《玉鬘》卷都提到紫之上精于染色。平安时代的人们对色彩的感觉极度发达，袭色目、薄样的色目等色目的种类多得难以胜数。

　　话说回来，可能会有人认为，草假名、和歌、音乐等科目与实际生活无关，看似无用而奢侈，就像是一种兴趣爱好；但只要仔细思考，就会发现，这些科目绝不是奢侈、多余的，而是当时的上流社会女性在生活上不可或缺的一部分。在当时的社交生活中，寄信不可避免，这就要求写信者能写一手好字、擅长作和歌①。而在与人见面、出席宴会时，和歌的唱和也是常有的事。因此，这不是奢侈的教育，而是

---

① 因为在当时，信中的很多意思是用和歌表达的。

必要而实用的教育，它可以让女性妥善地应对这些情况。

技术与人格·妇德的涵养

但是，进一步思考，平安时代的艺术教育，也就是和歌、习字、音乐教育，难道只是为了让女性学到出色的技术吗？女性教育的根本目的，绝对不是为了让女性在这些技术上出类拔萃——对女性的教育，不是为了培养出女性书法家、音乐家、歌人等等。当然，如果女性很擅长这些技术，也会成为这些方面的名家，不过更加重要的则是通过这些教育，让女性获得丰富的、完全的人格。换句话说，通过和歌、习字、音乐的修炼，培养出优秀的女性，才是女性教育的目标。总结而言，女性教育不是为了让女性学到技术，而是为了让她们在学到技术的同时，被培养得出色而完整。

知识教育与人格教育

在平安时代的人看来，"知识丰富的人"和"理解力强的人"截然有别，单纯的"知识丰富"被视为不足挂齿。大江匡房①曾经说过，大政治家的资格，与其说是知识，不如说是"大和魂"；当然，当时的"大和魂"和现在我们理解的"大和魂"的意思并不相同②，指的是与"汉才"相对的

---

① 大江匡房（1041—1111），平安时代后期公卿、儒学家、歌人。
② 前者指的是对人心的理解，后者指的则是 20 世纪前期作为日本军国主义口号的"大和魂"。

"和魂"。匡房曰："摄政、关白必备汉才，大和魂亦必优，方可治天下之政。"这句话的意思是，高强的理解能力比单纯的知识丰富更重要，对人心的理解比汉学的学识更重要。

对男性的教育尚且如此，对女性的教育就更加不以学问为重了。不过，这也不是说女性不能在家中通过私人教育获取学问。据《枕草子》记载，当大纳言伊周向一条天皇进讲汉文典籍时，中宫定子就在一旁旁听，而清少纳言随侍在侧。紫式部也在《源氏物语》的《帚木》卷中表示，虽然女性研究三史、五经并不值得赞赏，不过，就算是女性，只要头脑聪慧，总会有自然而然地接触到这些典籍的机会，从而获取知识。这种情况根本没有办法阻止，同时也没有理由不让她们自然而然地学到知识。从这里可以看出，虽然学问本身不是女性教育的目标，但学问可以对人格教育起到一定的正面作用，因此当时的人也承认它对女性的重要性。紫式部在日记中写道："夸耀自身学识之举，纵为男子，亦不可取。此等人必不得兴。"她认为，哪怕对男性而言，如果不能和谐地处理学问和人心的关系，使自己陷入孤立，那么这样的学问还不如不要。

道隆的三女·紫式部

紫式部曾这样评价清少纳言："（大意）清少纳言喜欢洋洋自得地炫耀自己的学问，随便写汉字，但仔细看来，不足之处非常多，显得相当不成熟。"《大镜》也记载了关白道隆的三女（赖子）的事情，这位女性对汉学非常精通，后与冷泉天皇的皇子帅宫敦道亲王结婚。但她总是对自己的学问傲慢自满，言行经常逸出常轨，最后终于离婚，晚景似乎十分凄凉。

一条天皇曾在读过《源氏物语》后评价紫式部："此人学识甚高，当读过《日本纪》①。"于是，某个喜欢讽刺的女房就给紫式部取了"日本纪局"这个外号。这个外号看似是在称赞她，但对紫式部来说，得到这样的评价，反而让她感到耻辱。紫式部所惧怕的，不是学问本身，而是学问可能会有损妇女的品德。

四

清少纳言

那么，被紫式部评为"炫耀自己肤浅的学问"的清少纳言又是如何呢？诚然，在处事圆熟的紫式部看来，清少纳言可能显得很不成熟，但清少纳言也绝对没有"炫耀肤浅的学问"。只需举一两个例子就可以了——都是《枕草子》中的著名记载。

例如，头中将齐信为了测试清少纳言的才华，送去信

---

① 《日本纪》，即《日本书纪》。

件，信里写着《白氏文集》中的一句诗："兰省花时锦帐下"①，让她立即对出下句。清少纳言当然马上想到，下句是"庐山雨夜草庵中"，但她如果直接写出来，就会显得在炫耀自己非常懂这两句诗、会写几个汉字，反而有损形象。因此，她在深思熟虑之后，从火钵中取出一块炭，写道："何人寻草庵。"只要这么回复，对方一看即知，她知道应当回答"庐山雨夜草庵中"，但直接回复汉诗会显得肤浅而爱炫耀，因此就以和歌的下句作答。而"何人寻草庵"这句和歌也不是清少纳言即兴作出的；否则的话，她应该写"草庵降夜雨"之类的内容。实际上，"何人寻草庵"是当时的著名歌人藤原公任的一首和歌的下句，清少纳言只是借用而已②。这次测试的结果使齐信大为震惊，第二天，源中将宣方便大喊着"草庵在否？"来找清少纳言。而清少纳言则回答："怪哉。不知何处有人贫寒如此？若寻访居于玉台之人，便出声应也。"这里指的是《拾遗和歌集》（二《夏》）中佚名的"端午蓬庐顾，玉台形迹无。菖蒲茅上茸，唯有草庵屋"③，清少纳言是从这首和歌里选择回应之语的。源中将所喊的"草庵在否？"显得过于露骨，失之含蓄，与他相反，清少纳言并不显得浅薄，而是回道："若寻访居于玉台之人，便出声应也。"她默认对方听到"玉台"就能立即想起"草庵"；既然

---

① 出自白居易《庐山草堂夜雨独宿寄牛二、李七、庾三十二员外》。

② 见《大纳言公任集》："草の庵を誰かたづねむ。"需要注意的是，这是和歌下句的七七，暗合两句七字汉诗。

③ "けふ見れば玉の台もなかりけりあやめの草の庵のみして。"玉台，犹言豪邸。

是把"草庵"挂在嘴边的人，肯定会也想到《拾遗和歌集》中的"端午蓬庐顾，玉台形迹无"。这就是清少纳言的考虑。

又有一次，在一个下雪的早晨，中宫问："少纳言，香炉峰雪当如何？"清少纳言并未回答，而是站在中宫面前，将帘子高高卷起。这就是《白氏文集》中的"遗爱寺钟欹枕听，香炉峰雪拨帘看"①，旧时的小学课本里也收录过，十分有名。如果对于中宫的提问，清少纳言完全想不到白诗中的这两句，就会显得不学无术；但如果她在这时回答："白氏曾有诗云：'香炉峰雪拨帘看。'"就又是在肤浅地炫耀自己的学问了。于是，她选择了默默地将帘子卷起作为回答，这正是清少纳言之为清少纳言的地方。

除此之外，还有许多例子，如《汉书》中关于"于公高门"的故事，清少纳言根据《史记》中的函谷关故事作和歌"夜半鸡鸣客，谋开函谷关。空言权不论，逢坂怎容穿"②的逸事等；再举一例，《和汉朗咏集》中收有庆滋保胤的汉诗"九品莲台之间，虽下品应足"，由于清少纳言经常说："（大意）如果不能被谁第一个思念的话，可真是受不了。"有一次，中宫定子问她："（大意）你不想被我第一个思念着吗？"清少纳言回答："所谓九品莲台之下品是也。"——能够侍奉像您这样出色的中宫，我已经非常满足了，怎么还敢当您思念的第一人？即使被您排在最下层，我也心甘情

---

① 出自白居易《香炉峰下卜山居草堂初成偶题东壁》。
② "夜をこめて鳥のそら音ははかるとも世に逢坂の関はゆるさじ。"入《百人一首》之句。

愿——她借用保胤的诗表达了这个意思。可见，即使是被评为"炫耀肤浅的学问"的清少纳言，也从来没有露骨地显示自己的学问，而是用属于女性的情趣将学问包裹，含蓄而委婉地让它体现出来。

连清少纳言都是如此，当时的其他女性更不必说。例如，前文所说的宣耀殿女御曾接受村上天皇的考试，天皇毫无通知，突然前往女御所在的宫殿，开始考她是否记得《古今和歌集》中的和歌；考到最后，女御一首也没有答错，如此的学识实在令人惊叹。但更加令人惊叹的，还是《枕草子》中对此事的描述："（女御）为示其聪慧，皆不以全首作答，而终究正确无讹"。也就是说，女御即使知道问的是哪一首和歌，也不把那首和歌从头到尾全部咏完，而是恭谨地只咏上句，对下句沉默不言，从而显示出一种深藏若虚、典雅娴静的态度。

五

对明石姬的教育方针·日本妇道的渊源

只有拥有极具风度和教养的心灵，女性才能表现出这种深藏若虚、典雅娴静的态度。《源氏物语》等书常常会将富有才华、洋洋自得之人描写得看似略显风光，细细读来，却令人感觉体面全失。在《玉鬘》卷中，关于明石姬的教育方针，作者写道："天下女子，若偏心于某项学问，于此道一意专攻，并不可取。然于学问一概无知，亦非佳事。吾所望者，唯此女心无浮躁，思虑稳重，处事八面玲珑是也。"《帚木》卷中也有："心中虽知晓分明，却故作无知之颜，纵使回答，亦不悉数言尽，只答一二句，点到即止而已。若能如此，则甚好，然亦甚难也。"换句话说，作者认为，优秀的女性应在内心具有坚定的节操，但对外则应表现出中庸、谦让、诚实的态度。

和的精神

如前所述，平安时代的女性美德是儒家思想和日本固有的思想结合的产物。儒家的部分，就像光源氏在《源氏物语》的《藤袴》卷中所说的那样，是"女有三从"，即"幼从父，既嫁从夫，夫死从子"；在日本，这种"服从精神"又吸纳了宽容、谦让、和谐、诚实等美德。如果将这种精神称为"和"的话，那么可以说，由"和"统一的人格，正是平安时代女性教育的理想。

第十九章 生活与娱乐

一

接下来稍微讲一下女性的娱乐活动。

物语·和歌·音乐

她们的娱乐主要是精神层面上的，如吟咏和歌，鉴赏物语，弹奏琵琶、和琴、琴、筝等乐器，练习书法，等等。例如，玉鬘一边读着物语文学一边思考自己不幸的命运，末摘花用抚琴慰藉自己凄凉的生活，浮舟想在习字中忘记世间的悲伤。毋庸多言，对当时的女性来说，这些艺术可以使她们的生活变得平静而幸福。此外，在殿内和后宫中还会时常举行"管弦之游"，很多文献和绘卷都表明，女房们也会参加这种游乐。

每年的固定活动

与上述这些艺术鉴赏相对，女性可以进行各种娱乐性的竞赛。此外，作为每年的固定活动，她们可以进行雏游、赏花之宴、菖蒲节供、七夕祭、赏月之宴、观菊、赏雪等，也可以去参拜寺庙和神社，当花开或红叶之时，还可以去西山、北山等地游玩。

以上这些活动，大部分都已经讲过了。本章着重讲述竞赛这一部分。

双六

女性的娱乐性竞赛有双六、围棋、物合、韵塞、偏继、闻香等。双六训作"すぐろく"或"すごろく"，读音据说来自"双陆"。这是日本古已有之的游戏，《万叶集》（十六）中就有描写双六的和歌，《日本书纪》也记载道，持统天皇三年（公元689年）十二月，朝廷下旨禁双六。双六又称"调半"（てうばみ），《枕草子》的"愉悦之事"一条写道："掷调半时，多掷出调。"[1]《蜻蛉日记》中有女房玩双六的记载，《荣花物语》的《月宴》卷描写了村上天皇的女御们玩双六的情况，《枕草子》的"无聊之事"一条中也有"玩双六时棋子不得前"一句。顺带一提，这里的"棋子不得前"，指的是双六迟迟掷不出自己想要的点数。

双六的具体规则并不清楚，但大体是把骰子放进骰筒里，然后再掷出来的游戏。《乳母草子》[2]虽然是较晚的作品，

---

[1]　玩者须将两个骰子掷出同一点数。骰子点数相同为"调"，反之为"半"。
[2]　《乳母草子》，作于室町时代的女诫书，作者不详，成书时间约在14世纪前半。

不过也可以作为参考："先取出盛石之袋，其次备盘……"可见它需要盘（游戏盘）和石（骰子）。《枕草子》写道："英俊男子终日玩双六，虽夜色已阑，仍将短灯台点起烛火，挑动灯芯，使其明亮非常。对手一意向骰祈祷念咒，不愿投入筒中，此人只将筒立于台上等候。狩衣之领张弛拂其面，此人以单手塞回，又将软垂之乌帽子尖端向后挥去，道：'任尔如何对骰念咒，吾绝无掷坏之理。'凝眸注目，略带焦急，望之若稳操胜券。"

《源氏物语》的《常夏》卷也描写了近江君和五节君下双六时的样子："（近江君）反复揉手，念道：'小骰，小骰。'其声甚急，（内大臣心思：）'啊也，成何体统。'便举手令随从停步，独行至妻户旁，往门缝之内看去。另一人（五节君）亦兴奋不已，叫道：'奉还，奉还。'摇晃骰筒，心中似有所想，并不立刻掷出，见之轻薄不堪。"虽然不算特别详细，但我们也可以从中窥见这种游戏的进行方式。

摊

摊训作"だ"或"だうち"，多在搬迁（《御堂关白记》）、产养（《紫式部日记》）、庚申（《宇津保物语》的《贵宫》卷）、飨宴（《左经记》）时举行。《紫式部日记》曰："上达部众人离席，行至渡廊桥上，自殿（道长）以下，皆打摊作乐；（见如此高贵之人）纷纷争抢纸片，甚有趣味。"《大镜》《荣花物语》中亦有类似记载。据《御产部类记》记载，摊需要摇晃筒中的骰子，以骰子点数高者为胜，唯具体规则尚不清楚。大体而言，它可能是一种类似双六的游戏。在玩摊时，参加者还会赌"棋手钱"，这一点也多见于平安时代的文献。

围　棋

围棋一般单称"棋"（ご）①，正如《枕草子》所写"游戏为小弓、韵塞、棋"，极其普及。围棋是从中国传到日本的，早在奈良时代就已广为流传。在《源氏物语》的《习字》卷中有浮舟和老尼姑下围棋的描写，《枕草子》的"令人向往之事"一条中也有："夜阑之时，众人皆眠，听屋外有殿上人交谈声，内有放棋子入盒声，不绝于耳，甚是幽雅。"围棋是与后宫女性关系密切的一种游戏。一条摄政伊尹任藏人头时曾与村上天皇下棋，这件事见于《拾遗和歌集》，十分有名。关于下棋时的情况，可见《源氏物语》的《空蝉》卷，空蝉与轩端荻的棋局："棋已下毕，（源氏见轩端荻）填空眼时，灵巧敏捷，活泼喧闹。坐于内侧之人（空蝉）则沉着冷静，道：'稍安毋躁。此处为双活，此处为劫。'（轩端荻道：）'噫，此局输矣。待吾将角上之目点来。'便屈指计算，'十、二十、三十、四十'，仿佛无有穷尽。"此外，在《竹河》卷中，玉鬘的两个女儿下棋的时候，她们的弟弟侍从君

---

① 汉字为"碁"。

就在一旁担任"见证"（けんぞ，负责旁观棋局的人）；《狭衣物语》中也经常出现见证的身影。

在下棋时，双方赌赛物件是很常见的事情。如果赌的是钱，这钱就称为"棋手钱"；见于《古今著闻集》。除钱之外，可赌的物件还有腰带（《拾遗和歌集》）、新制的草子（《拾遗和歌集》）、银虫笼（《新敕撰和歌集》）、金枕（《今昔物语》）、银笙（《古今著闻集》）、带花的枝条（《源氏物语》的《宿木》卷）等许许多多。输棋者输给赢棋者的物件称为"负态"（まけわざ）。正如《紫式部日记》中所写的那样："播磨守输棋负态（而设宴）之日，予恰请假归家，后日方将棋盘一观。（棋盘）花足①等处造型风流，下方四边（以银箔）作岸边水波形状，书有和歌一首：'纪伊白良畔，拾获此石新。聚粒成岩永，坚牢若碧岑。'②"

乱棋·弹棋等

此外还有"乱棋"（らんご）。在《拾遗和歌集》（十七《杂秋》）中，有一首和歌的引言提到，天禄四年（公元973年）五月二十一日，圆融天皇至一品宫处下乱棋。《今镜》《增镜》也都提到过乱棋，唯其规则至今不明。

弹棋训作"たぎ""いしはじき"，见于《源氏物语》的

---

① 做成花纹形的棋盘脚。
② "紀の国のしららの浜に拾ふてふこの石こそはいはともなれ。"（佚名）"この石"为"碁の石"之挂词；"拾ふ""石"为"碁"之缘语。

《须磨》卷和《椎本》卷。《禁秘抄》提到，围棋、弹棋等棋盘都在台盘所保管。《和泉式部集》中也有弹棋盘，在《征古图录》中还能看到弹棋盘的图画。最后，又有一种棋叫"八道行成"（やすかり），《和名抄》中有此名，但规则不明，据说可能类似今天的十六六指[1]。

小 弓

小弓（こゆみ）见于《蜻蛉日记》（上、中、下）、《今昔物语》、《今镜》、《宇津保物语》的《楼上》卷（下）、《源氏物语》的《若菜》卷（上、下）等书。《枕草子》中亦有"游戏为小弓"。

《古今著闻集》（九《术道》）中有："长历二年（公元1038年）三月十七日，殿上人十余人参诣野宫[2]，于御殿东庭铺榻榻米，行小弓之会，又行蹴鞠。及至日向夕斜，约为进晚膳时，帘中贵人[3]整备管弦，即作丝竹杂艺之兴，亦作和歌。如此优美趣味之至，虽则不敢梦想，此时却成平常。真乃理想之世也。"

《枕草子》的"得意之事"一节曰："比射小弓之时，对

---

[1]　十六六指（十六むさし），一方以十六枚小子围攻对方一枚大子，类似中国的老虎棋。

[2]　皇女任伊势斋宫或贺茂斋院之前，须先在临时宫殿斋戒一年，该宫殿称为"野宫"（野の宫）。

[3]　帘中贵人，即时任斋宫良子内亲王（后朱雀天皇长女）或时任斋院娟子内亲王（后朱雀天皇三女）。

方竭力作咳嗽声、吵嚷声（企图使其分心），却不为所动，弦响铮然，一箭中的，其神情必定得意也。"这可以说是把射小弓时的情景写得活灵活现了。

投　石

投石训作"いしなとり"。《小大君①集》中有"行投石，以纸包石时，因石数为三十一，便（咏和歌，）于每一石上各书一字"②，《拾遗和歌集》（十八《杂贺》）中也收录了同一首和歌，只是文字略有不同。此外，《赤染卫门③集》（上）、《散木奇歌集》（五）中都有关于投石的和歌。这种娱乐可能类似于今天的投沙包。

二

物　合

物合（ものあわせ）的对象十分广泛，一般是针对一个事物，许多人聚在一起，分为左右两队，每队各出一人，

---

① 小大君，平安中期歌人，本名及生卒年不详，三十六歌仙之一、女房三十六歌仙之一。
② 一首和歌由三十一个假名组成。
③ 赤染卫门（约956—约1041），平安中期歌人，中古三十六歌仙之一、女房三十六歌仙之一。

这样的一对为一"番"（つが），双方对比事物，争较优劣。至于物合的事物，有植物（草合、前栽合、根合），有动物（鸡合、虫合），有器物（扇合、贝合），有文学（物语合、诗合、歌合），有技艺（香合），还有音乐（琵琶合、今样合）。这些物合常在物忌、庚申等夜举行；后宫的女房们会以极度认真的态度投入这种游戏。《枕草子》的"可喜之事"一条曰："于物合及诸种竞赛中取胜，怎能不欢喜万分。"

草　合

草合见于《拾遗和歌集》（九《杂》）、《后拾遗和歌集》（二十《俳谐》）等书。前栽合在著作中出现得非常频繁，可见《伊势集》（上）、《拾遗和歌集》（五《贺》）、《金叶和歌集》（三《秋》）、《词花和歌集》（三《秋》）、《千载和歌集》（四《秋》）、《荣花物语》的《月宴》卷等书。《源顺集》中有："于某次前栽合任和歌判者时，见男女分两队，列座左右，庭中满栽芒草、荻、紫兰、紫苑、芸草、女郎花、刈萱、抚子、萩等，放以松虫、铃虫，参会人等各以庭院中景物作歌，踊跃争先……"从中可以了解前栽合的情况。前文也介绍过于康保三年闰八月十五日举行的前栽合。

菖蒲根合

菖蒲根合在五月五日举行，见于《赤染卫门集》、《金叶和歌集》（二《夏》）、《词花和歌集》（二《夏》）等书，在《今镜》（七《根合》）中也有详细记载。不过，记载最为详细的，要数《古今著闻集》（十九《木》）中于永承六年（公元1051年）五月五日在内里举行的菖蒲根合，以及《中右记》中郁芳门院（媞子内亲王）的女房们于宽治七年（公元1093年）五月五日在内里举行的菖蒲根合。通过以上两部著作，我们可以得知菖蒲根合的详细情况。参加者需要在菖蒲根的美丽程度和长度上进行竞争。

抚子合

抚子合多在七月七日举行。《中务集》中有三条女御举办抚子合的记载，藤原公任的《公任卿集》中也记载了在藤壶举办抚子合的事情。关于这一娱乐的详情，可见《古今著闻集》（五《和歌》）中记载的、由东三条院举办的抚子合。

女郎花合·萩花合·菊合

女郎花合有天皇及皇后举办的朱雀院女郎花合。萩花合见于《相如集》中关于一品宫在梅壶举办萩花合的记载。菊

合有上东门院菊合，且见于《后拾遗和歌集》（五《秋》），
但最广为人知的还是《古今著闻集》（十九《木》）中记载
的、于延喜十三年（公元913年）十月十三日和天历七年
（公元953年）十月十八日在内里举行的两次菊合。

红梅合·花合·红叶合

此外，红梅合见于《高光集》；花合见于《古今著闻
集》（十一《画图》）、《十训抄》（二）、《散木奇歌集》（一
《春》）、《光经集》等书；红叶合见于《元辅集》《清正集》。
人们在进行这些娱乐时，除了赏花、赏红叶之外，还经常会
吟咏和歌。

鸡　合

《荣花物语》的《初花》卷中有对花山院于宽弘三年
（1006年）三月举办的鸡合的描写。但描写最为详细的，还
是《古今著闻集》（二十《鱼虫禽兽》）中举办于承安二年
（1172年）五月二日的东山仙洞鸡合。《弁内侍日记》（上）
中亦有详细记载："三日，行鸡合。因有上命，'今年女房亦
可列席'，年轻女房人等，皆尽心竭力物色良鸡。宫内卿兴
侍曰：'为教中将将以名唤播磨之鸡出战。'"同时，我们也可
以从中看到女房们互相竞争的样子。

小鸟合・虫合

小鸟合见于《禁秘抄》（下）、《古今著闻集》（二十《鱼虫禽兽》）。虫合见于《山家集》（下）。

扇合・小笘合

扇合见于《贯之集》（七《贺》）、《金叶和歌集》（三《秋》）等书。对当时情况的详细描写，可见《圆融院扇合》。小笘合见于《伊势集》，也是古来有之的游戏。

贝　合

贝合见于《山家集》（下）等书。这是拿各种贝壳互相比较、吟咏和歌以决胜负的游戏。《堤中纳言物语》中的故事《贝合》详细地描写了进行这种游戏时的情况。

物语合

在物语合中，要数六条斋院举办的最为有名。当时的情景见于《荣花物语》的《烟之后》卷、《后拾遗和歌集》（十五《杂》）等书，最近发现的《二十卷本歌合》[①]中

---

① 又名《类聚歌合》，发现于 1938 年。

也有收录。这次歌合在文学史上具有重要地位，详见本书第二十二章。

草纸合

　　草纸合见于《金叶和歌集》（四《冬》、七《恋》）、《今镜》等书。《袋草纸》（《遗编》上）也记载了后朱雀天皇的皇女正子内亲王举办的草纸合："左银透筥，盖入古今绘七帖、新绘银造纸一帖。右银透筥，纳绘造纸六帖、新歌绘银草子一帖。"草纸合的情况大体就是这样。

歌　合

　　歌合是最重要的一种物合，其种类非常之多，但大体来说，都是参加者分为左右两队，以二人为一番，比较所作和歌优劣。左右两队的歌人称为"方人"，此外还有"头人""读师""讲师""筹刺"等职务。头人负责处理与歌合相关的各种事务；读师以番为顺序整理和歌、呈给讲师；讲师负责朗诵。当每一番结束之后，"判者"负责判定优劣，"筹刺"根据双方胜负，将算筹刺在洲浜台上，最后统一计算，以筹多者为胜。根据惯例，第一番由左方先吟，之后的每一番由上一次的负方先吟。至于番数，少者有五番、七番，多者可达六百番、一千五百番。

　　判者在决定和歌优劣时，必须详细阐述理由，这就是

"判词"。最初的判词只是在歌合时临场发挥的几句话而已，但到了后来，判词的下达逐渐变得慎重小心，[①] 判者甚至会多日推敲琢磨，写成一篇文章。在歌合中，有时会选择和歌名家担任判者，有时则会让双方的方人通过辩论决出胜负，称为"众议判"。判词有时用假名书写，有时用汉文书写。

歌合自古有之，其中最有名的有宇多天皇在位时举行的后宫歌合、亭子院歌合，以及村上天皇在位时举行的天德内里歌合等。在那之后，又举行过许许多多的歌合，《十卷本歌合》《二十卷本歌合》等书中汇编了这些歌合的内容。

作为用和歌进行的竞技，歌合在文学史上做出了莫大的贡献。它帮助和歌走向兴盛，它的判词还催生了歌学、歌论的兴起。然而，歌合也有负面作用：在它的影响下，和歌逐渐变得流于炫技、套用模式、情绪消极，这一点也必须注意。

就男性与女性同时参加的歌合来说，比较有名的是永承五年（公元 1050 年）六月五日举行的祐子内亲王家歌合。至于仅有女房参加的歌合，比较有名的有天德四年（公元 960 年）三月三十日在内里举行的歌合，以及禖子内亲王家歌合、吕保殿歌合等。

还有一些特殊的歌合，例如用物语故事中的和歌进行的"拾遗百番歌合"、以每年的固定活动为主题的"年中行事歌合"等，不胜枚举，为免冗繁，在此略去。

---

① 因为当时把歌合看得极为重要，歌合的结果甚至关系到歌人的仕途。

香合·绘合

香合又称"薰物合"，流程类似歌合，也是分为左右两队，由判者根据双方所调香料气味的深浅、浓淡判定优劣、决出胜负。《源氏物语》的《梅枝》卷详细地描写了香合时的情况。在同书的《绘合》卷中同样有对绘合的细致描写，因此这里就不多讲了。顺带一提，关于物合的详细解说，可见黑川春村 [①] 所著的《合物名汇》。

三

猜　谜

还有一种游戏是猜谜，称为"谜"（なぞ）或"出谜"（なぞだて），古称"猜谜"（なぞなぞ）。《赞岐入道集》中有："有姬君处之女房出猜谜曰……"不消说，"なぞ"的意思就是"何物"（何ぞ）。猜谜的问题，一般是一句藏有其他含义的话，或者是一首诗歌，被问者需要将问题解开，猜测出谜者所指何物。《日本书纪》的"天武天皇"一条记载道："朱鸟元年（公元686年）正月癸卯，御大极殿，而赐宴于诸王卿。是日，诏曰：朕问王卿，以无端事，仍对言得实，

---

① 黑川春村（1799—1867），江户时代末期国学家、歌人。

必有赐……"关于这里的"无端事"（あとなしこと），《释日本纪》解道："兼方案之，今世何何钦"①，认为它是谜语。

猜谜也称"猜谜物语"（なぞなぞ物语）。《实方集》中有"小一条殿诸人作猜谜物语。谜曰：不胜不负，花上之露……"。《散木奇歌集》（七）中亦有："为某人作诸多猜谜物语，使其解之。俟确实解出后，再咏一则：此谜能解否，心乱暗结愁。只为难相会，才将君意求。"②同书（十）中还有和歌引言曰："听闻某人善解猜谜物语，为其而作。"这些和歌都是谜题。

还有一种猜谜的玩法叫"谜合"（なぞなぞ合）。《枕草子》叙述中宫在小二条宫内的情况时，引用了中宫的一段话：

（曾有）谜合时……左右男女相对而坐，诸多见证人亦落座。左方第一人看似胸有成竹、信心百倍，左右二方之人皆紧张观望，不知其将出何谜。（左方第一人言）"请猜此物"时，（自鸣得意，）令人实觉可厌。（孰料此人出谜道：）"天上张弓。"右方之人（以谜题粗浅，可轻易取胜，）颇觉趣味，左方之人则心感憎恶，对此人顿失敬意，片刻间竟以为此人蓄意求负以助敌也。此

① 意为："兼方（《释日本纪》作者卜部兼方）按：'无端事'大约就是今天的'何何'（などなど）罢。"
② "いかでもと思ふ心の乱れをばあはぬにとくる物やとは知る。"以谜题暗示恋心之歌。

时右方之人笑曰："粗浅之至，甚是可惜。"将口歪斜，道："嘻嘻，怎生回答是好?"又作玩笑曰："不知。"（此时左方之人）便置一筹于己处（以为取胜之记）……

这里提到了谜合时的实际情况，十分值得注意。《小野宫右卫门督家谜合》更是详细地记载了谜合时的状况、和歌以及胜负。以下引用其中的一段：

天元四年（公元 981 年）四月二十六日，故小野宫右卫门督①家诸公子所行谜合。

左方书于青色薄样②一重之上，附以松枝。歌曰："岩代结松枝，千年永系羁。我谜正似此，谁可解难题。"③

右方书于紫色薄样一重之上，附以楝花。歌曰："今当垦晚稻，怎可种早苗。播种须应季，节期尚未交。"④

左右须各解难谜，猜测所言之物，以定胜负。因人心皆同，若左右俱应答无误，难分优劣，则为和局，再赛一番。倘自以为谜题粗简，轻率作答，不得确解，则负，于右手侧插一筹。

左方谜曰："此时飘古雅香气之物。"（谜底：）"悠

---

① 藤原齐敏（928—973），平安中期公卿，藤原北家小野宫流当主。
② 此处"薄样"为薄和纸。
③ 见《拾遗和歌集》："我がことはえもいはしろの結び松千年を経とも誰か解くべき。"（曾祢好忠）最初二歌并非谜题，系言己必胜之志。
④ "おくて稲の今はさ苗と生たちてまくてふ種もあらじとぞ思ふ。"

悠拥古韵，飘渺绕矶香。此乃橘花也，芬芳意远长。"①

　　右方谜曰："于东国方向绽开之物。"（谜底：）"东国山野里，蓬室下垣栽。不必将名问，卯花正盛开。"②

　　（下略）③

　　从这段记载中，我们可以大体得知谜合的过程。女房们对这种娱乐十分热衷。

论　议

　　类似物合等娱乐，在后宫女性之间还会进行"论议"，其内容是辩论春天和秋天的优劣、各物语的主人公的优劣等，在形式上可能受到了法华八讲④的影响。对春天和秋天的辩论早已有之，可以在《古事记》《万叶集》中找到起源，《源氏物语》《更级日记》亦见之。关于辩论书中角色的优劣，据《公任卿集》记载，当圆融天皇在位时，曾在御前举行过对《宇津保物语》中的角色的论议，在《枕草子》中也有同样的论议。这些论议都是学术性的，最终发展成了《弘

---

①　"磯の上ふるめかしかのするものは花橘のにほふなるべし。"出谜者须以谜底作和歌，预先交予判者。
②　"東路のしづの垣根の卯の花はあやなく何と問ふぞはかなき。"
③　此次谜合共八番。第一番按例不可决出胜负，因此双方均须回答"不知"。正式的谜合从下一番开始。
④　在法华八讲时，先由"读师"诵出题目，再由"讲师"进行讲解，然后"问者"会就讲师的讲解作出提问，讲师回答。

安源氏论议》①这样的著作。论议就和歌合时判者的批评（判词）一样，在文学上具有重要的意义。

韵塞·偏继

除此之外，还有"韵塞"（いんふたぎ）、"偏继"（へんつぎ）这两种娱乐。韵塞见于《中务集》《枕草子》《源氏物语》等书，玩法是将汉诗的"韵"字"塞"而隐之，使人猜测所隐何字。《枕草子》的"得意之事"一节中有"速明韵塞之人"一句。当时称猜中韵塞为"明"（あけ）。

偏继多见于《枕草子》《源氏物语》，《荣花物语》的《月宴》卷中也有"将偏继之"（へんをつがせ）；玩法是将汉字的偏旁隐去，使人猜测文字。一说这种游戏称为"偏突"（读音与偏继相同），玩法正好相反，是将汉字偏旁以外的部分隐去，使人通过偏旁猜测文字。

---

① 《弘安源氏论议》是由源具显著于弘安三年（公元 1280 年）的《源氏物语》注释书，为八名公卿在东宫（后即位为伏见天皇）面前就《源氏物语》中的十六个难题进行论议的记录。

第二十章　疾病与医疗

一

　　女流文学是怎样表现疾病和医疗的呢？本章就来简单地讲解一下这个问题。

病草子

　　疾病没有美学上的价值，因此艺术并不会将疾病本身作为描绘的对象。在《病草子》①中有一些描绘当时疾病的绘画，但它们并不是作为艺术品画出的。另一方面，《枕草子》的"病"一条列举了胸病、邪祟、脚气、牙痛等病，作者会记录这些疾病，却是因为见到了某种美的氛围。得病被称为"笃"（あつしくなる）、"烦"（わづらふ）、"不适"（心地悪し），病人称为"病者"（ばうざ），而痊愈称为"怠"（おこたる），以上这些词汇均见于《源氏物语》。

___

① 《病草子》，作者不详，创作时间约在平安末期至镰仓初期，绘有各种病人情状，并附解说。各卷均为日本政府指定国宝或重要文化遗产。

眼　病

见于文学的疾病种类，首先可举眼病。例如《源氏物语》中朱雀院患眼疾、《大镜》中三条天皇和中纳言藤原隆家都有眼疾等。

口腔病·牙痛

《病草子》记录了某位有口臭的女性，《枕草子》中也有为牙痛所苦的女性。这位女性年约十八九岁，头发很长，肤色白皙，生得娇媚可爱。由于牙痛，她连额发都被眼泪打湿了，捂着红肿的脸颊。作者认为这副样子"甚具趣味"。《源氏物语》的《贤木》卷中亦有"其齿略龋，笑时见口中有黑色，美丽非凡，宛如女子"，换句话说，就连蛀牙也被认为是美观的。

胸　病

胸病见于《枕草子》："病为胸痛……八月时节，（患病女房）身穿柔美之白色单衣，着袴整然，外披紫苑色①衣，典雅端丽。因胸口剧痛，同侪女房接踵前来，探问病情。屋外亦有年轻贵公子麇集而至，其间或有人问'着实可怜。平

---

① 此处"紫苑"为袭色目名。

日亦痛苦如此乎？'等随俗应酬之语，唯有倾心于病者之人真心慨叹：'真可怜也。'暗怀恋爱之人更欲避人耳目，前往病者身侧，却难觅时机，哀叹连连，甚具趣味。（病者）将绝美秀发高束，坐起欲呕，其姿颇为可爱。其主君知其病情，自读经僧中选声音动听之人遣来，将几帐设于枕畔，使僧坐几帐外。屋中既狭，探病之人亦多，（来探病之女房）竟难隐听经之姿也。此僧诵经时，连连以眼觑女房，予意佛祖岂不降罪乎？"

这里描写的是局中的女房患胸痛时的情景，但也可以从中推断出后宫女性得其他疾病时的样子，因此是十分珍贵的史料。

腹　病

腹病见于《源氏物语》的《空蝉》卷"染腹疾……"，《落洼物语》中的"腹内本已欠安，兼之着衣单薄，又坐于冰冷木板之上，只听腹中辘辘作响……"等。《荣花物语》的《浦浦别》卷还记载道，承香殿女御得了"痕"（はらふくる），也就是腹部胀气。

脚　病

脚上的病称为"脚病"（かくびょう）。《落洼物语》、《源顺集》、《源氏物语》（《夕雾》卷）等书中有"脚气"（あしのけ)，《若菜》卷中有"乱脚病"（みだりかくびょう）。它可能就是今天的脚气病，但无法确定。

流行病

流行病被称为"世间骚然"（世の中さわがし），常见于《蜻蛉日记》《大镜》《荣花物语》等书，意思是，在疾病流行的时候，倒毙路旁的尸体随处可见。公卿的日记中也常有记录。据《类聚符宣抄》等书记载，在这种时候，朝廷采取的措施是组织僧侣诵《仁王经》《大般若经》等经文，祈祷疾病消退。至于疫病的惨状，虽然是后世的著作，不过鸭长明的《方丈记》中对此有出色的描写。

疟　病

疟病（おこり）是最普通的一种流行病，亦训作"わらはやみ"或"えやみ"，青少年很容易患上这种热病。《源氏物语》的《若紫》卷、《贤木》卷等见之："数度发疟病……"。《十六夜日记》中亦有"三月末，年少人易罹疟病，此病每日发作两次……"。

咳病·风病

感冒被称为"咳病"（しはぶきやみ）。《源氏物语》的

《夕颜》卷中有"今晨以来，在下身罹咳病，头痛不堪，故而失礼，还请见谅"，《大镜》在记载伊周之死时也写道："初以为无非咳病，孰料日渐沉重……""咳病"（感冒）今天称为"かぜ"，但当时的"かぜ"指的是风病，与感冒完全不同。《源氏物语》的《帚木》卷中有"风病"（ふびやう），《若菜》卷和《堤中纳言物语》等书中有"御风"，《椎本》卷中有"风"。《荣花物语》亦常见之。治疗方法是将朴树皮煎汤饮用。这是一种不同于感冒的慢性病，可能就是今天的癫痫。据说"痫"同时也是一种腹病，为腹泻之意。《病草子》中有"近日有男得风病，眼瞳抖动，全身颤栗，如裸身入严寒人"，可见它的确不是感冒。

痘疮·赤疱疮

痘疮（もがさ，裳疮）就是今天的天花。据《续日本纪》记载，天平七年（公元735年）发生了一次痘疮流行，本居宣长认为，这是日本第一次发生痘疮流行。这种疾病可能是从外国传入的。《续古事谈》（五）称，这是从新罗国传来的疾病，通过筑紫地区传入日本。"痘痕"（みっちゃ，或あばた）指的就是这种疾病在脸上留下的瘢痕。这是平安时代最可怕的流行病之一。《贺茂保宪女①集》中有这样的叙述："此歌根本，乃当今圣上在位时，名唤'痘疮'之恶疾

---

① 贺茂保宪女，平安中期歌人，本名及生卒年不详，阴阳家贺茂保宪之女。此次疫情发生于正历四年（公元993年）。

流行，贺茂氏之女，凡事不及众人，唯患痘疮较他人为烈。"
此外，《日本纪略》等史书及《荣花物语》都记载了天延二
年（公元 974 年）八九月间的痘疮大流行。在这次流行中，
世人不分贵贱，病死者甚多，例如藤原伊尹的两个儿子前少
将举贤和后少将义孝都在同一天内病亡。

　　赤疱疮（あかもがさ）是痘疮的一种，就是今天的麻疹。
《荣花物语》的《浦浦别》卷记载了长德四年（公元 998 年）
的流行，《岭之月》卷记载了万寿二年（公元 1025 年）的流
行，《布引泷》卷记载了承保四年（公元 1077 年）的流行。

吐血·黄疸

　　吐血而死的事例在文献中所见非少，例如在《荣花物
语》的《鸟边野》卷中，淑景舍（原子）逝世时，就是从鼻
口一起出血。黄疸（きばむやまひ）一名见于《和名抄》；
在《增镜》的《飞鸟川》卷中，后宇多天皇为东宫时就患
过这种病。书中对病情的详细描写是："眼中及全身各处皆
极黄……"

邪　祟

　　邪祟（もののけ）也被认为是病因之一。当时的人把
过半的疾病都归为邪祟、生灵、死灵、生魂等超自然力量作
祟的结果，关于这一点，请参见本书第二十二章。这里要说

的是一种精神疾病，病人以为自己中了邪；这种病不是由医师，而是由密宗僧侣、阴阳师、修验者等宗教人士通过做法事、施方术来治疗的（亦即驱邪）。中毒特别是食用毒蘑菇导致中毒的事例常见于《小右记》《今昔物语》等书，后来这种记载逐渐演变成了民间故事，其中的过程令人颇感兴趣。

月　经

月经虽然不是病，但当时被视同于疾病，文献中称为"月障"（月のさはり）、"障"（さはり）、"秽"（けがれ）。《宇津保物语》的《俊阴》卷中有"不来月障，已有几日矣"一语，这是在询问怀孕的时间。月经期间的女性被认为是不洁净的，不能在神佛面前现身。例如《风雅和歌集》中有和泉式部的和歌"身阴晴未放，浮云漫天塞。障月遮缭绕，吟歌遣悲怀"①，和泉式部去熊野参拜时，因为来月经而不能向神献上币帛，故作此歌悲叹。"月障"之事也常见于女性文学。

二

由于与疾病相关，这里附带介绍一下平安时代的医学和药学。

---

① "晴れやらぬ身の浮雲のたなびきて月のさはりとなるぞ悲しき。"

平安时代的医师

在平安时代，丹波、和气两氏世袭为医，从这两个氏族中产生了很多名医。医科的门类由《大宝令》规定，虽然名称不同，但实际上相当于今天的内科、外科、儿科、妇产科等。此外，典药寮内也有医科学校，学校负责培养各医科的博士、进行医药试验。

医　术

医术一般是施以药物，不过也有针灸、按摩、温泉疗养等治疗方式。医学治疗常见于《源氏物语》和民间传说等。与此同时，念咒、做法事等治疗方式也很常见，但这是和医学对立的，不能算在医术里。

平安时代的药物一般由草根、树皮、鸟虫鱼兽等制成，植物性药物最多，动物性药物其次，泥土、砂石等矿物性药物极少。

药草·制药·唐药

药草由属于典药寮的药园栽培，负责栽培的人称为药园师或药园生，《西宫记》《延喜式》等书见之。日本本国的药品称为"倭药"。《延喜式》（三十七）记载了五十九种主要的草药，其中有芍药、桔梗、附子、松脂、紫苑、菖蒲、桑根、朝颜等。这些药草也是地方对朝廷的贡品，朝廷会令典药寮将药草制成丹药、膏药、丸药、散药、煎药、汤药等，这些药的名称见于《和名抄》。《源氏物语》中有"进御汤"，指的就是喝煎药。与"倭药"相对，从中国舶来的药品称为"唐药"。关于药品，还可以讲得很多，但过于繁杂，因此本书予以省略。

第二十一章　葬礼与服丧

一

平安文学与死亡

对人类来说，死亡是最为悲哀的事件，同时也是一个严肃的事实。因此，死亡和恋爱一样，无论在哪个时代、哪个国家，都提供了最多的素材、留下了最多的杰作。平安文学也经常以死亡为创作题材，产生了许多优秀的诗歌与文章。本章就从这些作品出发，加以其他记录和文献的记载，简述一下平安时代的女性所体验的关于死亡的风俗与制度。

死　去

在平安时代，人去世之后，有时尸首会被暂时停放一段时间，以备被误认为死亡的人苏醒过来。在《源氏物语》的《葵》卷中，葵之上被确定已经去世之后，"只因曾多遭邪祟，为备万一苏醒，便头下之枕亦未挪动，如此伺探二三日，见容颜渐渐改变，方断此念，众人大恸"。在《荣花物语》的《根边雨》卷中，藤原长家之妻去世后，"纵是如此，众人皆言，尝有七日复苏之例，故命各山各寺连番祈祷……
数日过后，遗体变色，遂大恸不止"。如此种种，不胜枚举。
可以理解，在大部分情况下，这都是人之常情。

遗体安置·灯照遗容

　　大限终至。死者被换上白衣，头朝北放置。遗体被盖
上近亲的衣服，屏风、几帐等物还需要用特殊的方式摆放
（《荣花物语》的《楚王梦》卷），枕边灯台烛火不灭，死者
的近亲和僧侣在一边默念经文。在《源氏物语》的《夕颜》
卷中，光源氏向夕颜的遗体告别时，"外有僧侣二三人，时
而交谈，时而低声念佛……入内后，见灯火于遗体对侧照
耀，右近隔屏风而卧……（源氏）曾穿之红衣仍盖于遗
身……"。在《荣花物语》的《玉饰》卷中，"妍子逝世"
一条也写道："（死者）身穿华美绚烂之衣，上（死者之母伦
子）将殿（死者之父道长）之衣及袈裟覆于遗身之上。遗
体横卧，绮丽服装遮掩全身……"屏风、几帐等物的摆放
方式究竟怎样"特殊"，我们并不清楚，只知道屏风应倒立
放置。

　　此外，当时还有在夜间点灯瞻仰遗容的习俗。例如，在
《荣花物语》的《楚王梦》卷中，"嬉子逝世"一条写道：
"殿御前（道长）、上御前（伦子）皆取油灯至遗体近旁，
挑亮灯芯看处，遗容不改，见之实不似已故之人。"在《源
氏物语》中，紫之上和宇治大君去世时，作者也描写了同

样的习俗。这可能是为了避免在白天看到死者的脸，可能是为了使死者看起来更加美观，也可能具有某种仪式性的含义。无论如何，在各种文学作品中，这种风俗经常出现，而且总是被特别用在给女性的逝世增添美感的场合，这一点应当留意。

沐浴·入棺

接下来要做的，就是为死者沐浴及入棺了。沐浴由死者的近亲和僧侣进行；例如，前述《荣花物语》的"妍子逝世"一条写道："关白殿（死者之兄赖通）侍奉御汤，多加照料。"[①] 在嬉子逝世和长家之妻逝世时，也有同样的描写。沐浴之后，死者会被换上新衣，与各种用品一起被放入棺材。

殡

入棺之后，要在正屋举行"殡"的仪式。"殡"训作"もがり""あらき""あがり"等，这些词的词源都十分古老。进入殡的环节之后，直到送葬为止，都要在死者棺前朝夕供膳，行读经、供养等事。在上代，还会表演歌舞。直到

---

① 小学馆《日本古典文学全集》以此处"御汤"为侍奉伦子进药汤，"照料"为照料伦子。聊备一说，谨供参考。

《伊势物语》中还有"（殡时）于夜间行管弦之游"的描写，但我们不清楚这种风俗究竟是真正地流传到了平安时代，还是仅仅作为一种惯例在口传文学中保留下来。

殡的期限

殡的期限似乎没有一定之规。在上代，天皇、院、皇子皇女等贵人逝世后，因为要准备葬礼、设计陵墓，殡的时间一般为一年，甚至有长达数年的。但到了后世，这种风俗得到移易，缩短为数十日，乃至数日。

在很罕见的情况下，殡会在寺院进行。嬉子的殡就被放在法兴院，遗体被车辆运过去，其父道长、其兄赖通、教通等随行。等抵达法兴院之后，才郑重地举行法事。

阴阳师的勘申

以上所有这些仪式，包括入棺、出棺的时间、方位，以及墓地的位置等，依例都必须经过阴阳师的勘申。《荣花物语》的《楚王梦》卷对此有详细描写。《源氏物语》的《夕颜》卷中有："（惟光道）：'明日恰宜于下葬。在下与一年迈高僧相识，已将事宜全盘托付此人。'"在《荣花物语》的《鹤林》卷中，"道长逝世"一条写道："入夜后，遗体已冰冷矣。……翌日，召阴阳师询问，答曰：'七日后之夜下葬为宜。墓地以鸟边野为宜。'"

二

出棺·葬列

出棺都在夜间进行。到了这个时候，死者的近亲、家人会焚香与死者告别，然后从阴阳师勘申过的方位将棺枢抬出。如果那个方位被筑土挡住，就拆毁筑土。送葬的行列根据死者的身份高低各自有别，但前面一定会有打着松明的前导者。《楚王梦》卷写道："随同乘车之人，在前举火照明之人，约二三十人，装束悉皆相同。"

在葬列中，自丧主以下，死者的子女、父兄、亲戚等全部身着丧服，手持白杖，徒步护送棺枢。参加葬列的还有其他家属、僧侣、其他凭吊者等。到达墓地之后，就举行葬礼。

土葬·火葬

葬礼结束后，凭吊者把遗体留在墓地，各自归家。遗体的埋葬方式分土葬和火葬。土葬时，先在三面筑起土墙，然后在墙内建立桧皮葺顶的临时性木屋，将棺枢放入木屋，最后直接用土掩埋。上代的埋葬全部是土葬，从藤原宫时代到奈良时代开始实行火葬，之后，火葬逐渐盛行，到了平安时代已经司空见惯。

当然，即便是平安时代，在特殊情况下也会进行土葬。

例如皇后定子驾崩之后，根据她的遗愿，没有进行火葬，而特别改为土葬。《荣花物语》的《鸟边野》卷写道："宫（定子）曾以书法排遣忧闷，并将所书之物挂于御帐纽带之上。帅殿（伊周）等人取下看处，见有遗书曰：'今知大限已到，启程将行。此身去后，应行之事如此如此。'……又有歌曰：'不愿烟云化，飘摇长空孤。若君思见我，草叶露如珠。'①如此种种，见之不胜哀伤。帅殿曰：'以此歌之意，似愿不依常例火葬也。'遂布置葬礼事宜。"此外，皇后娀子（三条天皇皇后）、高内侍、长家之妻去世后，也都进行了土葬。

拾　骨

在火葬时，需要用薄桧皮建立火屋，在火屋前立起鸟居、筑起火炉，将棺枢放在火屋上，两侧置香炉，焚香后点燃柴堆，焚烧一夜，第二天早晨举行拾骨仪式。火葬的礼仪可见《类聚杂例》长元九年五月十九日关于后一条天皇葬礼的记载，以及《长秋记》大治四年七月十五日关于白河天皇葬礼的记载。简单地说，就是将御棺抬到柴堆上，丧官头戴生绢制成的冠，打开棺盖，将松枝、柴薪等放入棺中，上面覆以秸秆，然后不盖棺盖，直接点火。火要从乾方开始点，一直点到艮方（但在长元九年的葬礼上，点火方向相反）。

---

① "煙とも雲ともならぬ身なれども草葉の露をそれとながめよ。"

如果死者是女性，有时会盖上棺盖再点火。

火葬期间，僧侣们侍立在侧，不断诵经。接下来烧遗物。荼毗之事全部结束后，用酒浇灭火，将遗骨拾入壶中，最后往壶口倒入少许砂土，将一卷梵语的真言书系在壶上，送至寺庙，再由寺庙送至墓地，埋入土中，在墓上竖立石制卒塔婆。臣下的葬礼应当大致与此相同。

烟与灰

《荣花物语》在记载嬉子的葬礼时写道："化作青烟，飘摇空中，又如横云般随风横渡，终与云气混杂，难以分辨。"《源氏物语》中亦有"长云遥望远，疑是故人烟。睹景思亲近，夕阳落碧天"[1]（《夕颜》卷）、"缥缈上青天，难分云与烟。夜空凄怆满，无处不堪怜"[2]（《葵》卷）。这些"烟"都是"荼毗之烟"的意思。

此外，《桐壶》卷中有"见其身已化灰……"，《拾遗和歌集》（五《恋》）中有歌曰："其身燃尽后，飘渺化清灰。唯待此时到，方绝心意归。"[3]这里的"灰"也是火葬的意思。

---

[1] "見し人の煙を雲と眺むれば夕べの空もむつましきかな。"
[2] "のぼりぬる煙はそれとわかねどもなべて雲居のあはれなるかな。"
[3] "燃え果てて灰となりなむ時にこそ人を思ひのやまむ期にせめ。"（佚名）

墓与墓地

古代称墓为"おくつき"①，多见于《万叶集》。亦称"冢"（つか），见于《大和物语》《源氏物语》的《竹河》卷等。墓是堆土而成，这一点可见《大和物语》中菟原乙女的故事。

墓的形制多种多样，可见《饿鬼草纸》《春日权现验记》等绘卷。京都周边的著名墓地有鸟边野、爱宕等，见于平安时代的文学作品。藤原氏的墓地在木幡，常见于各种家集和《荣花物语》等书。

三

中阴·四十九日的法事

根据佛教的说法，人死后四十九日之间称为"中阴"或"中有"。据信，极善之人死后会转生极乐，极恶之人会落入地狱，善恶不那么极端的普通人则会依其善恶的轻重，死后每七日有一次转世的机会，到了七七，也就是四十九日，则一定会转世。这被称为"累七"或"斋七"，而这四十九日的时间就是"中阴"。

---

① 汉字为"奥都城"或"奥津城"。

　　如上所述，在中阴期间，死者的魂魄既不去极乐净土也不去地狱，而是在世间彷徨。如果在这期间每七天修一次法事，祈祷死者的冥福，那么即便是理应堕入恶趣者，也有可能前往善趣。中阴的法事就依照这一时间段而定，在第一到第七个七日进行，其中要数初七、五七、七七的法事较为重要，常见于《源氏物语》《荣花物语》等书。而在所有七次法事中，至关重要的就是七七，即第四十九日的法事。

　　关于四十九日，《拾遗和歌集》中有以此为题的和歌"山岭秋风起，萧萧红叶零。四十九日过，睹物更伤情"[①] 将其训作"じしふくにち"；而《狭衣物语》（四）中已故式部卿宫的女公子所作的和歌"母丧伤夙夜，悲悼待晨光。切切追思远，七七日何长"[②] 将其训作"なななぬか"[③]。在《源氏物语》的古代抄本中，这两种写法同时存在。

　　四十九日法事的具体情况，可见《源氏物语》的《夕颜》卷、《荣花物语》的《鹤林》卷等书。大体说来，就是安置佛像、悬挂佛画、装饰经书，召集僧侣等人诵读经文和愿文，最后将服装等物布施给僧侣。愿文应述说对死者的惜别之情，例如《夕颜》卷中的愿文："大意为'心爱之人亡故，愿阿弥陀佛接引……'，言辞痛切"；愿文的全文可见《本朝文粹》（十四），其中大江朝纲为去世的长子澄明撰写

───────────

①　"秋風のよもの山よりおのがじしふくにちりぬるもみぢかなしも。"（藤原輔相）
②　"夢さむるあかつき方を待ちし間になななぬかにもやや過ぎにけり。"
③　汉字为"七七日"。

的愿文十分有名。

　　平安时代的文学作品常常提到四十九日，如《蜻蛉日记》《荣花物语》等书，在《源氏物语》中总共出现了六次。

逆　修

　　死者在世时为自己举办四十九日法事，称为"逆修"（ぎゃくしゅ）。这里的"逆"是"预先"的意思。《菅家文草》（十二）中有关于逆修的愿文；《杂谈集》中有关于逆修的故事，其中还引用了《本说灌顶经》。

四

服丧·服忌

　　为他人的去世而哀悼称为"丧"（も），或者是如《古今和歌集》（十六《哀伤歌》）中的"为母丧而咏"一样，训作"おもひ"。服丧又作"服"（ぶく），如《源氏物语》的《夕颜》卷中的"身穿浓黑丧服，虽不美貌……"。"服"本为丧服之意，后转为着丧服之时，也就是丧时。《后撰和歌集》（二《春中》）中有"为法皇服时……"。"重服""轻服"之称同样来源于此，在《源氏物语》的《蜻蛉》卷中，明石中君为其叔父服丧时，书中的用语就是"轻服"（御きゃうぶく）。只有为父母服丧时才着重服，为其他人服丧时着轻服。《荣花物语》的《鸟边野》卷中有"服忌之时，不胜哀痛"，这里的"忌"（いみ）指的就是服。后世称此为"忌服"，将服与忌分开，但在古代，这两个词是不做区分的。

服忌的制度

《大宝令》规定了服忌的制度。根据这一制度，为君主、父母、丈夫、自己的主人服丧的期间是一年（十三个月，其中一个月为轻服）；为祖父母、养父母服丧五个月；为曾祖父母、外祖父母、伯、叔、姑、妻、兄弟姐妹、公、婆、嫡子服丧三个月；为高祖父母、舅、姨、父亲的正室、继母、同居继父①、异父兄弟姐妹、庶子、嫡孙服丧一个月；为庶孙、堂兄弟姐妹、师兄服丧七日。关于平安时代的服忌制度，可见《拾芥抄》（下）和《帘中抄》。

儿童的服丧

七岁以下的儿童为父母服丧时不须着丧服，这一点见于《源语秘诀》所引延喜七年二月的勘文。在《源氏物语》的

---

① 《礼记·丧服小记》："继父不同居也者，必尝同居，皆无主后，同财而祭其祖祢为同居，有主后者为异居。"

《桐壶》卷中，幼年的光源氏丧母后必须离开宫中："（服母丧之皇子）仍于宫中伺候者，并无先例……"不过，自延喜年间以来，就不再有这种事情了，《大宝令》中也不见这样的规定。但在延喜年间之前，可能有这样的例子存在。《荣花物语》的《月宴》卷写道，在村上天皇的皇后安子驾崩之后，"五皇子（守平亲王）年仅五六岁，不着丧服，然其悲痛并不稍减"，可见儿童的确不着丧服。然而，十岁左右的儿童就要着丧服了，例如在《源氏物语》的《若紫》卷中，年幼的紫之上为其外祖母服丧时"浓钝色丧服着于其身，因非新衣，略显松垮。（紫姬）面浮微笑，天真烂漫，见之可爱……"。

服丧中的斋戒·用具

在服丧时，必须清洁身体，矜慎内心，专修佛事。换句话说，就是要斋戒。在此期间，不可饮酒，不可食鸟兽鱼肉，也不可聆听音乐。在《蜻蛉日记》《落洼物语》《源氏物语》中都能看到这种例子。

至于室内用具，平时的装饰一律撤去，换成包着钝色边的芦帘和榻榻米，几帐上的帷子也同为钝色。用品应为黑色，地板放低，贴近地面。在《源氏物语》的《朝颜》卷中，斋院服丧时，生活就是"于钝色帘后，黑色几帐之影隐约可见……"，而在《荣花物语》的《玉饰》卷中，妍子逝世之后，一品宫祯子（妍子之女）服丧时，将东廊的地板卸了下来。

笼 僧

在服丧时让僧侣闭门不出，专心为死者念经，称为"笼僧"（こもりそう）。《荣花物语》的《根边雨》卷中有"笼居之僧"。关于僧侣的笼居之处，上代的风俗是在墓边建起草庵，到了平安时代，则大多是在寺院或死者的家里。

不参与神事及公事

服丧期间，依例不得参与任何神事，公事（节会、行幸等），还要远离一般政务及重大佛事（仁王会、每季的读经会等）。服丧者绝对不可触碰御剑和神玺，也不能参与贺表、上书等事。此外，神社对服丧者还有各自的规定，以服丧的污秽为极度忌讳。皇大神宫[①]和贺茂神社尤为忌讳此事，如果斋宫、斋院须服重丧，甚至会将之解职。即便是普通的神社，除了北野神社[②]这种特例之外，一般也都不允许服丧者参拜。

① 皇大神宫，伊势神宫的内宫（伊势神宫分内外二宫，外宫为丰受大神宫）。
② 北野天满宫，主祭神为菅原道真。

除 服

结束服丧称为"除服"（ぶくぬぐ）。在《蜻蛉日记》（上）中，以在山寺进行周年祭的法事为标志，作者结束了服丧："终至除服，将钝色服装、扇子等被秽除恶……"除服时，一般要在河岸进行被除污秽的仪式，除服者有时也会坐在车上、让车拉出门去，或者在东廊、西廊、寝殿的簧子上出屋。根据惯例，仪式的时间和方向都要预先经过阴阳师的勘申。

五

丧服·锡纻

丧服是守丧期间所穿的服装，又称凶服。丧服有"素服""谅暗之服""心丧之服"[①]等许多种类，天皇自己穿着的丧服称为"锡纻"（しゃくじょ），只在二等亲及以上的亲属去世时穿用。"锡"在中国是一种布的名称，而在日本是一种颜色的名称。[②]用浅黑色的细布缝制而成的阙腋袍就是锡纻，穿法是直接套在平时所穿的御衣上。

---

① 谅暗，服君王之丧。心丧，无丧服或除丧服后之服丧。
② 锡通"緆"，细麻布；日语的"锡色"指较亮的、接近银白色的鼠色。纻，由苎麻纤维织成的布。

素　服

　　素服是丧服的一般称呼，天皇会在三等亲以下的亲属及诸臣去世时穿用，臣下则会在父母、妻儿去世时穿用。在《古今和歌集》以降的和歌集以及《源氏物语》等物语文学中经常出现的"藤衣"就是素服，它原本可能是由藤葛编成的，但早已普遍改用麻布缝制。上代会用白麻布，后来改成淡墨色。这种颜色也被称为"钝色"（にびいろ），俗称"鼠色"（ねずみいろ），根据服丧者与死者之间的亲疏，颜色也浓淡有别。穿藤衣被称为"萎"（やつる，或やつす），此语同样多见于物语及和歌。

谅暗之服

　　谅暗之服只在谅暗（りょうあん）时穿用。谅暗是天皇所服御丧中最重的一项，特指天皇在皇考、皇妣，或者皇祖父、准母 [①] 等准于天皇亲生父母的亲属去世时的服丧，长达十三个月。据《助无智秘抄》所记，在这期间，天皇的侍臣也要一同服丧，四位、五位、六位官员全部换上橡袍 [②]，表袴、下袭、指贯、[③] 袿同样要换成钝色的。据《荣

---

① 准母（じゅんぼ），当天皇的生母去世后（或地位过低时），指定一位女性担任天皇名义上的母亲。

② 橡袍（つるばみのうへのきぬ），钝色袍。

③ 以上皆为平安时代男性衣物。表袴（うえのはかま），礼服中穿在最外层的袴；下袭（したがさね），穿在袍下的一层绸衣；指贯（さしぬき），作为便服穿用的一种袴。

花物语》(《日阴蔓》卷)宽弘八年十月二十四日的"冷泉院驾崩"一条,"世间皆服谅暗。殿上人着橡袍姿如乌鸦,见之甚感哀伤"。在《源氏物语》的《薄云》卷中,薄云女院驾崩之后,"殿上人悉着一色纯黑之丧服,真乃无花孤寂之晚春景象"。

心丧之服

　　心丧之服的形制诸说不一,但基本可知是脱去重丧服之后,在一定时间内穿着的轻丧服。《西宫记》(临时四)曰:"心丧装束,绫冠、绫袍、青朽叶、青钝袴等。"《助无智秘抄》曰:"有心丧人,着青钝色织物表袴、柳色绫下重,夏时则为青钝色绫下重。绫衣、和而着之。"在《源氏物语》的《总角》卷中,八之宫的女儿们为父亲服丧完毕之后,"一年间着黑色丧服之姿,此时已改为薄钝色",说的就是脱去服丧的钝色服装,改为服心丧的薄钝色服装。

丧服的穿法

　　丧服可以包含所有衣物。例如在《荣花物语》中,后一条天皇驾崩后,章子、馨子两位内亲王的丧服就是"二人皆穿黑单袭 ①、黑小袿"。而在死者和服丧者的亲属关系不太

————————

① 单袭(ひとえがさね),女性夏季晴服,上身仅穿数层单。黑单袭,意为所有的单都是黑色。

密切的时候，下面的衣物可以随意，只在最外一层着丧服即可。例如在《荣花物语》的《楚王梦》卷中，女房们为嬉子送葬时的装束："随伴女房之车不多，仅有二辆。（诸女房）唐衣端整，于其上着藤衣，泪湿衣袖。"

男性的丧服

在男性的丧服中，冠上的缨卷起，也没有緌①，有时会用绳子代替缨。束带、衣冠等一律没有花纹，颜色限定为橡色、钝色、青钝色等，根据服丧的轻重决定浓淡。太刀、扇子、帖纸、沓②、杖等用品也与平常不同，尽量避免华美之感。直衣也是一样。在《荣花物语》的《浦浦别》卷中，伊周为父亲道隆服丧时的服装是"着薄钝色御衣，衣内略塞丝绵，共着三件，其上着同色之单、直衣、指贯"。在《源氏物语》的《葵》卷中，葵之上的哥哥为她服丧后，"将钝色直衣、指贯更为较淡之色……"。据说，在正式服丧时，狩衣的裾要长长地垂下来。

丧服的颜色

丧服的颜色，就像前面叙述过的，有青钝色、钝色、橡

---

① 缨（えい），附在男性冠后的条状硬布；緌（おいかけ），附在冠两侧的扇形毛。
② 沓（くつ），即履。

色等。青钝色^①是更浓一些的缥色，染法是将钝色用移花^②再染一遍，或者将苏芳和矾水混在一起染色，又或者在青花中加以黑色染色。橡色是橡子或椎柴（椎树）叶染出的颜色，和歌中的"椎柴袖"便是由此而来。

六

忌　日

忌日指每年的故人去世之日，以及在该日为其举办的法事。《荣花物语》曰："无论何人或其先祖所建堂中，逢其忌日，均须诵经说法。"《枕草子》也写道："为故殿（关白道隆）忌日，每月十日，（中宫）均于各寺行诵经、供佛等法事，九月十日于职之御曹司行之。"道隆于长德元年（公元995年）四月十日去世，这些法事是为了纪念他的命日，也就是每月的忌日。

忌　月

故人去世之月称为忌月。例如，在《源氏物语》的

---

① 青钝色（あおにびいろ），略带黑色的青色。
② 移花（うつしばな），染色材料，将露草的蓝色花汁用纸浸透。又名青花（あおばな）。

《野分》卷中，就在秋好中宫回到自己的里第六条院的那个秋天，"（中宫）虽欲思行管弦之游，只因八月为故前皇太子（中宫之父、六条御息所之夫）忌月，每日皆慎重而行……"。

年 忌

接下来是年忌。去世后的一周年被称为一周忌，早在《续日本纪》中，就有孝谦天皇在天平宝字元年（公元757年）五月二日为圣武天皇举办一周忌的记载。对父母等亲属的服丧长达一年，也就是十三个月（含闰月），十三个月的服丧终结称为"终"（はて），常见于《源氏物语》、《枕草子》、《荣花物语》（各卷）等书。这时的法事称为"忌终之事"（はてのわざ）。

三年忌来自中国的"服丧三年"；七年忌和十三年忌似乎是日本独有的，就文献所见，这两个年忌的普及，应当是从平安时代最末期开始。此外，十七年忌、二十五年忌、三十年忌、五十年忌的普及应当是从室町时代开始，二十一年忌、二十三年忌、二十七年忌、三十七年忌的普及应当是从近世之后开始，这些年忌皆不见于平安时代的文学作品。

第二十二章 女性与信仰

一

参拜寺庙·参拜长谷寺·参拜石山寺·参笼清水寺

后宫的女房们时常会得假归家，或者利用假期去参拜。她们经常去参拜或参笼①的寺庙有清水寺、长谷寺、石山寺、太秦寺、云林院、鞍马寺、清凉寺等。《枕草子》的"吵闹之物"一条写道"十八日，往清水寺参笼时"；同书的"正月参笼寺庙"一条详细地描写了前往长谷寺（一说为清水寺）参笼的经过。根据这些记载，前来参笼寺庙的人似乎十分嘈杂。"正月参笼寺庙"一条中还有"二月晦日、三月朔日前后，正逢樱花盛开，前去参笼，极具趣味"，可见参笼者一年到头都络绎不绝。关于参拜长谷寺的详细记载，可见《蜻蛉日记》《更级日记》《源氏物语》的《玉鬘》卷；关于参拜石山寺的详细记载，同样可见《蜻蛉日记》《更级日记》《源氏物语》的《关屋》卷、《荣花物语》的《鸟边野》卷等书。

---

① 参笼（さんろう），为了参拜而在神社、寺庙住上一段时间。

参笼与局

女房若要去寺庙参笼，必须首先联系僧侣，预约一个局。寺庙里的局，指的是在佛像之前用屏风隔出一块地方，准备好香、樒①、盥、手水等，即使在夜间也可以礼拜、诵经。根据惯例，在参笼时要书写愿文以表达自己的心愿，然后将愿文和灯一起供奉在佛前，因此这样的愿文称为"灯文"（あかしぶみ）②。《源氏物语》的《玉鬘》卷描写了参笼时的大致情况：

> 信众混杂，人声骚然。右近之局在佛右方近前，（玉鬘一行）因所请僧侣资历尚浅，局在西侧离佛较远处。……（右近）便请玉鬘移至自局……（右近）本欲详细询问，奈何佛前庄严诵经之声甚高，只得暂停交谈，潜心礼佛。……众多乡下人皆从各地来此拜佛，此地（大和国）国守夫人亦来参拜……（筑紫人预定参笼三日，）右近……本无意在此多日参笼，孰料逢此良机，欲从容交谈，故唤僧人，告知愿参笼三日之意。撰写愿文等杂事，僧人早已熟知，故右近只如往常言道："（愿文）照例为藤原之琉璃君③奉上，请用心祈祷。此君最近刚刚寻得，故特来还愿。"听得此语，（筑紫人）喜不

---

① 樒（しきみ），日本莽草，有香气，用于供佛，又称"佛前草"。
② 汉字又作"证文"。
③ 右近所编化名。

自胜。法师道："可喜可贺！此皆本寺孜孜不倦祈祷之功也。"佛堂之内骚然，众人彻夜礼佛。天明后，（右近伴玉鬘一行）往至相熟僧人房中休息。

　　正如上文所述，在女房参笼时，僧侣似乎会和她们共处一室，这一点也见于《蜻蛉日记》等记载。关于去参笼的女性，《枕草子》中有：

　　　　往犬防^①中观看时，又见尊贵情景，复生信心，只怪自身为何数月间未来参拜。内阵佛前之灯，非寺中长明灯，乃信众供奉之灯。灯火燃烧，其势骇人，照得佛像（本尊十一面观音）煌煌闪耀，甚是可尊。……（邻局）为一高贵男子，垂首礼佛时甚是沉静。观其举止，信仰甚深，然心事重重，彻夜不眠而拜，令人心感可怜。躺卧休息时，诵经之声亦低，委实可敬。……礼佛之声彻夜喧嚣，难以入眠。至后半夜，诵经已毕，予卧倒小憩之时，于朦胧中听有人诵此寺本尊经文，其声猛烈高亢，闻之可敬。其经自身并不甚可贵，然见诵经者为一身披蓑衣贫人，貌似流浪各地之修行僧，陡然惊起，心怀感慨而听。

　　《更级日记》也描述了作者去清水寺参笼时的情况：

---

① 犬防（いぬふせぎ），分隔寺院内阵（佛像所在处）和外阵（僧侣及信众所在处）的低矮栅栏。

此时正值彼岸会，信众极多，吵嚷不已，予不由昏昏假寐。此时于（佛前）帐幕处，自犬防内步出一僧，身穿青色织物之衣，头戴锦帽，足上穿鞋，看似此寺别当，向予斥道："不知将来命运何等悲惨，尚沉沉陷于此无聊事中。"训诫一番，复走入帐幕，予方才惊醒。并未将此梦告知他人……

就像这样，她们会对佛像全心全意地顶礼膜拜。《更级日记》的作者就相信，参笼时在佛像前做的梦，就是佛赐给人的启示。

美的绝对境界与信仰

人们的这种信仰之心，正是从闪耀金色光辉的佛像那美好而崇高的相貌中、从灿烂辉煌的壁画等装饰中生发出来的。他们只会对具有美的存在产生敬仰之情，而绝不会信仰丑陋之物。因此，他们在美的绝对境界中，第一次体验到了宗教式的狂喜。这是一个至高、至纯的世界，在这里，艺术与宗教和谐地融合为一。正如《枕草子》所写："说经讲师以容颜端丽为佳。若能凝神注视法师脸庞，则佛法珍贵，自然可知。"这个世界与人的精神直接相连，它显现在宇治平等院凤凰堂①的壁画中，显现在《阿弥陀二十五菩萨来

---

① 平等院凤凰堂是以当时日本人心目中的极乐净土为蓝本建造的。日本政府指定国宝。

迎图》^①中。从这里，恰能看到那个时代的精神。当时的人们可以在这绚烂的、充满了美的世界中迅速体验到净土的庄严；他们聆听着悦耳的音乐，头脑中浮现出佛国的景象，流下随喜的泪水。

《大镜》的作者这样评价法成寺的无量寿院："天皇（圣武天皇）所建东大寺，唯佛像大也，较无量寿院仍有不及。……奈良虽有七大寺、十五大寺等，终无法与无量寿院匹敌。（无量寿院）便如将极乐净土现于此世一般。"这些赞颂之词认为，无量寿院拥有全世界最高的美丽，一切的善与美都在这里具备齐全。

二

入宫侍奉与追求理想

就像这样，后宫中的女性们在宫廷中追求着并不存在于这个世界的理想生活。正是由于在宫廷中侍奉，她们清楚地观察到，这个世界充满了忧苦；但她们又执着于这种生活，不愿将这种生活抛之脑后，一直在出家和入世之间摇摆、迷惘。因此，对她们来说，出家遁世并不意味着慰藉，而是意

---

① 这是一幅作于镰仓时代的绢本绘画，描绘了阿弥陀如来及二十五菩萨迎接死者前往极乐净土的情景。日本政府指定重要文化遗产。

味着痛苦与悲哀。年轻的女性尤其如此，她们如果不是遭到特别重大的打击，是不会选择出家为尼的。即便是失去丈夫或儿子，或者身患重病，如果不是失去了对现世的大部分希望，或者对自己的罪孽感到深切的悔悟，她们也不会轻易出家。《堤中纳言物语》中的故事《香笼闲话》就在“东山尼姑”一节中描写了准备出家的女性：

　　障子上所糊之纸徒具其表，予轻易捅破窥视。只见帘旁立有几帐，坐法师二三人，见之飘洒脱俗。又有一佳人风姿绰约，来至房中，坐于几帐之侧，唤法师坐近，似有事相商。（因相距过远，）予难闻其声，忖度乃出家事也。法师犹自踌躇，女子愈发恳切，曰：“请观。”便自几帐帷子缝隙处递入一梳盒盖，上盛黑发一尺有余，结作环状，柔滑光泽，发梢美丽。欲出家女子身旁又有一女，较其略为年少，约十四五岁，发长四五寸，身穿薄色袭，格调雅致，上披红色练绢之袿，正以袖掩面，悲泣不止，似为欲出家女子之妹。此外又有年少女房二三人，着薄色裳，陪侍而坐，皆潸然泪下……

《源氏物语》的《习字》卷则这样描写浮舟出家时的情形：

　　（浮舟）便将剪与梳盒盖呈至僧都面前。（僧都）

问："各位大德在何处？请进房来。"呼唤弟子；有阿阇
梨二人应召来至，即当初于宇治发现浮舟者。进房后，
（僧都曰：）"请为小姐落发。"阿阇梨均明其道理，心
思："是了。如此美貌绝伦之人，若以俗身生于此世，必
有诸多烦累。"（浮舟）于几帐帷子缝隙处送出长发，发
色绝美，剪之可惜，阿阇梨竟一时持剪踌躇。浮舟落发
时，少将尼姑为见其兄阿阇梨，正居于自室，左卫门亦
正应接旧友。二人忙于与熟人闲话、准备粗茶淡饭，无
暇他顾。直至驹木独自赶来，"如此如此"将浮舟出家
之事告知。少将尼姑大惊，赶去看时，僧都已将自身法
衣、袈裟暂披于浮舟之身，道："请拜双亲所在方向。"
然浮舟不知（母亲）竟在何方，不禁珠泪零落。（少将
尼姑曰：）"嗟乎，怎有此等意外之事！若师父归来，
不知有何言语！"僧都只恐浮舟刚刚出家，闻此言横生
迷惘，便出言制止，令其不得妨碍。又向浮舟言"流
转三界中"①等语。浮舟心思："（自入水时，）予意已
决。"然仍悲从中来。阿阇梨将发大致剪毕，曰："暂且
如此，此后可由尼姑细细修整。"僧都亲自为浮舟剪去
额发，言"如今已弃花颜月貌，切勿后悔"等语，便
说崇高佛法②。

此外，在《贤木》卷中，也有藤壶为已故的父皇、母

---

① 《法苑珠林》："流转三界中，恩爱不能断。弃恩入无为，真实报恩者"。
② 说三归功德，授十善戒。

后、桐壶院举办法华八讲，并在最后一天出家的描写：

> 　　（藤壶之）伯父横川僧都走近中宫之侧，为其落发。
> 虽则不吉，宫内仍哭声震天。便凡庸老人遁世时，逢落
> 发时刻，（见者）亦不免悲从中来，何况（中宫仍在锦瑟
> 华年，且）此次出家事前并无知会，大出众人意外。亲
> 王（藤壶之兄兵部卿宫）之悲尤甚，泪如雨下。其余参
> 会之人见中宫突然出家，哀伤之余，亦深感法会庄严，
> 皆泪湿衣袖而归。

　　从这些描写中，我们可以得知，对平安时代的人来说，出家并不是为了一心一意地追求信仰而彻底闲居起来。必须明白，他们的“遁世”和镰仓时代之后的“出家”在性质上完全不同。即使是在出家之后，他们也不会完全斩断对现世的执着。这种人性化的特点，正是平安时代佛教信仰的一种特色。

出家入道·佛教的平民化

　　在一条天皇的时代，皇后定子和中宫彰子最后都出家了。清少纳言、紫式部、和泉式部、菅原孝标女也很可能在晚年出家，度过余生。她们对佛教的信仰也许不是十分强烈，但都希望一边描绘着西方净土的梦幻，一边离开人世。这正是佛教平民化的体现；通过空也上人、惠心僧都等僧侣

的努力，佛教就这样从南都北岭^①的学僧手中降临到民间世界，从而为法然、亲鸾的到来打下了基础。

三

宫廷中的神事

如上所述，在佛教信仰推广到民间的同时，宫中依然十分重视日本自古以来的神事，会隆重地举行各种神道的常例活动，例如新年的各种活动、二月四日的祈年祭、春秋两季的祈年谷奉币、夏冬两季的神今食、九月十一日的伊势大神宫奉币、十一月卯日的新尝祭，以及十二月举行的诸多仪式——以内侍所的御神乐为首，包括镇魂祭、镇火祭、镇花祭、道飨祭、大殿祭等。除此以外，由贺茂神社、石清水神社、春日神社、大原野神社等神社举办的祭典，也是当时的重要活动。

贺茂祭与春日祭

在这些祭典中，贺茂祭和春日祭尤为隆重，是当时最盛大的两项神事。其祭典的行列豪华至极，包括后宫女性

---

① 南都北岭，即奈良兴福寺与比叡山延历寺，系当时的两大佛教势力。

在内，整个都城的人都会站在街道两旁观赏，使一条大路变得嘈杂不堪、水泄不通。大路两侧还设有栈敷，观赏车则争先恐后，为了争夺好位置而相互冲突。对当时景象的描写，《源氏物语》《枕草子》自不必说，在《今昔物语》等说话文学中也经常可以见到。每逢这两个祭典，"争车"的骚动都司空见惯。

最后，还有大祓、六月祓等神事。一般来说，"触秽"（しょくえ）①的思想当时已在世间普及，但这种思想与神道信仰有着密切的联系，这一点必须注意。

菅原孝标女奉拜内侍所

菅原孝标女深切地信仰着天照大御神。她在日记中写下了自己的心情：

> 宫（祐子内亲王）参观内里时，予随侍同行。（其夜）月色清朗，予尝闻平日祈祷之天照御神即在宫中②，愿借此良机前往参拜。四月，月明如水，予悄然往内侍所奉拜，于其处侍奉之博士命妇乃予友人，此次与其相会，见其于灯笼烛光昏仄之中，容颜极显老态，望之神圣威严，向予娓娓而谈。其姿竟不似此世之人，而恍若

---

① 当时相信接触遗体、吊丧、生产、月经等事会使人沾染污秽，在祓除之前，不可参与神事或进宫。

② 即温明殿贤所中的神镜。参见本书第四章。

神明现身也。

斋宫·斋王

被送到皇大神宫和贺茂神社侍奉的内亲王，分别称为斋宫和斋王。朝廷会举行严格的仪式，使赴任者带着清净洁白的身心上任。此外，女房们参拜神社、观看神乐时的激动之情，也常见于各种日记及随笔。

四

对阴阳道的信仰

平安时代的女性除了信仰神道和佛教之外，也有着阴阳道等其他信仰，并且在日常生活中受到这些信仰的种种制约。以下就几个方面略加叙述。

生灵·死灵·作祟·变化

首先，就是与生灵（いきすだま）和死灵（しりょう）相关的信仰。这种信仰也和佛教相关，当时的人对此极为恐惧。在平安时代的文学中出现的"作祟"（もののけ）泛指各种不可思议的存在，具体来说，就是以生灵和死灵为中

心，同时也包括恶神、木精、鬼、狐、天狗等存在的各种变化。生灵和死灵都是怨灵，[1] 在《源氏物语》中，六条御息所的生灵作祟害死了葵之上，她的死灵作祟又几乎害死了紫之上。它们会去祸害产前产后的女性、抱病之人等等，使这些人痛苦，最终导致死亡。

百鬼夜行·饿鬼

据《大镜》记载，有一次，九条师辅在深夜离开内里时，遇到了百鬼夜行。《宇治拾遗物语》（一）也记载了一个修行者在夜宿古寺时遇到百鬼夜行的故事。绘卷《百鬼夜行图》描绘了这一传说。饿鬼[2] 也会给人类带来灾害，《饿鬼草纸》便是描绘其姿态的绘卷。

在《源氏物语》的《夕颜》卷中，光源氏留宿荒废院落时说："此地着实萧条阴凄。然纵便有鬼，想必亦难奈吾何……定是狐妖等物于此荒阁废屋作怪，将人惊吓。吾既在此，必不使君受其害也"；在《习字》卷中，浮舟昏倒在森林里，被横川僧都及其随从发现，当时随从说道："无论是鬼是神，是狐是木精，如今天下第一高僧在此，怎可容尔隐藏，速速现形，报上名来。"

关于鬼，既有《今昔物语》中安倍晴明夜行遇鬼的故

---

① 生灵是人活着时出窍的灵体，死灵是人死后留下的灵体。
② 饿鬼特指堕入饿鬼道的鬼魂，与鬼有别。日本的鬼更接近中国的妖怪，而非鬼魂。

事，也有《长谷雄草子》中人和鬼下棋的故事。传说在朱雀门和罗城门里都住着鬼，后世之人在这样的传说上发挥想象力，就产生了茨木童子的故事①。若要驱逐这种"作祟"，非阴阳术或真言法不可。

修　法

借这个机会，简单讲一下修法。修法原本是密宗消灾祈福的仪式，需要造坛，然后进行护摩、加持、诵咒、结印等步骤。造坛之后，将诸天本尊安置在坛上，供以点心、米饭等供品，双手结种种法印，诵陀罗尼，烧护摩。护摩意为烧除一切恶事根本，因此要在修法时焚烧，有时还会同时焚烧芥子。在《源氏物语》的《葵》卷中，葵之上的枕边烧有护摩，同时六条御息所的生灵又乘着这股香气来来往往，致使御息所的衣服沾上了芥子香。

三坛法·五坛法·十三坛法

坛法分三坛法、五坛法、九坛法、十三坛法等，其中最常见的是五坛法，如《紫式部日记》中的"后夜钟声突然

---

① 茨木童子是以大江山为据点祸害京都的酒吞童子的同伴，二者皆为鬼。酒吞童子被源赖光及其家臣讨伐，茨木童子逃脱，后在罗城门（或一条戾桥）与源赖光的家臣渡边纲战斗，被其砍落一臂，但七日后又将臂取回。因此，有些传说将住在罗城门中的鬼与茨木童子视为同一存在。

鸣响，不觉一惊。五坛修法时候已到"。设坛的方式有两种，根据寺院流派不同各有区别。修法时，需要在中坛请不动明王、在东坛请降三世明王、在西坛请大威德明王、在南坛请军荼利夜叉明王、在北坛请金刚夜叉明王。

修验者·凭子

关于加持，《紫式部日记》写道：

（帐台）西侧之间坐承接作祟之人，每人皆入一局，局由一双屏风所围，于入口处设几帐。修验者各自分担一人，高声祈祷。南侧之间密密坐满尊贵僧正、僧都等人，每人身姿皆如不动明王本尊。诸位大德有祈求中宫顺产者，有怨尤神佛无验者，其声俱已嘶哑，闻之崇高无比。……中宫即将临盆，作祟之物心有不甘，叫声尖厉，令人毛骨悚然。……宫内侍之局中有千算阿阇梨，然此阿阇梨却遭作祟之物击倒，甚是可怜。遂急召念觉阿阇梨至此，与众高僧一同大声祈祷。阿阇梨效验非薄，作祟之物亦纠缠顽固……

《枕草子》也在"扫兴之事"一条中写道：

修验者将调伏作祟，其貌自信满满，使凭子持金刚杵、念珠等物，诵经声已嘶哑如蝉声，怎奈调伏未见丝毫灵验模样，护法童子①亦不现身。男男女女②集合此处念经祈祷，终至心生疑惑。此时修验者亦现疲态，对凭子道："并不凭附。起身可也。"取回念珠，又道："啊也，全无效验。"便将额上前发拂起，欠伸一番，身靠（某物）而睡。

这些描写的都是当时的情景。修验者会以其法力，将作祟转移到灵媒身上，这样的灵媒称为"凭子"（よりまし）。凭子会暂时陷入病态，大声呼喊种种言语，详见上述《紫式部日记》的记载。接下来，修验者再将灵媒身上的作祟驱除、镇压，这被称为"调伏"（ちょうぶく），这种修法的效果被称为"验"（げん）。修法也可以用来祈雨、求子、求财；对女性来说，最常见的是在生病时和产前产后进行的修法。

忌 讳

阴阳术会根据阴阳五行之说，考虑日月干支的运行，占卜吉凶，决定人的行动，特别是规定种种忌讳。方位、日期和时间、各种行为都有其忌讳，在当时，从冠婚葬祭等大事，直到洗发、剪指甲等琐事，全都必须考虑到忌讳。《源氏物语》的《夕颜》卷中有"明日恰宜于下葬。在下与一年

---

① 佛教护法鬼神。
② 遭作祟者的亲友。

迈高僧相识……",《葵》卷中有"正应择吉日而行……"。

祓·禁厌

由此，就产生了祭祀和祓除。人可以把符咒贴在门上或身上以防止灾祸，也可以为了防灾而进行禁厌①。如果要反过来使他人陷入灾祸，则可进行诅咒。接下来，我们就从中选择一两处与女性密切相关的仪式，略加叙述。

五

庚　申

平安时代有许多禁忌的日子，其中最有名的是庚申（かのえさる，见于《拾遗和歌集》）。根据习俗，这一晚要整夜守夜，不能睡觉。当时的人相信，在人活着的时候，体内有称为"三尸"的恶虫须臾不离，会趁一切机会加害人类。特别是在庚申之夜，三尸会把人的罪过告知上天，使人丧命。三尸中的上尸住在人的头颅里，会使人的眼睛变得昏花、脸上生出皱纹、头发变得雪白。中尸住在肠内，会损害人的五脏，使人做噩梦、陷于暴饮暴食。下尸住在脚内，会夺人性

---

① 禁厌（まじない），神道术语，意为以咒术防止或除去灾祸。

命、折损精力。而只要在庚申之夜整夜不眠，念诵三尸之名，就能除祸招福。

庚申之夜据说还和神道教中的一个名叫"猿田彦"的神有关，但那只是附会，这种信仰来自中国的道教。在庚申之夜，人必须整夜不睡，吟诵咒语："彭侯子，彭常子，命儿子，悉入窈冥之中，去离我身。"

如此反复吟诵，就能驱除三尸，获得幸福。上述咒文见于《口游》和《帘中抄》，而《袋草纸》中还有另一则咒文，用于在并非庚申的夜晚睡觉前吟诵，同样可以祛除灾难："三尸虫，去我身。我虽寝，却未寝。虽未寝，却已寝"。[①]

庚申歌合

在庚申之夜，诸亲王和上达部会被召到清凉殿，在御前终夜打摊作乐，此外也会吟诗作歌，进行物语合、歌合等游戏，直至黎明，再行管弦之游。关于此事的记载，可见《西宫记》及其他古代记录，如《菅家文草》《江吏部集》《本朝文粹》《枕草子》《大镜》《荣花物语》《源氏物语》等。其中在文学史上最有名的，当属斋宫举办的庚申活动，见于《源顺集》。在贞元元年（公元976年）的庚申之夜，村上天皇的皇女规子斋宫刚刚搬到野宫。第七日的夜晚正值庚申，她便举办歌合，以"松声入夜琴"为题，令参加者依次作歌。

---

① "しやむしは、いねやさりねや、わがことを、ねたれぞねぬぞ、ねねどねたるぞ。"

斋宫女御那首有名的"松风拂翠岭，入夜飒萧琴。不知何人奏，山间共交吟"①就是在这个庚申之夜作出的。斋宫女御是村上天皇的女御徽子②，也是规子斋宫的生母。

清少纳言也曾在庚申之夜作歌。当时，她在中宫定子及内大臣伊周（定子之兄）面前受赐歌题，但她因故不想吟歌，定子便写了一张纸条给她，上面是一首和歌，大意为"平时怎样都行，今夜务必作歌"："君为元辅女，世代善吟歌。今晚正当作，为何总推托？"③清少纳言遂作返歌道："非为元辅女，今晚早吟歌。世代高名下，实觉戒慎多。"④《枕草子》中的这个故事十分有名。

此外，六条斋院禖子内亲王也常在庚申之夜举办歌合，二十卷本《类聚歌合》记录了这些歌合的内容。在天喜三年（公元1055年）五月三日举行的禖子内亲王家庚申夜歌合中，参加歌合者必须引用一篇物语中的优秀和歌，物语总计多达十八篇。据《荣花物语》《后拾遗和歌集》等著作记载，这些物语都是作者为了这次歌合全新创作的。物语及其作者罗列如下⑤：

---

① "琴のねに峰の松風かよふらしいづれのをよりしらべそめけむ。"
② 徽子女王（929—985），醍醐天皇之孙女，朱雀天皇时代的斋宫，退下后被村上天皇纳为女御。三十六歌仙之一、女房三十六歌仙之一。
③ "元輔が後と言はるる君しもや今宵の歌にはづれてはをる。"
④ "その人の後と言はれぬ身なりせば今宵の歌をまづぞよままし。"
⑤ 以下单数为左方，双数为右方。这些物语的标题大多是借用和歌中的恋爱意象进行比喻，此处采用意译。

1.《中务宫云霞相隔》（女别当）

2.《权大纳言表面风光》（宣旨①）

3.《权少将偏心菖蒲根合②》（大和）

4.《恋心思念，一卷》（宫少将）

5.《大将叹曰："波涛向何处…"③》（中务）

6.《大将恋入迷途》（左卫门）

7.《大将一意专情》（少将君）

8.《淀地洼中水》（甲斐）

9.《民部卿叹曰："但在此世间…"》（出羽弁）

10.《中纳言嫉恨菖蒲根》（赞岐）

11.《中将暗怀思恋》（宫小弁）

12.《琴声伴浦风》（武藏）

13.《侍从秘藏恋心》（出云）

14.《墙垣满蒿草》（少纳言）

15.《权中纳言不过逢坂关》（小式部）

16.《男君叹曰："为何心难忘…"》（式部）

17.《民部卿求索小仓山》（小左卫门）

18.《纵为不言事，仍欲使人知》（小马）

---

① 六条斋院宣旨（？—1092），本名不详，平安后期歌人、作家，美浓守源赖国之女，祯子内亲王家女房。有观点以其为《狭衣物语》作者。

② 此次歌合在五月三日举行，因此数篇物语都联系到了五月五日的菖蒲根合。参见本书第十九章。

③ 标题中"叹曰"的内容为物语中角色吟诵的某首和歌。下同。

在以上这些作品中，《权中纳言不过逢坂关》①被《堤中纳言物语》收录。《堤中纳言物语》的创作时间原本并不明确，《狭衣物语》的作者也诸说不一，这是文学史上的两个不解之谜。可喜的是，关于这次歌合的记录使我们离解明谜题又近了一步。此外，这份记录还提到了大量业已失传的作品的名字，这同样值得欣喜。

《荣花物语》的《花山》卷记载道，在天元五年（公元982年）的庚申之夜，东三条殿院女御，即冷泉院的女御藤原超子倚在肘枕上猝死；据《古事谈》（六），这次事件之后，女御的家族②废止了家中女房的庚申活动。总而言之，平安时代的庚申之夜营造出了一种在日本文学史上十分特殊的文学环境，它的价值绝对不可忽略。

六

坎日·凶会日

坎日（かんにち）见于《紫式部日记》宽弘六年的记录："正月一日，正逢坎日，公子戴饼之礼取消。"在《源氏物语》的《夕雾》卷中也有类似的情节。《花鸟余情》曰：

---

① 除此篇外，其余十七篇物语全部失传。
② 超子之父藤原兼家的家族。

"坎日不出行，凡诸事惮之日也。"据《拾芥抄》，所谓"坎日"，在正月为辰日、在二月为丑、三月为戌、四月为未、五月为卯、六月为子、七月为酉、八月为午、九月为寅、十月为亥、十一月为申、十二月为巳日。与坎日相同的还有凶会日（くえにち），《枕草子》曰："常人不甚用心之事，凶会日[①]。"

方　违

还有一种称为"方违"（かたたがえ）的迷信，见于几乎每一本平安时代的物语、日记等著作。《贞丈杂记》曰："所谓方违，例如明日欲往东方去，然其年有金神挡于东方，或临时有天一神、太白神等挡于东方，往其方去为凶。故于前日之夜出行，往他人方向去，借住一夜，明日自彼处出发，便方向非凶，可去欲去之处也。方违者，择相违方向行也。"

简单地说，就是定某一方向为凶。到了后世，人们不仅会在建房、结婚、出产、法事、扫墓等重要场合避忌这一方向，就连在日常生活中也会避忌。方违就是故意前往别的方向，在那里找人借住一晚，这是非常常见的情况。在《源氏物语》中，光源氏就是以方违为借口去空蝉家的。《枕草子》的"扫兴之事"一条也写道："因方违去他人家中，却不得接

---

① "凶会日"也是根据干支决定的"凶日"，但出现得过于频繁，世人反而不甚重视。

待。节分日时尤为扫兴。"可见依据习俗，如果有客人因方违而来，主人就应当接待。

厄 年

对厄年[①]的迷信自平安时代就已存在。《拾芥抄》称，十三、二十五、三十七、四十九、六十一、八十五、九十九都是厄年。在《源氏物语》的《薄云》卷中，薄云女院被称为"今年三十七岁……正值须严谨戒慎之年（厄年）……"，在《若菜》卷（下）中，紫之上也被称为"今年已三十七岁……应行之加持祈祷，须格外用心，不同往年"。这些都显示出，当时认为三十七岁是女性的厄年。在《水镜》的序言中，老尼姑自称"予今年已七十有三矣。昔时相士俱称，予难过三十三岁之限，因听闻冈寺可转厄为福，便初次往彼处参谒……"，可见七十三岁是和三十七岁一样的厄年。

物 忌

据伊势贞丈[②]所言，如果做了噩梦，或者对什么事情感到放心不下，就应当去找阴阳师占卜；如果占卜结果认为兹事体大，在几天内不得见人，就要留在家中闭门不出，避免

---

① 日本习俗，以某一年龄为凶年。
② 伊势贞丈（1718—1784），有职故实研究家，礼法伊势流当主。《贞丈杂记》为其主要著作。

会见。在此期间，需要削三分长的柳木或桃木，上书"物忌"字样，用丝绳系起来，再系在忍草^①的茎上，挂在冠上、帘上等处，还要把白纸裁成小纸条，同样写上"物忌"。这么做的原因，大概是忍草又名"无事草"，想借此讨个吉利。《枕草子》写道："圆融院谅暗终结之年……有童子持甚大白木枝，上系立文一封，至藤三位之局，曰：'来送此物。'（藤三位曰：）'自何处来？今明二日正逢物忌，故未上格子。'自格子下方将文取入。送信者虽告知此事，（藤三位曰：）'因有物忌，不得读也。'便将树枝连信插于柱上……"在其他著作中，物忌又被称为"坚固物忌"（かたき御物忌）。

　　本书第十七章已经讲过，有些月份忌洗发；就连剪指甲都有忌讳的日子。《土佐日记》的承平五年正月二十九日一条写道："出航。艳阳高照，船只破浪而行。指甲已然甚长，然掐指算来，今日乃子日，故未剪。"

占　卜

　　附带讲一下与阴阳术有关的占卜。不用说，占卜指的是通过干支、八卦、天文等事物的关系，在式盘上卜卦以定吉凶的方法。掌管这种占卜的神灵称为"式神"，又作"识神"，它们会听占卜者差遣。《枕草子》的"初次入宫之时"一条写道："式神在上，绝无虚假……"据《大镜》记载，在

---

① 忍草（しのぶくさ），狼尾蕨。

花山天皇出家那天的晚上，天皇的座车从安倍晴明的家门口经过时，听到从房中传出晴明的声音："吾夜观天象，见天子退位之兆。陛下似已退位矣。速备车驾，吾派式神一名往内里去。"于是就有一个不可见的存在把门打开，答道："陛下车舆正过门前。"式神也常见于《今昔物语》《宇治拾遗物语》等书；如果发生天变地动的重大事件，朝廷会特别命令神祇官和阴阳寮在紫宸殿的轩廊上进行占卜，这被称为"轩廊御卜"。

七

观　相

　　观相指的是通过观察人的身体、面貌、手足，预测此人未来的祸福。据说这种占卜法是来朝贡的高丽人传来的；不过，日本也有自古以来的观相法，称为"大和相"（やまとそう，或倭相）。《源氏物语》的《桐壶》卷写道："（桐壶帝听闻）来朝之高丽人 ① 中有卓越相士……皇上渊图远算，（又因）询问倭相士，早已定意在胸。"从这里可以推测，日本的相术似乎比外来的相术更加直观。除此之外，文学作品中对观相的描写，要数《大镜》的《道长传》中相士

---

① 　实为渤海国使节。

为伊周和道长观相的一段情节最为有名，而在《古事谈》《续古事谈》《古今著闻集》等书中也有许多关于观相的民间故事。

梦·解梦·占梦

占梦之事称为"解梦"（ゆめとき）或"梦合"（ゆめあわせ），最早见于《伊势物语》（六十三）：某位渴望恋情的女性向三个儿子讲述自己的梦，其中的老三为她解梦。《蜻蛉日记》和《更级日记》中关于解梦的记载非常之多。我们必须基于阴阳术的理论来思考解梦的问题。

对梦的描写不仅限于平安文学，同时也广泛见于各种文学作品。梦又训作"いめ"，或作"壁"（かべ），《兼辅集》中有"浅眠归现世，觉醒不堪悲。犹记幽茫里，昔时旧壁回"[1]。将"壁"作为"梦"的挂词吟诵的和歌很多，但在散文中还没有发现这种用法。《歌林良材集》（上）曰："梦乃寝而见之之物，故名壁，盖壁可涂也。"将原因归为"涂"（塗る）和"寝"（寝る）的发音相似。也有观点称，此用法源自《正法念经》等佛经故事。

在文学作品中，"梦中相会"被特别称为"梦路"（ゆめぢ）、"梦通路"（夢の通ひぢ）、"梦直路"（夢のただぢ）等。根据民俗信仰，如果非常希望做梦，就应把衣服反穿而

[1] "うたたねのうつつに物のかなしきは昔のかべを見ればなりけり。"（藤原兼辅）

睡。例如《古今和歌集》（三《夏》）中小野小町的和歌"夜
如射干玉，幽墨艳玄肌。恋意难禁处，翻穿卧寝衣"①、《后
撰和歌集》（十二《恋四》）中佚名的和歌"竟夜君不至，空
遭晚露寒。莫如穿衣反，还寝梦成眠"②。这可能是对《万叶
集》（十一）中的和歌"心中期佳人，佳人惜难得。折反白
袖卧，梦中复寻索"③的附会。此外，在《古今六帖》中还有
和歌称，将衣服反穿可以慰藉恋爱之心，这种民俗似乎古已
有之。

　　人们会在梦中见到非现实的世界——可能会见到神佛或
故人，甚至还能看到他人的前生和后世。只有在梦中，人才
能超越时间和空间。这是梦境宛如奇迹的一面；当它与现实
世界结合之后，人们就开始相信"托梦"（ゆめつげ、むそ
う）。换句话说，当时的人认为，神佛、故人、他人的灵魂
等存在会出现在自己的梦中，将其所想告知自己，这种告知
总是带有预言性及启示性的意义。例如，在《源氏物语》的
《明石》卷中，已故的桐壶院就出现在光源氏的梦里，向他
告知未来之事，《更级日记》的作者也时常在梦中得到佛祖
的启示。此外，《蜻蛉日记》及其他许多日记或物语都会经
常谈及某个梦的预兆是吉是凶。这一迷信历经中世、近代而
不衰，即使到了现代，依然在一部分地区保留着。

―――――――

① "いとせめて恋しき時はむばたまの夜の衣をかへしてぞ着る。""射干
玉"（むばたま）是射干属植物的果实，形似黑色小球，为"黑""发""夜"
等词的枕词。
② "白露のおきてあひ見ぬことよりは衣かへしつつねなむとぞ思ふ。"
③ "我妹子に恋ひてすべなみ白妙の袖かへししは夢に見えきや。"（佚名）

既然人们相信梦有着神秘的力量、可以指导人类的现实生活，出现占梦（ゆめあわせ）的需求也是顺理成章的，甚至还产生了专门的"占梦者"（ゆめとき）①。《枕草子》的"可喜之事"一条写道："得梦不知何解，正心惊胆战时，占梦者卜曰无事，甚是喜悦。"《宇治拾遗物语》中有"因得一梦，心思占梦，故去女占梦者处。占梦既毕，二人闲话之际……"；《大镜》的《兼家传》中有"彼时，（兼家所用之）占梦者、神莅②，皆卓绝非凡"，这些说的都是找人占梦。顺带一提，占梦者很可能和凭子、神莅一样，大多数都是女性。

梦　违

无论吉凶，梦境的预兆总是被视为由冥冥中的神秘意志送出的启示。为了买得他人的吉梦③、逃避自己的凶梦，人们做出了种种努力；逃避凶梦的预兆被称为"梦违"。例如《蜻蛉日记》（上）中的：

> 贞观殿尚侍（村上天皇尚侍登子）……其后仍屡得凶梦，道："实望有梦违之法。"七月，月明如镜之夜，赐歌于予。歌曰："今宵如何宿，梦违苦无方。虚枕难入

① 汉字又作"梦解"。
② 神莅（かんなぎ），请神附体以下达预言的巫女。
③ 前文所引《宇治拾遗物语》故事的内容就是向占梦者购买他人的吉梦。

寐，方知秋夜长。①"

予作返歌曰："梦违应有法，怎奈一何难。久已不相会，思如五内燃"。②

梦违的"违"应读成下二段他动词的"ちがふ"，而不是下二段他动词的"たがふ"。不过，也有《大镜》的《师辅传》中的"御夢たがひて"这种使用四段自动词的例子。

在梦违时，依惯例须吟诵称为"梦诵"的咒语。据《拾芥抄》（上）的"诸颂"一条，咒语是"恶梦着草木吉梦成宝王"。《袋草纸》（四）中还有一首"吉备大臣梦违诵文歌"，内容是："猎手张弓箭，锋镝将鹿穿。纵便如此险，但违必得全。"③

平安时代的人们相信，只要吟诵这些咒语，就能逃离梦境预示的厄运。

---

① "見し夢を違へわびぬる秋の夜ぞ寝がたきものと思ひしりぬる。"
② "さもこそは違ふる夢はかたからめ逢はでほどふる身さへうきかな。"
③ "あらちをのかるやのさきにたつ鹿もちがへをすればちがふとぞきく。"

图书在版编目（CIP）数据

平安朝的生活与文学 / (日) 池田龟鉴著 ; 玖羽译
. -- 成都 : 四川人民出版社, 2019.6
　ISBN 978-7-220-11277-5

　Ⅰ.①平… Ⅱ.①池… ②玖… Ⅲ.①日本文学—古
典文学研究—平安时代 (794-1192) Ⅳ.① I313.062

中国版本图书馆 CIP 数据核字 (2019) 第 025956 号

PINGANCHAO DE SHENGHUO YU WENXUE

平安朝的生活与文学

著　　者	［日］池田龟鉴
译　　者	玖　羽
选题策划	后浪出版公司
出版统筹	吴兴元
编辑统筹	梅天明
责任编辑	熊　韵
特约编辑	石儒婧
装帧制造	墨白空间·肖　雅
营销推广	ONEBOOK
出版发行	四川人民出版社（成都槐树街 2 号）
网　　址	http://www.scpph.com
E - mail	scrmcbs@sina.com
印　　刷	北京天宇万达印刷有限公司
成品尺寸	130mm×185mm
印　　张	9.75
字　　数	194 千
版　　次	2019 年 6 月第 1 版
印　　次	2019 年 6 月第 1 次
书　　号	978-7-220-11277-5
定　　价	42.00 元